L'éclat improbable

L'éclat improbable

Mickaël Ploton

L'éclat improbable

Fantastique

En application de l'art. L.137-2.-I. du code de la propriété intellectuelle, toute reproduction et/ou divulgation de parties de l'oeuvre dépassant le volume prévu par la loi est expressément interdite.

© Mickaël Ploton, 2025

Édition : BoD · Books on Demand, 31 avenue Saint-Rémy, 57600 Forbach, bod@bod.fr
Impression : Libri Plureos GmbH, Friedensallee 273, 22763 Hamburg (Allemagne)

ISBN : 978-2-8106-2341-9
Dépôt légal : Février 2025

*Pour mes enfants, Éléanor et Nathan,
pour ma famille,
et mes amies Jessie, Émeline.*

CHAPITRE 1

Un vide sans fin s'étendait, immaculé, baigné d'une lumière blanche vibrante qui semblait à la fois envelopper et transpercer tout ce qu'elle touchait. C'était une lumière sans origine, sans ombre, sans nuance. Elle éclatait dans toutes les directions, abolissant toute notion de distance, toute logique de perspective. Le haut et le bas, le proche et le lointain, le tangible et l'immatériel perdaient leur sens dans cet éther éclatant.

Un silence pesait, non pas l'absence de bruit mais une suspension du temps lui-même, une pause cosmique dans laquelle chaque parcelle d'existence semblait retenue. Pourtant, dans ce vide absolu, une énergie palpable circulait, comme un courant imperceptible qui modelait le flux d'éclats de lumière. Ces éclats, si minuscules qu'ils semblaient des fragments d'étoiles à l'agonie, glissaient lentement, obéissant à une force invisible, irrésistible. Ils avançaient dans un ordre parfait, sans déviation, comme si une symphonie cosmique réglait chaque mouvement, chaque trajectoire.

Les éclats flottaient, épars d'abord, comme des poussières portées par un souffle ancestral. Mais plus ils avançaient, plus ils s'aggloméraient en formes vagues, indistinctes, comme si une mémoire lointaine cherchait à leur donner consistance. La lumière qui les composait n'était pas uniforme : certaines émettaient un éclat doux et apaisant, d'autres pulsaient d'une lueur instable, entrecoupée de ténèbres, tandis que quelques-unes projetaient une ombre vibrante qui semblait ronger la clarté environnante. Elles étaient des reflets de ce qu'elles avaient été, des fragments de vie encore marqués par leurs choix passés.

Une vibration subtile se répandait dans l'air, presque imperceptible. Ce n'était pas un son, ni une onde, mais une énergie primitive qui s'insinuait dans chaque particule du vide. Elle évoquait une note musicale universelle, comme le tintement d'une cloche si lointaine qu'elle semblait provenir de l'autre côté de l'éternité. Chaque éclat semblait attiré par cette vibration, comme un appel silencieux à rejoindre une destination prédéterminée.

Peu à peu, les âmes prenaient forme. D'abord, elles étaient des lueurs floues, des halos indistincts. Mais à mesure qu'elles progressaient dans le vide lumineux, elles se solidifiaient, se condensant en des silhouettes évanescentes qui évoquaient une humanité perdue. Ces formes, bien qu'imprécises, portaient déjà les stigmates de leur vie passée : des traces éphémères de leurs joies, de leurs souffrances, de leurs échecs et de leurs triomphes.

Le vide lumineux n'était plus simplement un espace, mais un chemin, un corridor suspendu entre deux mondes. Les âmes s'y mouvaient comme des voyageurs silencieux, portés par un destin qu'elles ne comprenaient pas mais auquel elles se soumettaient. L'atmosphère était chargée d'une tension latente, comme si tout ce qui se passait ici était à la fois immémorial et décisif.

Et toujours, cette vibration, ce chant muet, guidait inlassablement le flot des âmes vers une destination invisible. Chaque fragment lumineux, chaque ombre vacillante semblait en harmonie parfaite avec ce mécanisme cosmique, réglé avec une précision qui dépassait l'entendement humain. Pourtant, une sensation demeurait : celle d'une attente. Quelque chose allait arriver, quelque chose qui briserait peut-être cet équilibre parfait.

Les âmes progressaient inexorablement vers une destination qui émergeait peu à peu de l'éther lumineux : un hall monumental suspendu dans l'immensité du vide. Lorsque le regard s'étendait, il n'en trouvait pas les limites. C'était un espace où l'infini semblait s'être condensé en une structure tangible, défiant l'entendement humain. Au-dessus et autour, des arcs de lumière s'élevaient en courbes parfaites, entrelacées dans une harmonie vertigineuse. Ils formaient des motifs mouvants, comme une chorégraphie éternelle, tissant des chemins aériens que personne ne pouvait emprunter. Ces arcs projetaient une clarté douce mais écrasante, baignant le hall d'une lumière immaculée qui semblait s'écouler de la structure elle-même.

Le sol, d'un verre si pur qu'il en était presque invisible, reflétait cette lumière comme un miroir parfait. Les âmes, glissant dessus, paraissaient flotter au-dessus d'un abîme sans fond. Sous leurs formes éthérées, le vide semblait pulser, un gouffre vivant qui absorbait toute tentative de définir ce qui se trouvait en-dessous. Chaque pas – ou plutôt chaque mouvement – donnait la sensation de marcher sur la surface d'une étoile, un éclat suspendu entre deux réalités.

Et au centre du hall, érigées comme des piliers d'éternité, se dressaient des colonnes titanesques. Leur hauteur défiait l'imagination, s'élevant bien au-delà du regard, jusqu'à se perdre dans les arcs de lumière. Ces colonnes n'étaient pas de simples structures : elles étaient vivantes. Gravées de glyphes mouvants, leurs surfaces vibraient doucement, comme si elles respiraient. Les glyphes semblaient danser sur la pierre, créant une écriture sans fin, insaisissable. Chaque symbole apparaissait pour disparaître l'instant suivant, comme une pensée fugace capturée et aussitôt effacée.

Ces inscriptions dégageaient une énergie mystérieuse, un pouvoir que même les âmes pouvaient ressentir. Elles évoquaient des lois ancestrales, immuables, gravées dans les fondations de l'univers. Elles étaient à la fois un langage et une musique, des sons muets qui résonnaient directement dans l'essence des âmes présentes. Certaines tentaient de les déchiffrer, fascinées, mais aucune ne semblait capable de saisir leur signification profonde. Les colonnes semblaient être des gardiens silencieux, veillant sur un équilibre qu'elles seules comprenaient.

Malgré la majesté écrasante de cet espace, les âmes continuaient d'arriver, petites et insignifiantes dans cette grandeur infinie. Elles paraissaient dépassées par l'ampleur du lieu, comme des lucioles perdues dans une cathédrale d'étoiles. Chacune portait en elle les traces de son passage dans le monde des vivants, mais ici, ces stigmates semblaient dérisoirement faibles face à la puissance intemporelle qui émanait du hall. La lumière des colonnes les absorbait, à la fois accueillante et indifférente, comme si leur présence ne représentait qu'une étape infime dans un processus bien plus vaste.

Et dans ce silence presque total, une note récurrente émergeait. Elle ressemblait à une cloche d'église, mais c'était bien plus qu'un son. C'était une vibration qui semblait venir de partout et nulle part, une résonance qui traversait les âmes et les structures, les connectant à une même essence universelle. Chaque son était une étape, une pulsation qui marquait l'avancée des âmes vers leur destination finale. C'était le seul mouvement perceptible dans cet équilibre parfait, une horloge cosmique réglée sur un rythme éternel.

Ainsi, le hall central était plus qu'un lieu : il était une représentation de l'ordre même qui régnait sur l'au-delà. Chaque colonne, chaque arc de lumière, chaque note vibrante était une pièce d'un tout parfaitement orchestré. Et dans ce tableau cosmique, les âmes, petites et fragiles, poursuivaient leur chemin, conscientes de leur petitesse mais guidées par une force qui les dépassait.

Les âmes poursuivaient leur lente progression vers le centre du hall monumental, et à mesure qu'elles s'approchaient, leur nature éthérée se densifiait, s'affinait, comme si la proximité de leur destination leur rendait une partie de leur forme originelle. Chacune portait en elle des échos vibrants de sa vie terrestre, des traces indélébiles inscrites dans leur énergie même.

Certaines âmes étaient de véritables joyaux. Elles irradiaient une lumière vive et rassurante, une clarté qui n'était pas simplement visible mais aussi palpable. Chaque éclat portait une chaleur subtile, une promesse de paix et de pureté absolue. Ces âmes pures étaient rares, mais leur présence illuminait le hall d'une douceur apaisante. Leur passage attirait les regards silencieux des autres, comme si elles étaient des étoiles filantes évoluant dans un ciel nocturne. Elles avançaient sans hésitation, portées par une sérénité qui était l'apanage de ceux qui avaient transcendé toutes leurs fautes.

D'autres, plus nombreuses, étaient enveloppées d'une brume grise qui vacillait autour d'elles, comme si leur essence elle-même était prise dans un conflit perpétuel. Ces âmes destinées au purgatoire semblaient pesantes, chargées d'un fardeau invisible. Leur lueur, bien que présente, était ternie par des ombres mouvantes, des tâches qui dansaient sur leur surface comme des souvenirs persistants. Parfois, des fragments fugaces émergeaient autour d'elles : une scène de joie brève, une dispute violente, une main tendue, un regard méprisant. Ces bribes, à peine perceptibles, disparaissaient aussi vite qu'elles étaient apparues, comme si elles étaient trop douloureuses ou trop insignifiantes pour être retenues.

Enfin, il y avait les âmes sombres, les entités tourmentées qui projetaient autour d'elles une aura d'ombres mouvantes. Ces âmes corrompues semblaient émietter la lumière elle-même, comme si leur simple présence déformait l'harmonie parfaite du lieu. Elles avançaient avec réticence, certaines cherchant à fuir une force qui les tirait inexorablement vers l'avant. Leur aura était chargée de murmures, des échos d'abîmes profonds, de cris étouffés, de rires tordus. Autour d'elles, le vide semblait frémir, comme s'il répugnait à les contenir.

Chaque âme portait ainsi une signature unique, un mélange de lumière et d'obscurité qui révélait son passé. Ces stigmates n'étaient pas simplement des souvenirs : ils étaient des empreintes vivantes, des récits condensés dans leur essence. Certaines avançaient avec dignité, d'autres traînaient leur fardeau comme une condamnation, et quelques-unes semblaient résignées, indifférentes au sort qui les attendait.

Et pourtant, malgré leurs différences, aucune de ces âmes n'échangeait un mot, un geste ou un regard. Elles étaient un flot silencieux, un torrent immobile dans lequel chaque entité était enfermée dans sa propre introspection. La tension était palpable, une pression invisible qui semblait émerger du contraste entre ces énergies contradictoires. Les âmes pures, grises et sombres se croisaient sans jamais se toucher, comme des planètes isolées dans l'immensité de l'univers.

Ce silence n'était troublé que par la vibration sourde et récurrente qui résonnait dans le hall. C'était un rappel constant de la présence d'une force supérieure, une régulation cosmique qui transcendait les peurs et les espoirs des âmes qui s'étiraient en procession. Et tandis qu'elles progressaient vers leur destination finale, elles portaient en elles les échos de leur humanité – des échos que ce lieu, avec toute sa magnificence, absorbait sans jugement.

Dans l'immensité silencieuse du hall, les Gardiens se dressaient comme des ombres figées, imposants et inhumains. Drapés dans des capes translucides qui semblaient faites d'une brume solidifiée, ils n'avaient ni visage, ni traits reconnaissables. Leur silhouette floue semblait osciller légèrement, comme si elle était constamment en équilibre entre le tangible et l'immatériel. Une lumière diffuse émanait de leurs contours, une lueur qui n'éclairait pas mais absorbait les regards, les émotions, les pensées. Leur seule présence pesait sur les âmes, une force invisible qui ne laissait aucun doute sur leur rôle : ils étaient les gardiens de cet ordre cosmique, les piliers silencieux d'une mécanique parfaite.

Les Gardiens ne parlaient pas, ne bougeaient pas, mais tout dans le hall leur obéissait. Leur immobilité était trompeuse : même sans mouvement apparent, ils étaient au centre d'une orchestration magistrale. Chaque âme qui progressait semblait répondre à leur autorité implicite, attirée par une force qu'ils ne faisaient que canaliser. Leur silence n'était pas une absence : c'était un état de contrôle absolu, une affirmation muette de leur fonction.

Au-dessus d'eux, des portails se matérialisaient, suspendus dans le vide. Ces cercles parfaits, semblables à des miroirs liquides, pulsaient d'une énergie unique. Chacun émettait une vibration distincte, une résonance qui semblait tissée dans la trame de l'univers. Les portails les plus lumineux étaient d'une clarté presque insoutenable, leur énergie éclatante évoquant un sanctuaire inaccessible. Ils semblaient appelés par les âmes pures, qui y étaient irrésistiblement attirées. En s'en approchant, ces âmes scintillaient davantage, comme si elles s'épanouissaient à l'approche de leur destination.

Les portails tamisés, eux, étaient différents. Leur lumière vacillait, comme un feu qui menace de s'éteindre. Ces passages étaient dédiés aux âmes grises, celles qui portaient encore le poids de leurs doutes, de leurs erreurs. En s'éloignant des Gardiens, ces âmes semblaient se résigner, leur brume ondoyant doucement jusqu'à se dissiper complètement dans le portail. Leur disparition était silencieuse, presque mélancolique, comme si elles savaient que ce n'était pas encore la fin de leur chemin.

Mais les portails sombres étaient les plus troublants. Ils étaient bordés d'ombres mouvantes, comme si un chaos primal était piégé dans leur cadre. Ces passages avalaient littéralement les âmes corrompues, qui étaient englouties dans une explosion de murmures et de gémissements étouffés. Chaque âme qui disparaissait dans ces portails semblait emporter avec elle une partie de la lumière du hall, une éclipse fugace qui ajoutait au poids émotionnel de la scène.

Malgré la diversité des destins qui se jouaient sous leurs yeux invisibles, les Gardiens restaient figés. Leur immobilité était un contraste saisissant avec la tension palpable qui émanait du hall. Ils étaient les gardiens d'un équilibre cosmique si strict qu'il ne tolérait aucune anomalie. Chaque décision semblait avoir été prise avant même que les âmes n'atteignent le hall, chaque trajectoire déjà inscrite dans la trame vibrante de l'éther lumineux.

Les âmes continuaient de défiler, petites et insignifiantes face à l'ampleur écrasante de cet endroit. Leur effacement renforçait encore la majesté des Gardiens et des portails. C'était un processus immuable, silencieux, d'une perfection presque cruelle.

Et dans ce silence, la note récurrente – ce tintement universel qui résonnait dans chaque âme – persistait, comme un rappel de l'ordre inexorable qui régnait ici.

Les Gardiens, drapés dans leur brume solidifiée, observaient sans observer, jugeaient sans juger. Ils étaient les gardiens d'un système si vaste, si parfait, qu'il transcendait toute volonté. Et dans leur immobilité, dans leur silence écrasant, ils étaient le point d'ancrage de cet univers suspendu entre le vide et la lumière.

***

Les âmes s'étaient alignées en silence, comme si une force invisible les guidait dans une discipline immuable. Le hall, baigné de sa lumière blanche et vibrante, semblait respirer autour d'elles. Pourtant, cette lumière commençait à changer, à se contracter, comme aspirée par une présence encore imperceptible. Une tension muette enveloppait l'atmosphère, un prélude à quelque chose de plus grand, de plus décisif.

Soudain, les premiers écrans de lumière émergèrent. Ils jaillirent de l'éther, flottant devant chaque âme avec une fluidité organique. Ces écrans éthérés n'étaient pas des surfaces fixes : ils ondulaient, pulsaient doucement, comme s'ils étaient vivants. Leur texture était faite de lumière fluide, une matière mouvante qui semblait à la fois palpable et insaisissable. Chaque écran était unique, réagissant à l'essence de l'âme qu'il avait devant lui. Certaines surfaces étaient calmes, presque sereines, tandis que d'autres vibraient frénétiquement, comme si elles étaient submergées par une énergie trop intense.

Les premiers fragments apparurent. Ce n'était pas de simples images : c'était des éclats de vie, des souvenirs projetés avec une clarté poignante. Une scène d'enfance, où un rire cristallin éclatait dans une maison baignée de soleil. Une dispute furieuse, où des mots tranchants avaient laissé des blessures invisibles. Un regard amoureux, échange fugace mais éternel, ou encore une trahison, brutale, irréversible. Ces fragments s'enchaînaient sans interruption, formant une mosaïque mouvante qui déroulait l'intégralité de l'existence de l'âme en quelques secondes.

Chaque âme réagissait différemment. Certaines vibraient doucement, comme si elles étaient touchées par une émotion qu'elles ne pouvaient exprimer. D'autres se figeaient, témoins impuissants de leur propre histoire, forcées de revivre des instants qu'elles auraient voulu oublier. Une énergie subtile, presque palpable, émanait de ces projections. Elle semblait se diffuser dans le hall, modifiant imperceptiblement la lumière environnante. Celle-ci perdait de son éclat initial, comme si les souvenirs projetés étaient si intenses qu'ils absorbaient une partie de l'énergie du lieu.

Au fur et à mesure que les écrans continuaient de projeter ces fragments de vie, le hall entier paraissait changer d'atmosphère. Ce n'était plus simplement un espace lumineux et éthéré : il devenait le théâtre des vies passées, un lieu où le poids des choix, des regrets et des espoirs humains était exposé dans sa forme la plus brute. Et dans ce silence, seulement troublé par les pulsations des écrans, les âmes assistaient, impuissantes, à cette rétrospective universelle.

Chaque écran, vivant et changeant, était une fenêtre sur l'essence même de l'âme qu'il reflétait. Et chaque âme, face à elle-même, était confrontée à une vérité qu'elle ne pouvait ni fuir, ni nier.

Les écrans, jusqu'alors oscillants et vibrants, s'immobilisèrent soudain, comme si une tension invisible avait figé leur matière lumineuse. Puis, lentement, des fragments de vie commencèrent à s'épanouir sur leur surface, se déployant avec une clarté poignante. Ce n'était pas de simples images, mais des souvenirs réels, animés, vivants, à la fois lumineux et lourds de sens. Chaque âme devenait spectatrice de sa propre existence, face à une vérité qu'elle ne pouvait esquiver.

Une dispute éclata dans un écran, les mots fusant comme des lames acérées dans une pièce exiguë où deux silhouettes s'affrontaient. Le son des voix semblait absurde dans le silence du hall, mais leur intensité était palpable. La scène changea brusquement : un enfant pleurant dans une rue sombre, ses mains tendues vers une silhouette qui s'éloignait. Puis une autre image : une main tendue, un contact fugace mais transformateur, porteur d'un espoir fragile mais tenace. Ces éclats se succédaient, impitoyables, peignant une mosaïque de moments décisifs.

Certains souvenirs étaient lumineux : un regard amoureux dans une foule, si intense qu'il semblait suspendre le temps. Une caresse fugace sur une joue, porteuse d'une tendresse ineffable. Une voix chantant une berceuse, apaisante comme une mer calme. Ces instants brillaient brièvement, éclairant l'écran comme un phare dans la nuit, mais leur éclat était toujours éclipsé par les ombres plus profondes : les erreurs, les trahisons, les échecs qui laissaient des cicatrices indélébiles sur l'essence même des âmes.

Un écran projetait l'image d'une femme seule, à genoux, tenant une lettre froissée dans ses mains tremblantes. Une autre montrait un homme franchissant une porte avec un regard fuyant, abandonnant une maison plongée dans le chaos. Une troisième dépeignait une scène de trahison brutale : une amitié détruite en un instant par des mots prononcés dans un moment d'amertume. Ces instants étaient si vivants que les âmes semblaient prêtes à tendre la main pour arrêter le flux du temps, pour réparer ce qui était brisé. Mais elles ne pouvaient qu'observer, témoins impuissants de leurs propres actes.

Les réactions des âmes étaient aussi variées que leurs souvenirs. Certaines vibraient doucement, comme si les émotions qui les traversaient étaient trop grandes pour être contenues. D'autres se figeaient complètement, leur lueur vacillant comme une flamme sous un vent violent. Une poignée d'âmes restait étrangement indifférente, comme si elles étaient incapables ou réticentes à affronter ces éclats de vérité.

Le hall, pourtant vaste et lumineux, semblait se resserrer sous le poids de ces rétrospectives. La lumière environnante, autrefois éblouissante, s'assombrissait légèrement, comme si chaque souvenir projeté aspirait une part de l'énergie du lieu. Ce n'était pas une obscurité menaçante, mais une ombre subtile, révélatrice de la profondeur et de la gravité de ces instants.

Chaque âme était prise dans un cycle inévitable de regret ou d'acceptation. Les écrans n'offraient aucun répit, aucun filtre pour atténuer la réalité. Ils étaient une vérité brute et implacable, un miroir dans lequel les âmes étaient forcées de se regarder. Et dans ce silence écrasant, seulement troublé par les battements rythmiques des souvenirs qui se succédaient, chaque âme comprenait qu'elle était seule face à son passé.

Les Gardiens demeuraient figés dans leur immobilité surnaturelle, leurs capes translucides ondulant imperceptiblement, comme si elles étaient traversées par une brise venue d'un autre monde. Bien qu'ils ne bougeassent pas, leur présence emplissait tout l'espace, une autorité silencieuse et écrasante qui pesait sur chaque âme. Ils semblaient absorber chaque fragment de vie projeté, lisant dans ces souvenirs des vérités que personne ne pouvait leur cacher. Leurs silhouettes spectrales étaient les gardiennes d'un ordre absolu, au-delà de tout sentiment humain, une énigme terrifiante et inébranlable.

Lorsque la rétrospective touchait à sa fin, une tension presque insupportable remplissait le hall. Les âmes, bien que dépourvues de corps, semblaient vibrer dans une attente angoissée. Puis, sans prévenir, le verdict se manifestait. Ce n'était pas un jugement rendu avec des mots ou des gestes : c'était une réponse silencieuse, une décision immuable gravée dans la structure même du lieu.

Pour les âmes pures, le verdict était une libération. Une lumière douce, chaude, les enveloppait d'une caresse bienveillante. Elle ne les attirait pas par la force, mais leur offrait une direction irrésistible, un chemin vers une arche éclatante suspendue dans le vide. Ces arches semblaient flotter dans une dimension à part, éclairées par une clarté sereine et infinie. Les âmes pures disparaissaient alors dans cette lumière, absorbées comme des gouttes rejoignant une mer de paix. Leur départ était silencieux, mais laissait derrière lui une résonance apaisante, comme si leur passage éclaircissait l'espace.

Pour les âmes ternies, le verdict était différent. Une marque lumineuse apparaissait au centre de leur torse éthéré, un symbole complexe, presque organique, qui semblait pulser doucement. Cette lumière n'était ni douce, ni cruelle : elle était un rappel de leur état inachevé, une promesse et un fardeau à la fois. Ces âmes, bien que ternies, ne montraient aucune résistance. Elles semblaient accepter leur sort avec une résignation mélancolique, sachant qu'une nouvelle chance les attendait, mais que le chemin serait encore long.

Enfin, pour les âmes corrompues, le jugement était une descente dans la douleur. Des chaînes sombres émergeaient de l'ombre, telles des serpents faits de nuit vivante. Ces liens, presque carnivores, s'enroulaient autour des âmes condamnées avec une précision cruelle. Chaque chaîne semblait dotée d'une volonté propre, resserrant son emprise avec une lenteur calculée, infligeant une souffrance palpable. Les âmes corrompues vibraient de douleur, une oscillation muette qui n'avait aucun écho dans le hall, mais dont l'intensité se répandait comme une onde invisible.

Les chaînes tiraient alors les âmes vers une fosse qui semblait s'étendre à l'infini. Cette fosse, bordée d'ombres mouvantes, était un abîme d'où s'échappaient des murmures terrifiants, des gémissements étouffés, des cris déformés par le poids des ténèbres. Chaque âme qui y disparaissait semblait emporter avec elle une parcelle de lumière, laissant dans son sillage un vide froid et oppressant.

Et toujours, les Gardiens restaient figés. Leur immobilité, loin de les rendre passifs, renforçait l'impression d'une puissance infinie. Ils n'avaient pas besoin de bouger pour exercer leur autorité : tout dans ce processus leur appartenait, chaque étape semblait être orchestrée par leur simple existence. Ils étaient les piliers de cet équilibre, froids, dénués de compassion, mais absolument justes dans leur inhumanité parfaite.

Lorsque les derniers fragments de vie s'éteignaient sur les écrans, le hall reprenait une lumière uniforme, figée dans son éclat glacé. Les verdicts s'enchaînaient avec une précision déconcertante. Chaque âme, qu'elle tremble ou qu'elle se fige dans une résignation silencieuse, voyait sa destination s'imposer à elle, sans appel ni détour. C'était une mécanique si parfaite qu'elle semblait fonctionner en dehors du temps, réglée par une horloge cosmique dont le tic-tac était imperceptible mais inexorable.

Les âmes, malgré leurs émotions à vif, n'avaient aucun moyen de modifier ce sort gravé dans une trame invisible. Il n'y avait ni appel, ni réexamen. Leurs vibrations d'anxiété ou d'espoir s'écrasaient contre l'implacable neutralité du processus. Les lumières douces emportaient les âmes pures dans une arche éclatante, les marquages lumineux préparaient les âmes ternies à leur cycle suivant, et les chaînes d'ombres enveloppaient les corrompues dans une douleur inexorable. Rien ne déviait, rien ne ralentissait, rien ne s'éloignait de l'ordre déjà établi.

Malgré les gémissements éthérés des âmes condamnées ou les résonances lumineuses des pures, le hall restait écrasant de silence. Chaque cri, chaque murmure semblait absorbé par l'immensité lumineuse, comme si ce lieu ne tolérait aucune perturbation. Les âmes suivantes avançaient dans la même lenteur automatique, prêtes à revivre le même jugement. Elles se mouvaient comme des gouttes dans un ruisseau qui coulait vers une destination déjà écrite.

Cette répétition, loin d'être monotone, était imprégnée d'une puissance ineffable. Elle évoquait un ordre qui transcendait l'imagination, un système dont les rouages invisibles englobaient tout ce qui était et tout ce qui serait. Les Gardiens, toujours figés, n'avaient pas besoin d'intervenir : leur simple existence imposait une discipline absolue. Chaque mouvement, chaque verdict était prédéterminé, s'imbriquant dans un cycle infini, comme une étoile qui éclaire une voie qu'elle n'a pas choisie mais qu'elle suit inéluctablement.

L'éternité de cet endroit était palpable. Le temps, bien qu'apparemment suspendu, se déroulait dans un rythme parfait, comme un battement cardiaque cosmique. Chaque âme, dans sa singularité, n'était qu'un grain de sable dans un océan de destinées, mais chacune trouvait sa place sans la moindre fausse note. Les émotions qui les traversaient – désespoir, espoir, apaisement – n'étaient que des murmures face à la neutralité glaciale du jugement.

Et toujours, les portails continuaient de s'ouvrir et de se refermer. Lumière, brume ou ombre : chaque âme suivait le chemin qui lui avait été assigné. Le cycle reprenait, inlassable, perpétuant un ordre si vaste que l'esprit humain ne pouvait que s'égarer en essayant de l'embrasser. Le hall, dans son silence étincelant, demeurait le témoin passif mais incontournable d'un équilibre que rien, pas même les âmes les plus tourmentées, ne pouvait ébranler.

***

Le silence immuable de la gare de triage, ce vide pesant où chaque vibration semblait résonner jusqu'à l'infini, fut troublé par l'arrivée d'une présence différente. Une âme venue des abîmes de l'enfer émergea lentement dans l'espace lumineux. Contrairement aux autres âmes qui glissaient avec une fluidité uniforme, celle-ci semblait lutter contre une résistance invisible, comme si chaque pas était alourdi par le poids de son passé.

L'âme dégageait une aura singulière, un mélange fascinant de lumière fragile et de ténèbres persistantes. Son corps d'énergie était parcouru de cicatrices profondes, des marques sombres qui semblaient graver ses péchés passés dans sa forme même. Mais au travers de ces stigmates, une lumière douce et vacillante apparaissait, comme une étincelle au milieu d'un chaos éteint. Cette lumière n'était pas flamboyante : elle était fragile, sur le fil du doute, mais décidément présente, une preuve discrète d'une rédemption arrachée aux griffes des ténèbres.

Chaque pas qu'elle faisait semblait résonner dans l'espace, bien que le hall demeurât silencieux. L'air autour d'elle semblait vibrer légèrement, perturbé par l'énergie contradictoire qu'elle dégageait. Les autres âmes, qui flottaient dans un ordre parfait vers leur jugement, s'arrêtaient parfois brièvement, attirées par cette apparition étrangère. Une tension subtile se répandit dans la gare, comme si l'arrivée de cette âme rare perturbait l'harmonie froide du lieu.

Son passage était lent, presque douloureux. Chaque mouvement était un acte de volonté, une lutte contre des forces invisibles qui semblaient chercher à la ramener en arrière. Ses stigmates, sombres et mouvants, évoquaient des batailles anciennes, des souvenirs d'une souffrance dévorante et d'un combat sans relâche. Mais la lumière qui émergeait de ses failles était porteuse d'une autre histoire : celle d'un éveil, d'une ascension laborieuse vers une forme de pureté.

Les Gardiens, qui jusqu'à présent surveillaient le processus avec leur immobilité souveraine, semblèrent soudain plus attentifs. Bien qu'ils ne bougeaient pas, leur présence devint plus écrasante, comme si leur énergie s'était concentrée sur cette âme unique. Leurs capes translucides ondulèrent imperceptiblement, révélant une intensité qui ajouta une couche de tension à l'atmosphère déjà lourde.

Dans l'immensité de la gare, cette âme, à la fois brisée et renaissante, devenait le point focal d'un événement rare. Les autres âmes, pures, ternies ou corrompues, semblaient être unies par un même sentiment : une curiosité silencieuse, mêlée d'un respect craintif. Cette émergence unique, venue des profondeurs insondables de l'enfer, rappelait que même les abîmes les plus noirs pouvaient parfois accoucher d'une étincelle d'espoir.

L'arrivée de l'âme rédimée n'échappa à personne dans le hall de la gare. Les âmes destinées au purgatoire, ces étincelles vacillantes enveloppées de brume grise, s'immobilisèrent brusquement. Elles semblaient retenir un souffle qu'elles n'avaient plus, figées dans une tension indécise, comme des animaux surpris par une présence à la fois familière et effrayante. Une fascination mêlée d'horreur émanait d'elles, une lutte silencieuse entre le désir de comprendre ce qui se dressait devant elles et une peur instinctive des ombres profondes qui émanaient encore de cette âme.

Les âmes pures, ces rares éclats de lumière cristalline qui flottaient avec une sérénité inaltérable, réagirent différemment. En présence de l'âme rédimée, leur éclat sembla s'intensifier, comme si elles cherchaient à affirmer leur pureté face à cette contradiction incarnée. Leur lumière devint plus vive, projetant autour d'elles des halos protecteurs qui dansaient et pulsaient doucement, comme une barrière invisible dressée contre l'obscurité qui continuait de résider dans l'âme venue de l'enfer. Ces âmes ne fuyaient pas, mais leur énergie semblait tendue, créant un fragile équilibre entre leur nature transcendante et la confrontation avec cette créature hybride.

En revanche, les âmes corrompues, ces ombres mouvantes engluées dans des auras sombres et tourmentées, réagirent de manière encore plus troublante. Elles cessèrent de trembler et vibrèrent faiblement, comme si quelque chose dans la présence de cette singularité éveillait en elles une émotion qu'elles n'avaient jamais osé envisager : une étincelle d'espoir, faible et fragile, mais indéniable. Leurs ombres semblaient s'étirer, comme si elles cherchaient à atteindre cette lueur qu'elles savaient hors de portée. Ces âmes sombres ne bougeaient pas, mais leur aura résonnait doucement, comme un murmure dans l'éther, une supplique silencieuse adressée à cet écho de rédemption.

L'ensemble du hall semblait retenir son souffle. Les lumières vibrantes des colonnes et des portails devinrent plus tamisées, absorbées par cette confrontation silencieuse entre les différentes catégories d'âmes. Chaque âme présente, qu'elle soit pure, grise ou corrompue, ressentait l'influence étrange de cette âme unique, une âme qui avait traversé les abîmes et était revenue avec une étincelle de lumière. Le contraste entre sa présence et l'ordre strict de la gare créait une tension palpable, comme si l'équilibre même du lieu était subtilement mis à l'épreuve.

L'âme rédimée se tenait au centre du hall, comme une silhouette vacillante entre lumière et ombre. Ses stigmates sombres, pareils à des cicatrices profondes gravées dans son essence, racontaient silencieusement l'histoire d'une vie et d'une souffrance au-delà de l'imaginable. Chaque marque noire, mouvante et palpitante, semblait être le témoin d'un acte, d'une chute ou d'une rédemption arrachée au bord de l'oubli. Pourtant, au cœur de ces stigmates, une lumière naissante brillait faiblement, comme une flamme fragile émergeant d'un chaos ancien.

Autour d'elle, le silence était habillé de murmures invisibles. Des fragments de souvenirs flottaient dans l'air, à peine perceptibles, mais suffisant pour que les âmes environnantes devinent l'étendue de son combat. Une vision s'échappa brusquement : des chaînes éthérées entourant cette âme, tirant son énergie vers un abîme noir… Puis une lutte acharnée, silencieuse mais intense, contre des ombres mouvantes. Des éclats de lumière percèrent cette obscurité, évoquant des sacrifices anonymes, des gestes de rédemption faits dans l'ombre, loin de tout regard.

Une autre scène apparut, fugace : elle tendait la main vers une lumière lointaine, inaccessible, mais continuant de marcher à travers un désert d'ombres. Son avancée était lente, chaque pas était une victoire sur ses propres démons, une négociation silencieuse entre l'ombre et la lumière qui cohabitaient en elle. Ces bribes de son passé, projetées sans qu'elle n'ait besoin de les exprimer, créaient autour d'elle une atmosphère électrique. Les autres âmes semblaient deviner, sans comprendre totalement, l'ampleur du chemin qu'elle avait parcouru.

Les âmes destinées au purgatoire l'observaient avec un respect craintif. Elles semblaient intuitivement savoir que ce retour était une exception rare, presque miraculeuse, et que cette âme incarnait la possibilité d'une ascension au-delà des abîmes. Les âmes pures, bien que lumineuses et apaisées, étaient également captivées, comme si elles reconnaissaient en cette flamme vacillante un écho lointain de leur propre évolution. Quant aux âmes corrompues, elles vibraient doucement, prises dans une lutte interne entre une attirance inexplicable et la peur de ce qu'elle représentait : une porte, si étroite soit-elle, vers un salut qu'elles croyaient impossible.

Dans ce tableau mouvant, les fragments de souvenirs tourbillonnaient doucement autour de cette exception, comme pour témoigner de son histoire sans jamais la révéler complètement. Chaque vision était une étape, un combat contre ses propres ténèbres, une tentative de s'arracher à l'enfer qui l'avait dévorée. Et malgré la lourdeur de son passé, une sensation persistait : l'idée que cette âme vivait maintenant pour autre chose, une lumière, fragile mais tenace, qui continuait de croître.

Les Gardiens, ces figures d'une immobilité souveraine et inébranlable, tournèrent lentement leur attention vers l'âme rédimée. Leur regard invisible était pourtant palpable, une pression silencieuse qui s'étendit dans tout le hall comme une onde imperceptible. Habituellement indifférents à la progression des âmes, leur focalisation inhabituelle sur cette singularité rare créait une tension qui imprégna l'atmosphère d'un poids nouveau. Ils semblaient analyser chaque pulsation de son essence, chaque fluctuation dans sa lumière vacillante, comme s'ils cherchaient à déceler une anomalie, une faille dans le fragile équilibre qui lui avait permis d'échapper à l'enfer.

Leur immobilité, pourtant inchangée, prenait une dimension plus menaçante. C'était une présence à la fois écrasante et insaisissable, un rappel silencieux que ces entités, bien qu'immobiles, étaient les gardiens d'un ordre cosmique si vaste que même les âmes les plus anciennes n'en percevaient qu'une infime partie. Leur autorité ne reposait pas sur des gestes ou des paroles, mais sur une réalité intangible qui était tissée dans chaque fibre de l'univers. Et maintenant, cette autorité semblait peser entièrement sur elle, comme si sa seule présence déstabilisait l'harmonie froide et parfaite de la gare.

Autour d'elle, les autres âmes étaient figées, témoins involontaires de cette étrange confrontation. Les âmes pures émettaient une lumière plus intense, comme si elles cherchaient à se protéger de l'ombre persistante qui entourait l'âme rédimée. Les âmes destinées au purgatoire tremblaient imperceptiblement, prises dans une confusion entre leur espoir d'échapper à leur propre cycle et la crainte instinctive des ténèbres qu'elles percevaient encore dans cette figure hybride. Quant aux âmes corrompues, leur vibration s'était intensifiée, comme si elles répondaient à un appel profond qu'elles ne comprenaient pas pleinement.

La tension dans le hall s'étendit, devenant presque tangible. L'air semblait se resserrer, les lumières des colonnes vibraient avec une fréquence plus basse, comme si elles étaient influencées par l'interaction silencieuse entre l'âme rédimée et les Gardiens. Ces derniers ne bougeaient toujours pas, mais leur présence était comme un poids suspendu, prêt à s'abattre si le moindre signe de déséquilibre était perçu.

Cette confrontation silencieuse mettait en lumière un contraste saisissant : la rédemption individuelle de l'âme, obtenue à travers un chemin de souffrance et de sacrifice, face à la mécanique froide et immuable de la gare. L'une était le produit d'une lutte intime, un acte de volonté défiant les lois de l'enfer, tandis que l'autre était un système infaillible, régi par des règles invisibles mais inébranlables. Et pourtant, les deux coexistaient dans cet espace, un équilibre fragile où l'un pouvait à tout instant perturber l'autre.

L'âme rédimée restait immobile, consciente de l'attention qui pesait sur elle. Sa lumière vacillante semblait vouloir s'étendre, mais était contenue par ses cicatrices sombres, ces traces de son passé encore gravées dans son essence. Elle était à la fois fragile et résolue, une singularité dans ce lieu où l'ordre et la régularité ne toléraient que rarement l'exception.

***

Les Gardiens se tenaient immobiles dans l'immensité lumineuse de la gare, leurs formes floues et diffuses à peine discernables dans l'éther scintillant. Drapés dans leurs capes translucides qui ondulaient lentement, comme animées par une brise venue d'un autre monde, ils semblaient à la fois présents et insaisissables. Leur stature imposante n'était pas due à leur taille ou à leur forme, mais à l'aura écrasante qui les entourait. C'était une autorité silencieuse, une puissance qui ne relevait pas de la force mais d'une simple évidence : ils étaient les piliers d'un ordre cosmique, des figures intemporelles tissées dans la trame même de ce lieu.

Ils ne parlaient pas. Ils ne bougeaient pas. Et pourtant, leur présence emplissait le hall d'une pression étrange, un poids qui rappelait aux âmes qu'elles étaient sous le regard de forces bien au-delà de leur compréhension. Ces entités ne manifestaient aucune émotion, aucune réaction. Elles étaient dépourvues de partialité ou de jugement personnel, car leur rôle n'était pas de juger. Ils n'étaient ni juges, ni exécuteurs, mais les agents d'un équilibre immuable. Ils étaient les garants d'un système si vaste et si complexe que même les âmes pures, pourtant proches de la perfection spirituelle, n'en saisissaient qu'une infime partie.

Leur neutralité était absolue. Ils ne décidaient de rien. Ils ne réagissaient pas aux émotions des âmes qui défilaient devant eux, qu'elles soient emplies de terreur, de regret ou de sérénité. Ils étaient des intermédiaires, des messagers d'une volonté cosmique qui les dépassait autant qu'elle surpassait toute autre forme d'existence. Et pourtant, leur fonction était essentielle : sans eux, le système ne pourrait fonctionner. Ils étaient les engrenages vivants d'une machinerie cosmique dont chaque rouage devait tourner avec une précision parfaite.

Leur simple présence semblait éclipser toute autre chose. Les âmes qui entraient dans le hall, qu'elles soient pures, ternies ou corrompues, ressentaient instinctivement cette puissance silencieuse. Les Gardiens ne fixaient aucune âme en particulier, et pourtant, chaque entité présente se sentait observée, mesurée, pesée. Leur aura imposante n'était pas une menace, mais un rappel : tout ici obéissait à des lois inébranlables, à une harmonie que rien ne pouvait perturber.

Malgré leur apparence éthérée, les Gardiens semblaient fusionner avec la gare elle-même. Ils étaient à la fois partie du lieu et entités distinctes. Leurs capes translucides se fondaient parfois dans la lumière environnante, donnant l'impression qu'ils n'étaient pas tout à fait "là", mais quelque part entre ce monde et une dimension supérieure. Leur énergie était stable, implacable, comme une pierre millénaire au centre d'un fleuve tumultueux.

Ils étaient les gardiens de l'équilibre, les sentinelles de l'ordre. Et même si aucune âme ne pouvait comprendre pleinement leur nature ou leur mission, toutes savaient une chose : tant que les Gardiens veillaient, rien ne dévierait du chemin tracé par les lois universelles.

La gare apparaissait dans toute son immensité comme une machinerie cosmique d'une précision absolue. Rien ici n'était laissé au hasard. Chaque élément semblait orchestré par une intelligence supérieure, une logique insondable qui dictait le moindre mouvement, la moindre vibration dans cet espace suspendu. Au centre de cette organisation parfaite se trouvaient les portails, des ouvertures éphémères qui apparaissaient et disparaissaient avec une fluidité presque organique, répondant aux verdicts silencieusement rendus.

Les portails, de formes et d'énergies variées, semblaient être autant de passages vers des dimensions différentes. Certains étaient d'une clarté éclatante, une lumière si vive qu'elle semblait inviter les âmes à disparaître dans une promesse d'apaisement et de perfection. Ces portails lumineux accueillaient les âmes pures, leur surface miroitante palpitant doucement comme une invitation irrésistible. D'autres portails, plus tamisés, étaient bordés de lumières vacillantes. Leur énergie était douce mais incertaine, comme un feu qui menace de s'éteindre. Ces passages accueillaient les âmes ternies, celles destinées à retourner sur Terre pour poursuivre leur cycle de purification.

Mais les portails sombres étaient les plus imposants, presque effrayants. Leur contour semblait s'effondrer sur lui-même, avalant la lumière environnante. Leur centre, noir comme une nuit sans fin, émettait des murmures étouffés, des échos de douleurs lointaines. Ces passages étaient réservés aux âmes corrompues, qui disparaissaient en eux comme happées par un gouffre insatiable. Chaque portail était unique, adapté à l'essence de l'âme qu'il accueillait, comme s'il était une extension directe de la gare elle-même.

Au-dessus des portails flottaient des arches lumineuses, des flux de lumière liquide qui s'étiraient et tournaient dans l'air comme des rubans mouvants. Ces arches capturaient chaque élément du processus, des décisions rendues aux anomalies enregistrées.

Chaque flux était un récit éphémère, inscrit pour un instant dans l'éther avant de disparaître, absorbé par un réseau invisible. Les Gardiens interagissaient parfois avec ces arches, levant une main translucide pour ajuster une trajectoire, activer un portail ou consigner une irrégularité. Ces interactions, bien que discrètes, étaient d'une efficacité implacable.

La gare elle-même donnait l'impression d'une entité consciente, une présence invisible mais évidente. Elle respirait à travers les portails qui s'ouvraient et se fermaient, à travers les lumières qui pulsaient doucement dans les colonnes, et à travers les flux lumineux qui formaient sa mémoire vivante. Les Gardiens n'étaient pas des dirigeants, mais les serviteurs de cette intelligence colossale. Ils en étaient les mains et les yeux, exécutant avec une précision divine les ordres inscrits dans les lois de l'au-delà.

Dans cette mécanique parfaite, tout était prévu. Les âmes passaient, les portails s'ouvraient, les verdicts étaient consignés, et la gare poursuivait son cycle sans fin. Et pourtant, dans cet équilibre éblouissant, une tension subtile commençait à s'insinuer. Quelque chose, imperceptible mais présent, semblait troubler la fluidité parfaite de ce système. Une irrégularité que même les arches lumineuses avaient du mal à contenir.

Les colonnes, gigantesques et majestueuses, dominaient le paysage éthéré de la gare comme des piliers intemporels soutenant l'équilibre de l'univers. Gravées de glyphes vivants, elles émettaient une énergie palpable, une pulsation régulière qui semblait résonner dans chaque fibre de cet endroit mystérieux. Ces symboles, en perpétuel mouvement, changeaient de forme, de couleur et de texture, tissant un récit incompréhensible pour toute âme humaine ou même pour les âmes rédimées. Ils étaient la manifestation visible des lois cosmiques, un langage vivant qui dictait chaque action dans cet au-delà.

Ces glyphes étaient bien plus que des inscriptions. Ils semblaient penser, réagir, ajuster le flux des âmes et répondre aux variables invisibles qui régissaient ce lieu. Leur énergie se diffusait dans l'air, vibrante, presque musicale, une mélodie silencieuse qui donnait un rythme à la mécanique de la gare. Une colonne, gravée de motifs complexes rappelant des constellations en mouvement, s'illuminait brièvement lorsqu'un portail s'ouvrait pour accueillir une âme. Une autre, parcourue de lignes fluides semblables à des veines lumineuses, s'assombrissait doucement à mesure qu'une âme corrompue était tirée vers les profondeurs.

Les Gardiens, bien qu'immobiles la plupart du temps, interagissaient parfois avec ces colonnes. Ils approchaient lentement, levant une main translucide pour effleurer un glyphe particulier. À ce contact, la colonne changeait, ses symboles s'étiraient, fusionnaient ou se déchiraient comme s'ils répondaient à un ordre silencieux. Parfois, un Gardien s'immobilisait devant une colonne, semblant l'étudier dans un silence presque religieux, avant qu'une lueur ne se propage à travers les glyphes, activant un portail ou modifiant le flux d'âmes. Chaque interaction était d'une précision parfaite, comme si les Gardiens ne faisaient qu'exécuter les ordres contenus dans ces inscriptions.

Ces colonnes étaient le cœur battant de la gare, le centre névralgique de ce système cosmique. Leur énergie semblait alimenter chaque portail, chaque arche lumineuse, chaque mouvement des Gardiens. Pourtant, elles étaient bien plus que des mécanismes : elles incarnaient une sagesse intemporelle, un code d'une complexité infinie que même les esprits les plus élevés ne pouvaient espérer comprendre. Chaque glyphe était un fragment de cette vérité universelle, un élément d'un langage qui semblait à la fois mathématique et organique, comme si la vie elle-même avait été gravée dans ces piliers.

Les âmes, qu'elles soient pures, ternies ou corrompues, étaient instinctivement fascinées par ces colonnes. Bien qu'incapables de déchiffrer les glyphes, elles ressentaient leur puissance, leur gravité. Les âmes pures y voyaient une confirmation de l'ordre parfait auquel elles appartenaient. Les âmes destinées au purgatoire y percevaient un mystère insondable, une révélation qu'elles n'étaient pas encore prêtes à recevoir. Quant aux âmes corrompues, elles semblaient effrayées par ces colonnes, leurs ombres frémissantes reculant légèrement à leur approche.

Le hall tout entier semblait résonner avec ces piliers vivants. La lumière qui baignait la gare pulsait doucement, suivant le rythme imposé par ces glyphes changeants. Et dans cette mélodie cosmique, les Gardiens étaient les musiciens silencieux, interprétant un concerto d'une complexité infinie, au service d'un ordre qui dépassait toute compréhension.

La gare, dans toute sa grandeur froide et immaculée, semblait régner sur un système d'une perfection absolue. Chaque action, chaque étape du processus de triage se déroulait avec une précision clinique, une fluidité qui dépassait l'entendement humain. Les portails s'ouvraient et se refermaient selon une cadence parfaite, répondant sans délai aux jugements rendus par des lois invisibles. Les âmes glissaient sans heurt vers leur destination, qu'elles soient enveloppées de lumière douce, marquées d'un symbole vacillant ou enchaînées par des ombres voraces. Rien ne semblait pouvoir perturber cette harmonie implacable.

Les arches lumineuses, suspendues dans l'air comme des veines d'énergie fluide, captaient chaque détail avec une exactitude quasi divine. Chaque âme était enregistrée, chaque jugement consigné, chaque anomalie répertoriée. Ces flux de lumière étaient à la fois le mémoire et la conscience de la gare, un réseau d'informations si dense qu'il semblait palpiter dans l'éther. Les Gardiens, exécutants infatigables de cet ordre cosmique, ne laissaient rien au hasard. Tout était contrôlé, corrigé, ajusté, afin de garantir que le système demeure infaillible.

Mais, dans cette mécanique si bien huilée, un malaise subtil s'insinua. Ce n'était pas une rupture visible, mais une sensation étrange, un frémissement imperceptible dans l'atmosphère. Pour la première fois, il semblait que les Gardiens hésitaient. Une fraction de seconde d'immobilité plus longue qu'à l'habitude. Une pause presque imperceptible avant l'ouverture d'un portail. Une fluctuation, si subtile qu'elle aurait échappé à tout observateur mortel, dans les motifs lumineux des colonnes. Ces détails minuscules étaient insignifiants dans l'immensité du système, mais leur simple existence perturbait l'harmonie parfaite qui régnait jusqu'alors.

La source de cette tension était évidente. L'âme rédimée, venue des tréfonds de l'enfer, était une anomalie que même la gare semblait avoir du mal à absorber. Bien que son jugement ait été rendu et que son chemin soit tracé, sa simple présence introduisait une variable imprévue dans un système conçu pour l'ordre absolu. Cette âme, à la fois lumineuse et marquée par les ténèbres, perturbait l'équilibre subtil de la gare, comme un caillou jeté dans une eau immobile.

La tension était presque palpable. Les autres âmes, bien qu'incapables de comprendre la complexité du système, ressentaient instinctivement ce déséquilibre. Les âmes pures semblaient émettre une lumière plus vive, comme pour compenser cette perturbation. Les âmes ternies ralentissaient imperceptiblement, comme si elles attendaient que quelque chose se produise. Quant aux âmes corrompues, elles vibraient doucement, attirées par cette irrégularité qui leur offrait une lueur d'espoir, aussi infime soit-elle.

Et dans ce moment suspendu, la perfection de la gare était remise en question. Le système, bien qu'encore fonctionnel, était ébranlé dans ses fondations. Une tension croissante s'étendait dans l'air, une prémonition silencieuse que, sous l'apparente harmonie, une rupture pourrait à tout moment surgir.

***

Le silence harmonieux de la gare, cette mélodie intangible qui enveloppait chaque âme d'une quiétude immuable, fut soudain brisé par une dissonance. Ce n'était pas un bruit violent ni une rupture franche, mais une note discordante, un grincement lointain qui vibra dans l'éther comme une fissure dans une sphère parfaite. Les âmes, absorbées par leur progression silencieuse vers les portails, ne réagirent pas à cette anomalie, mais l'atmosphère même de la gare sembla s'épaissir, chargée d'une tension invisible.

Les colonnes, ces piliers monumentaux gravés de glyphes vivants, tremblèrent imperceptiblement. Leurs symboles lumineux, habituellement fluides et réguliers, ralentirent leur danse complexe. Certains glyphes semblèrent se figer une fraction de seconde avant de reprendre leur mouvement, créant une perturbation presque imperceptible dans le flux continu de leur énergie. Les portails, jusqu'alors éclatants de stabilité, vacillèrent légèrement, leurs contours flous se rétractant et s'étendant comme s'ils cherchaient à rétablir leur équilibre. La lumière du hall, habituellement uniforme et rassurante, se fit plus tamisée, comme absorbée par cette dissonance insidieuse.

Les Gardiens, jusque-là figés dans leur posture souveraine, réagirent avec une subtilité qui, dans ce lieu d'immobilité parfaite, paraissait spectaculaire. Leurs capes translucides ondulèrent légèrement, comme agitées par un souffle invisible. Certains levèrent la tête, tournant imperceptiblement leur attention vers la source de la perturbation. Ce n'était pas un mouvement brusque, mais une modification de leur posture, une tension qui se propagea dans leurs silhouettes comme un écho muet d'alerte. Leur immobilité, si souvent rassurante, semblait soudain chargée d'une vigilance nouvelle.

L'énergie du hall était différente maintenant, plus lourde, comme si la gare elle-même retenait son souffle. Les arches lumineuses, ces flux liquides suspendus dans l'air, ralentirent leur déroulement. Elles semblaient attendre, prêtes à consigner un événement dont l'ampleur dépassait encore leur logique. Chaque élément de la gare – les portails, les colonnes, les glyphes, même les flux lumineux – semblait réagir à cette anomalie naissante, comme si tout le système était connecté à une conscience unique et omni pénétrante.

La tension monta, subtile mais irrépressible, annonciatrice d'un bouleversement imminent. Les âmes, bien qu'inconscientes du malaise qui gagnait la gare, continuaient de progresser, insouciantes de la fracture qui menaçait l'harmonie parfaite de cet endroit intemporel. Les Gardiens, eux, étaient en alerte, leur posture trahissant une vigilance inhabituelle. Quelque chose, déjà, échappait à leur contrôle.

L'âme purifiée s'avançait doucement vers le portail du purgatoire, une étincelle fragile de lumière vacillante entourée d'une aura apaisante. Sa trajectoire était rectiligne, parfaite, guidée par la logique inflexible de la gare. Elle ne tremblait pas, ne vacillait pas, comme si la destination qui l'attendait était une certitude gravée dans l'ordre universel. Cette âme, bien qu'encore marquée par les vestiges de ses combats passés, portait une lueur d'espoir, une lumière douce mais tenace qui évoquait la fin d'un cycle.

Mais, à cet instant précis, une autre âme dévia imperceptiblement de son chemin. Cette âme, encore en attente de jugement, était bien différente. Son énergie était diffuse, indécise, oscillant entre l'ombre et la lumière. Elle semblait porter le poids d'hésitations profondes, ses contours éthérés frémissant légèrement comme si elle était tiraillée entre deux forces opposées. Cette dérive, minuscule, imperceptible dans l'immensité de la gare, allait pourtant bouleverser l'harmonie de cet endroit immuable.

Les deux trajectoires se croisèrent, l'espace d'un battement de cœur, au centre du portail. Le choc fut instantané, une collision d'essences si improbable qu'elle sembla briser les lois mêmes de la gare. Un éclat de lumière aveuglante déchira le hall, une explosion si intense qu'elle sembla suspendre le temps. La lumière, d'abord pure et éblouissante, fut bientôt envahie par des teintes chaotiques : des tourbillons d'or et d'argent, entrelacés de fils sombres comme des ombres s'infiltrant dans un rêve de clarté. Puis vint le bruit, un fracas assourdissant, une onde sonore qui résonna dans chaque fibre de la gare, brisant le silence sacralisé de ce lieu intemporel.

Les âmes environnantes se figèrent dans leur progression, témoins impuissants d'une scène qu'aucune d'elles ne pouvait comprendre. Certaines vibrèrent faiblement, révélant un mélange de fascination et de terreur face à ce phénomène inconnu. Leur énergie, habituellement stable, vacillait doucement, comme si l'impact avait envoyé une onde dans tout le hall, perturbant leur essence même. Les âmes destinées au purgatoire se rapprochèrent inconsciemment, cherchant une protection invisible. Les âmes pures, elles, scintillaient plus intensément, comme pour repousser l'énergie chaotique qui s'était propagée.

Les Gardiens, immobiles jusque-là, se tournèrent d'un seul mouvement vers l'épicentre de l'anomalie. Leur immobilité parfaite était remplacée par une tension palpable. Leurs capes translucides vibrèrent faiblement, comme sous l'effet d'une brise invisible. Aucun d'eux ne bougea davantage, mais leur posture trahissait une vigilance accrue. C'était la première fois que leur attention était ainsi captée par un événement, et le simple fait qu'ils se tournent vers l'anomalie suffisait à emplir le hall d'une tension étouffante.

Le silence revint progressivement, mais il était différent, lourd et oppressant. L'éclat lumineux s'était dissipé, mais une énergie inconnue flottait encore dans l'air, imprégnant chaque recoin de la gare. Et dans cet instant suspendu, l'harmonie parfaite de la gare semblait avoir été définitivement brisée.

Dans l'éclat aveuglant qui submergeait le hall, une transformation inattendue et inédite s'opéra. Les deux âmes, au lieu de se disperser sous l'impact ou d'être recalibrées par le système inflexible de la gare, commencèrent à se mêler. Leurs lumières, l'une douce et vacillante, l'autre diffuse et tourmentée, s'entrelacèrent dans une danse chaotique. Des filaments d'or et d'argent se mêlaient à des ombres profondes, créant des spirales mouvantes d'énergie. Leur union semblait à la fois fragile et violente, comme deux forces opposées contraintes de coexister dans un espace trop étroit pour les contenir.

L'essence des deux âmes se transformait sous les regards immobiles des Gardiens. Ce qui était autrefois deux entités distinctes devenait une nouvelle forme d'énergie, un amalgame impossible qui n'avait jamais existé dans ce lieu régi par des lois immuables. L'aura générée par cette fusion semblait défier l'ordre établi : elle était à la fois harmonieuse et chaotique, lumineuse et sombre. Les filaments d'énergie pulsaient à un rythme irrégulier, projetant des reflets changeants sur les colonnes et les portails environnants. Cette création inattendue dégageait une force si étrange qu'elle était presque palpable, comme un vent invisible qui agitait l'atmosphère.

Les Gardiens, pour la première fois, montrèrent des signes d'hésitation. Leur immobilité souveraine, jusque-là symbole de leur autorité incontestée, était altérée par une tension inhabituelle. Leurs postures, bien que toujours figées, trahissaient une vigilance accrue, une forme de perplexité silencieuse. Jamais, dans l'histoire de la gare, ils n'avaient été confrontés à une telle anomalie, une singularité qui échappait complètement aux règles qu'ils étaient censés faire respecter.

Alors que la fusion atteignait son paroxysme, l'énergie accumulée sembla chercher une échappatoire. Les flux lumineux autour des colonnes et des portails vacillèrent, leurs mouvements perdant leur synchronisation habituelle. Et soudain, un portail inconnu apparut au centre du hall. Contrairement aux autres portails, il n'était ni éclatant, ni tamisé, ni sombre : il était une masse vibrante, fluctuante, presque organique, dont les contours changeaient constamment. Ce portail, ouvert spontanément, était une anomalie en soi, une brèche qui semblait échapper à la volonté des Gardiens.

Avant que ces derniers ne puissent intervenir, l'énergie fusionnée fut aspirée par ce portail comme un torrent se jetant dans un abîme. L'événement se déroula en un instant, mais son impact résonna dans tout le hall. Les Gardiens, figés, observaient la fermeture lente du portail, incapables de comprendre ou de prédire ce qui venait de se produire. Le calme revint progressivement, mais il était différent, chargé d'une tension sourde. Pour la première fois, la gare avait été confrontée à une anomalie qu'elle n'avait pas su contenir, et cette réalité suspendait dans l'air une incertitude nouvelle, presque inconcevable.

Le hall, d'ordinaire baigné dans une quiétude imposante, plongea dans un silence étouffant une fois l'éclat dissipé et le portail inconnu refermé. Ce n'était pas le silence habituel, harmonieux et immuable de la gare, mais un vide lourd, presque oppressant, chargé d'une tension inédite. Les âmes restèrent figées, immobiles, comme si le poids de l'événement était gravé dans l'éther même de leur essence. L'énergie dans l'air avait changé, marquée par une nervosité subtile, presque imperceptible.

Les Gardiens, jusque-là immobiles dans leur posture souveraine, se mirent à bouger pour la première fois. Leur mouvement, bien que lent et mesuré, était porteur d'une gravité qui amplifiait l'étrangeté de la scène. Ils convergèrent simultanément vers la colonne centrale, le cœur battant de la gare. Leurs capes translucides ondulaient doucement, comme si un souffle invisible les agitait, révélant leur état de vigilance accrue. Ce simple mouvement, pourtant minimal, était porteur d'une résonance presque cosmique. Les âmes observaient, figées dans leur essence lumineuse, conscientes qu'un événement hors norme venait de se produire.

Au sommet de la colonne centrale, une lumière rouge clignotait faiblement mais avec une régularité implacable, semblable à une alarme. Ce clignotement, rare dans un lieu d'ordre absolu, était le témoignage physique d'une anomalie que même la gare ne semblait pas capable d'assimiler. Autour de cette colonne, les glyphes qui d'ordinaire dansaient avec une fluidité gracieuse étaient désormais en chaos. Des motifs complexes s'ébauchaient puis se disloquaient, formant des fragments de langues incompréhensibles qui pulsaient avec une fréquence erratique. Les autres colonnes, répondant à cette agitation, vibrèrent doucement, leurs lumières oscillant en harmonie avec ce nouveau rythme dissonant.

Les Gardiens se tinrent en cercle autour de la colonne centrale. Ils étaient toujours aussi impassibles, mais leur immobilité avait quelque chose de différent. Elle ne traduisait plus une maîtrise souveraine mais une tension contenue, une forme de préoccupation silencieuse. Leurs capes translucides, éclairées par les reflets chaotiques des glyphes, ondulaient doucement comme sous l'effet d'une brise venue d'un autre monde. L'ordre immuable, qui régnait sans partage dans cet endroit intemporel, avait vacillé. Cette simple réalité semblait peser sur eux, comme si l'équilibre qu'ils étaient censés maintenir était soudain devenu instable.

Les âmes, bien que silencieuses, semblaient partager cette tension. Certaines oscillaient légèrement, projetant des reflets faibles sur le sol de verre, tandis que d'autres demeuraient figées, presque effacées par la présence imposante des Gardiens. L'énergie chaotique laissée par la fusion des âmes flottait encore dans l'air, palpable, comme un souvenir qui refusait de se dissiper.

Pour la première fois dans l'histoire de la gare, l'harmonie absolue avait été brisée. Cette réalité, inconcevable quelques instants auparavant, suspendait une question silencieuse dans l'air : était-ce le prélude à un bouleversement plus profond ? Les Gardiens, toujours regroupés autour de la colonne centrale, ne bougeaient plus. Leur posture, cependant, était plus éloquente que jamais. L'ordre cosmique venait de trembler, et avec lui, la certitude que rien ne pouvait jamais le déranger.

CHAPITRE 2

Dans le monde des vivants, Rosalie Gordon était une femme consumée par une quête effrénée de plaisir charnel. Sa vie était un tourbillon d'excès et de désir insatiable. Belle et magnétique, elle attirait les regards où qu'elle aille, envoûtant ses amants par des promesses de plaisirs indicibles. Mais son appétit vorace, loin d'être simplement un abandon à la luxure, dissimulait un gouffre de vide et de solitude qu'elle tentait de combler à tout prix.

Rosalie n'était pas une simple manipulatrice ; elle était une prédatrice. Ses amants n'étaient que des pions dans une partie désespérée, des corps qu'elle utilisait et épuisait avant de les jeter dans l'oubli. Mais ce jeu devint plus sombre. Sa soif incontrôlée dérapa, et ce qui était autrefois une simple manipulation devint meurtrier. Elle tuait sans remords, dans des moments de rage ou d'épuisement, incapable de réfréner ses pulsions destructrices. Ses victimes, souvent jeunes et vulnérables, n'avaient aucune chance face à son charme venimeux.

Rosalie avait fait de sa vie une scène où elle jouait le rôle principal, celui d'une femme animée par une ambition dévorante et des désirs insatiables. Sa beauté envoûtante n'était qu'une façade derrière laquelle se cachait une âme corrompue par une soif insatiable de contrôle et de pouvoir. Dans chaque regard qu'elle croisait, chaque main qu'elle effleurait, elle voyait une opportunité, un levier pour se hisser plus haut, pour écraser les autres sous le poids de ses propres ambitions.

Les actes de Rosalie étaient autant de blessures infligées au monde qui l'entourait. Elle manipulait ses amants avec une précision qui faisait froid dans le dos, jouant de leur confiance et de leurs faiblesses comme un virtuose d'un instrument. Un homme, fou d'amour pour elle, avait vidé son compte en banque pour satisfaire ses caprices, seulement pour être abandonné sans un mot une fois ruiné. Un autre, un artiste à l'esprit fragile, s'était donné la mort après qu'elle avait dénigré son travail, le laissant sombrer dans le désespoir qu'elle avait elle-même nourri.

Mais ce n'était pas seulement par ses mots ou ses actions qu'elle détruisait les autres. Rosalie était une prédatrice. Lorsqu'un amant devenait un obstacle à ses désirs ou à son ascension, elle le supprimait sans remords. Ses meurtres étaient froids et méthodiques, commis avec une indifférence terrifiante. Un verre empoisonné ici, un oreiller pressé contre un visage endormi là, ou un corps laissé à l'abandon dans une ruelle obscure après une nuit de plaisir transformée en exécution silencieuse. Elle voyait la mort de ces hommes non comme des crimes, mais comme des nécessités sur son chemin vers une domination qu'elle considérait comme son droit naturel.

Rosalie ne s'arrêtait pas aux individus. Ses ambitions s'étendaient au-delà des chambres closes et des relations intimes. Dans le monde des affaires, elle avait su jouer des intrigues, des alliances de circonstances et des trahisons bien placées pour bâtir une réputation redoutée. Des familles avaient été ruinées par ses manœuvres impitoyables, des carrières détruites sous le poids de fausses accusations qu'elle avait elle-même orchestrées. Elle faisait tomber ses rivaux un par un, les écartant comme des pions inutiles sur un échiquier dont elle maîtrisait toutes les règles.

Chaque triomphe alimentait un peu plus son sentiment d'invincibilité. Elle se voyait comme intouchable, au-dessus des lois humaines et divines. Son visage était affiché dans les soirées mondaines, ses rumeurs chuchotées dans les couloirs du pouvoir, mais personne n'osait s'opposer à elle ouvertement. Elle était une force de la nature, un ouragan qui balayait tout sur son passage.

Mais aucune ascension ne dure éternellement. Une nuit, dans une chambre d'hôtel luxueuse baignée de lumière tamisée, Rosalie connut sa fin. Cette fois, ce fut elle qui ne vit pas venir le coup. Un amant, consumé par la jalousie et le désespoir, mit fin à son règne d'une lame aiguisée. Elle sentit le froid métallique pénétrer sa chair, un choc brutal qui mit fin à son illusion d'immortalité. Ses yeux s'écarquillèrent, mais il n'y avait ni cri, ni pardon, ni révolte. Juste un souffle qui s'éteignait, emportant avec lui une existence marquée par la destruction et l'égoïsme.

La mort ne fut pas un repos pour Rosalie. À l'instant où son cœur cessa de battre, son essence fut arrachée à son corps dans une violence inouïe. Elle n'eut pas le temps de comprendre ce qui lui arrivait : une force invisible l'entraîna dans un vortex d'obscurité, une chute sans fin. Elle sentit son âme se déchirer, chaque fragment arraché par des vents hurlants, chaque seconde étirée dans une éternité insupportable. Les visages de ses victimes apparurent dans les ténèbres, leurs regards emplis de reproches, leurs cris silencieux résonnant dans son être.

Lorsque la chute prit fin, Rosalie se retrouva plongée dans une obscurité oppressante. L'Enfer l'avait engloutie, et elle comprit que ce n'était que le début. Tout ce qu'elle avait infligé aux autres, elle le vivrait à son tour, amplifié par l'écho infini de ses propres péchés. Sa descente n'avait pas seulement marqué la fin de sa vie, mais le début d'une épreuve qui éteindrait toute illusion de grandeur qu'elle avait un jour entretenue.

Pas de répit, pas de jugement. Elle fut aspirée dans une spirale d'obscurité qui semblait vouloir déchirer son essence. Les visages de ses amants défilèrent dans son esprit, des visages déformés par la douleur et la colère, des souvenirs qu'elle ne pouvait plus fuir. Les cris résonnaient à nouveau, amplifiés par les ténèbres, tandis qu'elle chutait dans un abîme sans fin.

Lorsqu'elle atteignit enfin les profondeurs de l'Enfer, elle était déjà brisée, une coquille vide habitée par des souvenirs corrosifs. Le sol où elle échoua semblait vibrer, réclamant le poids de ses crimes. Les ténèbres qui l'entouraient n'étaient pas seulement extérieures ; elles étaient en elle, un écho de tout ce qu'elle avait été. Mais l'Enfer, dans toute son horreur, n'était que le début de son véritable tourment.

Plongée dans ses profondeurs insondables, elle n'était plus qu'une âme nue, exposée à la démesure de ses propres tourments.

Ce n'était pas un lieu au sens physique, mais un état d'existence, un espace mouvant et déformé par les cris muets et les souffrances éternelles de ceux qui y étaient piégés. Ici, il n'y avait ni sol, ni cieux, mais une infinité de ténèbres palpitantes, constellées d'éclats de lumières crues, aveuglantes et fugaces, qui mettaient en relief les ombres mouvantes des autres damnés.

La chaleur était écrasante, omniprésente. Elle ne venait pas d'un feu visible, mais semblait émaner du cœur même de l'essence de Rosalie. Chaque particule de son être était enflammée d'une douleur incessante, un brasier alimenté par ses propres actes passés. Les ténèbres étaient vivantes, serpentant autour d'elle comme des prédateurs invisibles. Elles murmuraient des accusations, portaient les échos des vies qu'elle avait détruites, des voix qui n'étaient ni tout à fait humaines ni entièrement fantomatiques.

Son Enfer était fait sur mesure. Les visages de ses victimes, d'abord flous et lointains, devinrent de plus en plus nets, leurs traits déformés par la douleur qu'elle leur avait infligée. Ils l'encerclaient, leurs regards pesant sur elle comme des pierres. Mais ils ne criaient pas. Leurs bouches s'ouvraient dans des hurlements muets, plus insupportables que le son lui-même. Par moments, elle se retrouvait dans les scènes de ses crimes, à la fois spectatrice et actrice, revivant les meurtres qu'elle avait commis. Ses mains, tachées de sang, semblaient agir d'elles-mêmes, plongeant la lame, étouffant les cris, écrasant l'espoir.

Le temps n'avait plus de sens. Chaque instant était une boucle sans fin, une répétition infernale de ses actes passés. Les siècles s'étirèrent, écrasant son être sous le poids d'une éternité de regrets. Lorsqu'elle croyait avoir touché le fond, un nouveau cycle recommençait, plus insupportable que le précédent. Chaque détail était amplifié : le regard suppliant de ses victimes, le froid du couteau qu'elle avait manié, le silence oppressant qui suivait chaque acte.

Et pourtant, l'Enfer ne se limitait pas à la douleur physique ou aux visions de son passé. Il était une torture psychologique intense, une déconstruction de son être. Les murmures incessants dans l'obscurité lui soufflaient ses failles, ses hontes, ses déceptions. Ils lui rappelaient qu'elle était seule, irrémédiablement seule, condamnée à porter pour l'éternité le poids de ses choix.

Mais le pire était l'impuissance. Rosalie Gordon, autrefois maîtresse de ses désirs et manipulatrice des autres, n'était plus qu'une spectatrice de sa propre déchéance. Chaque tentative de fuite se dissolvait dans l'obscurité mouvante. Chaque cri, chaque révolte étaient étouffés, absorbés par un vide qui ne lui renvoyait rien d'autre que sa propre culpabilité.

Au fil des années, son essence commença à se fragmenter. Elle ne savait plus si elle était Rosalie Gordon ou une ombre parmi tant d'autres. Mais l'Enfer, implacable et patient, n'avait pas fini avec elle. Chaque fragment de son être était soumis à une introspection forcée, jusqu'à ce qu'elle ne puisse plus nier ses fautes. Alors seulement, le répit commença à s'insinuer, imperceptiblement, comme une étincelle au milieu des ténèbres infinies.

Au sein de ces ténèbres oppressantes, où chaque cri muet et chaque ombre pesait sur son essence, un changement imperceptible se manifesta. Ce ne fut pas une révélation soudaine ni un miracle lumineux, mais une étincelle fragile, presque imperceptible. Une lueur, différente de celles qui dansaient pour la tourmenter, s'alluma en elle. Ce n'était pas la douleur ni la culpabilité qui nourrissait cette flamme naissante, mais un regret profond, sincère, qui semblait émaner d'un lieu enfoui au-delà de ses propres ténèbres.

Au début, Rosalie tenta de la rejeter. Ses regrets étaient lourds, brutaux, comme une lame glacée qui transperçait les restes de son être. Mais petit à petit, elle cessa de fuir. Les visages de ses victimes, si longtemps des spectres accusateurs, devinrent des miroirs, reflétant non seulement leurs douleurs mais aussi la sienne. Elle comprit qu'elle était la source de leur souffrance, que son égoïsme dévorant avait éteint des étincelles de vie. Cette réalisation fut un poids immense, mais étrangement, elle n'était plus seule. Le regret, loin de l'écraser, devint un compagnonnage discret, une force qui l'incitait à affronter ce qu'elle avait toujours fui.

Son chemin vers la rédemption était émaillé d'épreuves. Elle fut confrontée à ses propres démons, des visions où elle revivait ses crimes non plus comme une actrice mais comme une victime. Dans une scène, elle était à la place de ses amants assassinés, ressentant leur peur, leur incompréhension, leur douleur. Ces épreuves la brisaient un peu plus, mais chaque fragment de son être éparpillé était une opportunité de renaître. Parfois, dans ces visions, un éclat de lumière surgissait – un regard aimant, une main tendue, un instant de paix fugace qui lui montrait qu'elle était encore capable de percevoir autre chose que la douleur.

La progression était lente, douloureuse, et émaillée de rechutes. Il lui arrivait de se perdre dans ses anciens schémas, de s'accrocher à ses anciens désirs. Mais, à chaque fois, elle reprenait son ascension. Chaque pas était une lutte contre elle-même, un combat pour éteindre la voix qui murmurait encore au fond de son être qu'elle était irrémédiablement corrompue. Et chaque victoire, si minime soit-elle, alimentait cette étincelle de rédemption qui grandissait lentement dans son cœur.

Au fil des âges, Rosalie parvint à se détacher de ses désirs égoïstes, à voir au-delà de sa propre souffrance. Elle comprit que l'Enfer n'était pas une punition éternelle mais une épreuve, une forge où elle pouvait brûler les impuretés de son âme. Les ombres qui l'avaient tourmentée devinrent des guides, les voix accusatrices se muèrent en chuchotements de sagesse. Chaque épreuve traversée lui donnait un fragment de lumière, une parcelle d'elle-même qu'elle croyait perdue.

Puis vint le moment où elle sentit l'air changer. Ce n'était pas une transformation soudaine, mais une lente ascension vers un espace moins oppressant. La chaleur étouffante diminua, remplacée par une douce tiédeur. Les cris s'estompèrent, laissant place à un silence apaisant. Et dans ce silence, elle trouva une chose qu'elle n'avait jamais connue : une paix fragile, éphémère, mais terriblement précieuse. Rosalie Gordon n'était pas encore sauvée, mais elle avait commencé à remonter des profondeurs, à trouver un chemin vers la lumière.

Au terme d'un nombre incalculable d'épreuves et de combats intérieurs, Rosalie sentit enfin un apaisement inattendu s'insinuer dans son être. Ce n'était pas une victoire triomphale, mais une transformation intime, presque imperceptible, comme un murmure de lumière dans l'obscurité infinie de l'Enfer. Ses épaules étaient encore lourdes du poids de ses fautes, son essence marquée par des cicatrices profondes et indélébiles, souvenirs vifs de ses crimes passés. Mais en son cœur brillait une étincelle nouvelle, fragile et vacillante, mais bien réelle. Une lueur qui n'était plus alimentée par la peur ou la douleur, mais par l'acceptation et le pardon qu'elle avait commencé à se donner à elle-même.

L'Enfer, dans toute son immensité mouvante et tourmentée, sembla s'éloigner lentement d'elle. Les ombres qui l'avaient si longtemps oppressée ne la retenaient plus. Elles reculaient, s'étirant comme des spectres fatigués, jusqu'à disparaître dans un horizon indistinct. Rosalie ressentit un souffle tiède, presque apaisant, émaner d'un point qu'elle ne pouvait distinguer. Ce souffle portait avec lui une promesse, une invitation à quitter les profondeurs. Et alors qu'elle avançait, chaque pas arraché à son ancienne torpeur, une clarté croissante enveloppait son être.

Lorsqu'elle émergea enfin de ses entrailles, ce fut comme une renaissance. Rosalie se retrouva dans un lieu qui était tout sauf terrestre. La lumière y était douce, diffuse, d'une pureté qui contrastait violemment avec les ténèbres auxquelles elle était habituée. Mais cette lumière ne la brûlait pas. Au contraire, elle semblait la purifier doucement, effleurant les cicatrices émotionnelles et spirituelles qu'elle portait comme des écussons de guerre. Sa silhouette, toujours marquée par l'ombre de ses fautes, était maintenant auréolée d'une lueur fragile, évoquant un être en devenir, à la fois brisé et réparé.

La gare de triage l'accueillit dans un silence solennel. Ce lieu, immense et intemporel, semblait retenir son souffle devant l'arrivée de cette âme si rare. Rosalie Gordon n'était pas une simple rédimée : elle était une anomalie, une exception dans un système conçu pour juger et classer les âmes. Les autres entités lumineuses qui flottaient dans le hall semblaient s'écarter de son chemin, non par crainte mais par respect instinctif. Et au-dessus d'elle, les Gardiens silencieux se tournèrent d'un même mouvement vers cette apparition unique, leurs capes translucides ondulant doucement dans l'éther lumineux.

Chaque pas qu'elle faisait dans cet espace suspendu était une affirmation de sa transformation. Pourtant, Rosalie n'était pas dupe. Elle savait que son chemin vers la pureté était loin d'être achevé. Ce qu'elle avait conquis dans les profondeurs de l'Enfer était un commencement, une chance de réécrire son essence, mais le reste du voyage lui appartenait encore. Sa lumière, bien que fragile, était un témoignage de sa lutte et de sa capacité à transcender les ténèbres.

Chaque souffle dans la gare de triage était un rappel du chemin parcouru. Et alors qu'elle levait les yeux vers l'inconnu qui l'attendait, une étrange sérénité l'envahit. Elle n'était plus simplement une damnée ou une manipulatrice, mais une âme en devenir, une preuve vivante que même dans les abîmes les plus profonds, la rédemption était possible.

Émergeant des abîmes de l'Enfer, son essence était marquée par des siècles de souffrance et de luttes intérieures. Son être, autrefois consumé par la noirceur de ses désirs et de ses crimes, était à présent auréolé d'une lumière fragile, vacillante, mais bien réelle. Cette lumière ne masquait pas les cicatrices sombres qui parsemaient son essence. Chaque marque, chaque fêlure témoignait de son passé, un récit gravé dans son âme, à la fois douloureux et porteur d'une rédemption naissante. Elle avançait avec une lenteur mesurée, comme si chaque pas symbolisait une victoire sur elle-même, une affirmation de son désir de se libérer des ténèbres.

Lorsqu'elle franchit la frontière invisible qui séparait l'Enfer de la gare, ce fut comme une seconde naissance. Elle ressentit pour la première fois depuis une éternité une absence de douleur immédiate. Mais cette sérénité nouvelle était chargée d'un poids inconnu, comme si le regard silencieux de l'univers s'était posé sur elle. La gare, immense et intemporelle, semblait suspendue dans un silence solennel face à l'arrivée de cette âme singulière.

Elle n'était pas une âme ordinaire. Les entités lumineuses qui peuplaient la gare se détournaient légèrement de leur trajectoire pour observer Rosalie. Certaines scintillaient davantage en sa présence, tandis que d'autres semblaient vaciller un instant, comme si elles ressentaient une onde invisible émanant d'elle. Les Gardiens, immobiles et majestueux, tournèrent lentement leur attention vers elle. Bien qu'aucune émotion ne se lisait dans leurs silhouettes translucides, leur simple regard semblait reconnaître la rareté de cet événement. Rosalie Gordon, une âme rédimée issue des tréfonds de l'Enfer, était une anomalie dans cet ordre cosmique parfaitement orchestré.

Avançant dans le hall immense, ses pas résonnaient doucement sur le sol de verre lumineux. Elle ressentait encore le poids de ses fautes, mais il semblait allégé, partagé par la lumière fragile qui l'illuminait de l'intérieur. Elle portait en elle la mémoire de ses crimes, mais aussi celle de sa lutte acharnée pour transcender ses propres ténèbres. Ses pensées n'étaient pas triomphales ; elles étaient empreintes d'humilité et d'une prise de conscience aiguë : la rédemption n'était pas un état final, mais un chemin qu'elle venait à peine d'entamer.

La gare elle-même semblait accueillir Rosalie comme une exception. Les colonnes gravées de glyphes mouvants pulsaient faiblement, comme pour enregistrer sa présence. Les portails lumineux, tamisés ou sombres, s'alignaient sur des fréquences subtiles, ajustant leur vibration comme s'ils hésitaient à déterminer sa destination. Rosalie, pourtant, avançait sans crainte. Son corps d'énergie, encore marqué par des ombres résiduelles, émettait une lueur douce et vacillante qui contrastait avec les âmes pures, éclatantes, et celles ternes, destinées au purgatoire. Elle était un entre-deux, un paradoxe vivant : une âme brisée, mais réparée par sa propre volonté.

Pour la première fois depuis qu'elle avait été consumée par les flammes de l'Enfer, Rosalie ressentit une sérénité fragile. Ce n'était pas la fin de son voyage, mais un nouveau départ, une chance d'avancer vers une lumière qu'elle ne croyait plus possible d'atteindre. Alors qu'elle levait les yeux vers les portails suspendus dans le vide, elle comprit qu'elle avait encore beaucoup à accomplir. Mais cette fois, elle ne redoutait pas le chemin à parcourir. Elle était prête, portée par cette étincelle de lumière intérieure, fragile mais indestructible.

***

Auguste Platevin incarnait la banalité dans toute sa splendeur. Chaque matin, à 6h30 précises, son réveil émettait une sonnerie stridente, brisant le silence pesant de son appartement exigu. Sans réfléchir, il tendait la main pour l'éteindre, ses doigts cherchant mécaniquement le bouton comme s'ils connaissaient ce chemin par cœur. Le lit sur lequel il s'était assoupi était aussi terne que le reste de sa vie : un matelas affaissé par des années d'utilisation, des draps aux teintes indéfinissables, usés par l'indifférence, et une couverture rêche qui semblait avoir absorbé le poids de ses nuits solitaires.

L'appartement d'Auguste était une prison invisible, un espace réduit à l'essentiel, dépourvu de chaleur ou de personnalité. Les murs étaient gris, parsemés de taches d'humidité qui formaient des motifs abscons, et les fenêtres, rarement ouvertes, laissaient passer une lumière blafarde. Une pile de journaux traînait sur la table bancale du salon, leurs pages jaunies marquant le passage d'un temps qui ne signifiait rien pour lui. Il les lisait parfois, non pour s'informer, mais pour occuper les heures creuses, ses yeux parcourant les lignes sans jamais en retenir le contenu. Chaque objet semblait figé dans une éternité immobile : une chaise dont le vernis s'écaillait, une cafetière qui crachotait faiblement en produisant une odeur de café tiède, et une horloge murale dont le tic-tac régulier semblait moquer l'absence totale de rythme dans sa vie.

Ses journées étaient une répétition infinie de gestes accomplis sans réflexion ni émotion. Il quittait son appartement à 7h30, marchant jusqu'à l'arrêt de bus avec une régularité si précise qu'il aurait pu être une horloge humaine. Dans l'autobus bondé, il s'asseyait toujours au même endroit, près de la fenêtre, son regard perdu dans le vide. Arrivé à l'usine où il travaillait depuis vingt ans, il exécutait les mêmes tâches mécaniques, manipulant des pièces métalliques sur une chaîne de montage. Les heures passaient dans un bourdonnement monotone de machines, ponctué par le grincement des chariots et les éclats de voix des autres ouvriers.

Pour ses collègues, Auguste était une ombre. Ils le saluaient d'un hochement de tête distrait, mais aucun ne se souvenait vraiment de lui. Il était celui qui passait inaperçu, dont la présence ou l'absence ne changeait rien. Lors des pauses, il s'asseyait à l'écart, grignotant machinalement un sandwich tout aussi fade que le reste de son existence. Il n'écoutait pas les conversations autour de lui, et personne ne lui adressait la parole. Il ne se plaignait pas, ne se révoltait pas, mais acceptait cette invisibilité comme une fatalité.

Le soir, Auguste rentrait chez lui, traînant les pieds sur le chemin qui le ramenait à son appartement. Avant de monter les escaliers, il s'arrêtait au supermarché en bas de chez lui pour acheter un repas préparé. Le caissier, un jeune homme au visage fatigué, lui adressait toujours les mêmes mots : « Bonsoir, monsieur. Une bonne soirée. » Auguste répondait par un sourire poli, mais sans conviction. Ce court échange était la seule interaction humaine de sa journée, un rituel vide de sens.

Le reste de sa soirée se déroulait dans un silence pesant. Il mangeait devant une télévision allumée plus par habitude que par réel intérêt. Les programmes défilaient devant ses yeux sans qu'il en saisisse les intrigues, comme si son esprit s'était depuis longtemps déconnecté du monde qui l'entourait. Puis, il se couchait, s'enroulant dans ses draps froids, son regard fixé sur le plafond, incapable de se souvenir de ce qu'il avait fait durant la journée ou de ce qu'il ferait le lendemain. Parce que, pour Auguste, chaque jour n'était qu'un reflet pâle du précédent, une boucle infinie où le temps lui-même semblait perdre toute signification.

Auguste n'avait ni famille, ni amis véritables, mais cela ne le troublait pas. Il ne ressentait ni solitude, ni manque, comme si son existence avait été vidée de toute émotion. Il ne cherchait rien, ne rêvait de rien, et n'attendait rien. Il vivait parce que c'était ce qu'il avait toujours fait, sans jamais remettre en question le pourquoi ou le comment. Une vie sans passion, sans but, et sans révolte, marquée par une immobilité si pesante qu'elle semblait absorber tout ce qu'il touchait.

Ainsi s'écoulait sa vie : une existence qui ne laissait aucune trace, qui n'avait ni sommet ni abîme, juste une ligne plate qui s'étendait à perte de vue.

Auguste n'avait jamais cherché à bouleverser le cours de son existence. À l'opposé de Rosalie Gordon, dont la vie avait été une flambée de passions destructrices, Auguste avançait dans la vie comme un automate, mû par une force mécanique invisible. Il ne rêvait pas d'un avenir meilleur, ni ne regrettait les choix du passé. Il acceptait sa condition sans la questionner, comme si imaginer une autre voie lui était tout simplement interdit.

Son absence de révolte n'était pas un choix conscient. C'était une résignation instinctive, née de l'habitude et de l'indifférence. Il ne se demandait jamais pourquoi il se levait chaque matin pour accomplir des tâches répétitives dans une usine où personne ne se souvenait de son prénom. Il ne se demandait jamais pourquoi il mangeait seul chaque soir, dans le silence de son appartement. Ces questions ne l'effleuraient pas, comme si elles appartenaient à un autre monde, inaccessible et incompréhensible.

Même dans les rares moments où un vide se faisait sentir, il ne cherchait pas à le combler. Il se contentait d'exister, sans chercher à donner un sens à son existence. Ce vide, cette absence de but, était devenu une toile de fond si familière qu'il ne la remarquait même plus. Auguste ne connaissait ni l'espoir ni le désespoir, seulement une neutralité qui enveloppait chaque aspect de sa vie. Il avançait, non par choix, mais parce qu'il n'avait jamais envisagé de s'arrêter.

Ses souvenirs de bonheur, s'il en avait, étaient flous, presque irréels. Parfois, dans les méandres de son esprit, émergeaient des éclats d'une vie qu'il avait peut-être rêvée : un sourire furtif, un rayon de soleil sur un visage, un rire qu'il ne pouvait pas identifier. Mais ces fragments étaient si lointains qu'ils semblaient appartenir à quelqu'un d'autre. Il n'y avait rien de tangible à quoi se raccrocher, rien qui lui rappelle ce que signifiait vivre pleinement. Les émotions qui auraient pu un jour l'animer avaient disparu, effacées par des années de routine.

La solitude, omniprésente, ne l'accablait pas. Elle était simplement là, comme une compagne silencieuse et constante. Elle ne pesait pas sur ses épaules ; elle flottait autour de lui, enveloppant ses journées et ses nuits. Il ne ressentait ni manque ni douleur. Il acceptait cette solitude comme une composante naturelle de son existence, tout comme il acceptait le passage des saisons ou le lever du soleil. Elle était là, inévitable, et il n'avait jamais pensé à la combattre.

Ce qui rendait son existence particulièrement pesante, ce n'était pas une lutte contre une quelconque adversité, mais l'absence totale de combat. Auguste était comme une feuille morte portée par un courant, avançant sans résistance, sans conscience de sa destination. Contrairement à l'âme venue des Enfers, qui avait lutté, chuté, brûlé de ses propres excès, Auguste n'avait jamais connu le feu. Il était l'incarnation de la passivité, une vie dépourvue d'intensité ou de conflit.

Cette résignation, presque apathique, définissait chaque aspect de son existence. Il n'y avait pas de quête, pas de désir profond qui l'animait. Il vivait sans passion, et dans cette absence de passion, il s'effaçait progressivement. Son identité elle-même semblait s'éroder, se fondant dans une monotonie qui absorbait tout ce qu'il aurait pu être. Ses jours passés n'avaient pas laissé de trace, et ses jours à venir promettaient d'être tout aussi insignifiants.

Dans ce contexte, les rares fragments de souvenirs qui flottaient dans son esprit symbolisaient un oubli progressif, une disparition lente de ce qui faisait de lui un être humain. Ses émotions, ses aspirations, tout ce qui aurait pu le définir, s'étaient dilués dans le cours immuable de sa vie. Et, comme un écho lointain, la sensation d'un cycle sans fin planait autour de lui : une répétition éternelle, où chaque existence ressemblait à la précédente, une boucle infinie d'oubli et de résignation.

La fin de sa vie survint comme elle avait été vécue : discrète, insignifiante, un écho étouffé dans l'indifférence du monde. Ce fut un matin comme les autres, où il se leva machinalement, toujours à la même heure, pour se rendre dans sa salle de bain aux carreaux ternis par les années. Alors qu'il s'avançait sur le sol humide, son pied glissa légèrement, assez pour qu'il perde l'équilibre. Dans un élan incontrôlable, il chuta avec un bruit sourd, et sa tête heurta le rebord ébréché de sa vieille baignoire.

Le choc fut fatal. Pas de cri, pas d'appel à l'aide. Juste le silence oppressant de l'appartement, interrompu par le goutte-à-goutte régulier du robinet qui fuyait. Son corps inerte resta là, figé dans une immobilité pesante, pendant des jours. L'air, déjà vicié par l'abandon de sa vie, devint lourd, stagnant, empreint d'une odeur qui finit par alerter le voisin du dessus. Quand on força la porte de son appartement, ce fut un spectacle sans éclat qui accueillit les rares témoins : un homme banal, dont la vie s'était éteinte comme une bougie au bout de sa mèche.

Il n'y eut ni cercueil orné, ni fleurs, ni discours. Son corps fut récupéré par les services funéraires locaux, incinéré avec une efficacité mécanique, et ses cendres dispersées sans cérémonie. Un avis de décès parut brièvement dans un journal local, perdu entre une publicité pour une enseigne de bricolage et les résultats d'un tournoi de pétanque. Personne ne le lut, et même ceux qui auraient pu reconnaître son nom n'y prêtèrent pas attention. Auguste Platevin quitta ce monde comme il y avait vécu : ignoré, oublié.

Dans le hall de la gare, l'essence d'Auguste reflétait cette disparition effacée. Contrairement aux âmes venues des Enfers, marquées par des stigmates vifs et sombres, son âme était grise, terne, presque translucide. Elle flottait parmi les autres, vacillante, difficilement perceptible dans la lumière diffuse qui baignait l'espace. Si l'âme venue des Enfers attirait les regards par l'intensité de ses cicatrices, Auguste semblait se fondre dans l'environnement, comme une ombre que l'on pouvait facilement oublier.

Les autres âmes le frôlaient sans vraiment le remarquer, comme s'il n'était qu'un courant d'air, un murmure imperceptible dans le tumulte silencieux de la gare. Il n'y avait pas de poids visible dans son essence, pas de lumière éclatante ni d'obscurité oppressante. Juste une absence, une vacuité qui témoignait de l'absence de relief de sa vie terrestre. Il était là, mais sans vraiment être là, une âme à moitié formée, comme une esquisse inachevée.

Aucune trace de sa vie ne subsistait. Pas de famille pour se souvenir de lui, pas d'amis pour raconter son histoire, pas de réalisations pour graver son nom quelque part. Même les murs de son appartement, débarrassés de ses quelques effets personnels, ne portaient plus aucune empreinte de son passage. Il n'avait pas seulement quitté le monde des vivants : il avait été effacé, absorbé par l'oubli comme une goutte d'eau dans un océan.

Dans la gare, cette absence de trace amplifiait son insignifiance. Contrairement aux âmes déchirées par leurs péchés, qui portaient le poids visible de leurs actes, ou aux âmes lumineuses, qui rayonnaient d'une pureté exceptionnelle, Auguste semblait en suspension, un vide flottant entre deux états. Il n'était ni marqué par ses fautes, ni exalté par ses vertus. Il n'était qu'un témoin silencieux de sa propre insignifiance.

Ainsi se tenait Auguste Platevin, une âme grise parmi des milliers d'autres, dépourvue de tout éclat, de toute empreinte durable, et pourtant, dans cette transparence presque absolue, il portait en lui une question silencieuse : pourrait-il, un jour, exister vraiment ?

Dans l'immensité lumineuse et silencieuse de la gare, son âme flottait comme une poussière prise dans un rayon de lumière, une ombre à peine définie. Contrairement aux âmes déchirées par leurs péchés, qui portaient le poids tangible de leur passé, ou aux âmes pures, qui brillaient d'une intensité presque divine, il n'était ni marqué ni éclatant. Il était simplement là, suspendu dans un vide où tout semblait s'étirer indéfiniment. Pour la première fois depuis sa mort – ou peut-être depuis toujours – il ressentit l'immensité du néant qui avait marqué son existence.

Aucune image, aucun souvenir précis ne remontait à la surface. Il ne pouvait se rappeler ni un moment de bonheur véritable, ni un instant de douleur marquante. Sa vie lui apparaissait comme un tissu sans relief, dépourvu de couleurs ou de textures, un long ruban gris défilant à l'infini. Il n'y avait ni hauts, ni bas, ni bifurcations. Juste une ligne droite qui s'effaçait à mesure qu'elle avançait. Ce n'était pas un oubli imposé par la gare, mais l'effacement progressif d'une vie sans empreinte, où rien n'avait laissé de marque durable.

Pour Auguste, cette révélation n'éveillait ni terreur, ni tristesse, mais une lourde sensation d'enfermement. Il comprit, d'une manière obscure mais irrévocable, qu'il était pris dans un cycle, une boucle sans début ni fin. Il avait déjà vécu cette vie monotone, peut-être plusieurs fois, sans s'en rendre compte. Et il allait la vivre à nouveau. Le cycle de réincarnation qui l'attendait lui offrait une nouvelle chance, mais il savait, sans savoir pourquoi, qu'il était condamné à reproduire les mêmes gestes, à fouler les mêmes chemins pavés d'indifférence.

Dans cet état d'attente, son essence vacillante oscillait entre la résignation et un embryon de révolte. Il n'avait jamais rêvé, jamais cherché à modifier le cours de sa vie, mais dans cette gare, quelque chose d'infime remuait en lui. Une question, presque imperceptible, naissait sous les couches de résignation : et si je pouvais changer ? Cette interrogation, ténue comme un souffle dans une tempête, ne trouvait pas encore de réponse, mais elle était là, présente, prête à s'insinuer dans chaque fragment de son être.

Ce désir était flou, comme une lumière lointaine perçue à travers un brouillard épais. Il ne savait pas ce qu'il voulait changer, ni comment il pourrait y parvenir, mais une sensation latente s'éveillait, une prise de conscience qu'il avait, peut-être, laissé la vie s'écouler sans jamais en saisir la substance. Ce n'était pas un espoir flamboyant, mais un murmure, une possibilité qui n'avait jamais effleuré son esprit auparavant.

Il se voyait comme une page blanche, vide de tout, mais prête à être remplie. L'idée de recommencer, qui lui semblait d'abord une malédiction, se transformait lentement en une chance : celle de tenter, pour la première fois, de vivre autrement. Il n'avait ni les outils, ni les connaissances pour saisir ce qu'il devrait faire, mais le simple fait de concevoir un changement, aussi fragile soit-il, faisait naître une étincelle qu'il n'avait jamais connue.

Dans la lumière diffuse de la gare, Auguste était à la fois une ombre et une promesse. Il n'était pas encore un être transformé, mais il portait en lui une potentialité, une page encore à écrire. Contrairement aux âmes pures, qui avaient déjà atteint leur destination, ou aux âmes des Enfers, marquées par des luttes intenses, il était un champ en friche, un terrain vierge où tout restait à construire. Mais ce champ était enclos, entouré de barrières invisibles que seule sa volonté pourrait abattre.

La gare semblait l'observer, ou peut-être était-ce lui qui ressentait pour la première fois le poids de l'univers. Dans ce lieu hors du temps, il comprit qu'il n'était pas seulement en transit vers une autre vie : il était à la croisée des chemins. Il pouvait continuer dans le cycle infini de répétition, ou tenter de briser cette boucle pour trouver enfin une direction, un but.

***

Dans l'immensité oppressante de la gare, baignée d'une lumière irréelle et douce, deux âmes traçaient des trajectoires opposées, l'une empreinte de résolution fragile, l'autre dérivant comme un écho presque éteint. Rosalie, l'âme rédimée venue des profondeurs de l'Enfer, avançait avec une lente détermination. Sa lumière vacillait légèrement, auréolée d'une teinte encore marquée par les ténèbres, mais elle était là, palpable, comme un flambeau mal assuré mais résistant. Chaque pas, bien qu'immatériel, semblait chargé du poids de son passé, des luttes qu'elle avait dû affronter pour arriver ici. Mais elle avançait, tendue vers un objectif invisible, attirée par un portail scintillant dans le lointain, promesse d'un nouveau départ.

Sa trajectoire, droite et résolue, tranchait avec celle d'une autre âme, presque imperceptible, qui flottait mollement dans l'éther lumineux. Auguste, ou plutôt ce qu'il restait de lui, n'était qu'une ombre grise, un fragment d'existence effacée par une vie terne et une mort anonyme. Contrairement à Rosalie, qui portait en elle la tension vibrante de quelqu'un qui avait lutté pour sa rédemption, il se laissait emporter par les courants invisibles de la gare, sans direction, sans but. Il ne semblait pas percevoir le mouvement, ni même être conscient de sa propre dérive. Il était là, mais à peine : une présence si effacée qu'elle semblait sur le point de disparaître à tout instant.

Le contraste entre Rosalie et Auguste était saisissant. Là où Rosalie portait une lumière vacillante mais persistante, Auguste était une teinte uniforme, grise, sans éclat ni nuance. Là où l'une avançait avec hésitation mais avec une certaine volonté, l'autre dérivait dans un état d'indifférence totale, un automate privé de tout mécanisme interne. Rosalie portait en elle l'énergie d'une âme qui avait affronté l'Enfer et trouvé la force de se relever. Auguste, lui, semblait être l'incarnation même de l'oubli, un être vidé de toute intensité, prisonnier de son inertie.

Le hall réagissait différemment à chacune des deux âmes. Les reflets des colonnes lumineuses s'allongeaient sur le chemin de Rosalie, comme pour l'accompagner dans sa progression. Les glyphes gravés à leur surface scintillaient faiblement à son passage, comme s'ils reconnaissaient en elle une exception rare, un être ayant traversé l'impensable pour émerger de l'autre côté. Pour Auguste, en revanche, le vide semblait s'intensifier. Son passage ne suscitait aucun écho, aucune vibration dans l'air lumineux. Il était une ombre errante, un fragment presque invisible que la gare elle-même semblait ignorer.

Et pourtant, leurs trajectoires convergeaient. Dans cet espace infini où les âmes étaient triées avec une précision implacable, les chemins de Rosalie et d'Auguste, si opposés, se rapprochaient inexorablement. C'était comme si la gare elle-même orchestrait cette rencontre, attirant leurs essences vers un point de collision inévitable. Rosalie n'en avait pas conscience, trop concentrée sur le portail qui semblait l'appeler, et Auguste, perdu dans sa dérive passive, ne percevait rien de ce qui l'entourait.

La tension dans l'air était presque imperceptible, un frémissement à peine audible, mais qui s'intensifiait à mesure que les deux âmes approchaient l'une de l'autre. C'était un mouvement inéluctable, une force invisible qui transcendait leur volonté, les poussant l'un vers l'autre comme les deux pôles d'un aimant. Rosalie, marquée par la lumière fragile de sa rédemption, et Auguste, enveloppé dans le vide de son existence oubliée, allaient bientôt se heurter, déclenchant un événement qui échapperait à l'ordre parfait de la gare.

L'impact, bien qu'achevé, avait laissé dans son sillage une onde vibrante, un mouvement invisible qui enveloppait les deux âmes. Leurs essences, au lieu de se heurter et de rebondir l'une contre l'autre, commencèrent à se mêler dans un entrelacement étrange et inattendu. Ce n'était ni un choc brutal, ni une fusion harmonieuse, mais un processus à la fois fluide et chaotique, comme deux courants d'énergie forcés de coexister sans en comprendre la raison. Chaque fragment de l'une pénétrait l'autre, créant des vagues d'émotions et de souvenirs qui semblaient dépasser le temps et l'espace de la gare.

Pour Rosalie, ce mélange fut un bouleversement profond. Elle, qui avait connu l'intensité des passions humaines, la fureur des Enfers, et la douleur de la rédemption, fut submergée par une absence totale. Le vide abyssal de l'existence d'Auguste l'envahit comme un brouillard glacé, effaçant toute étincelle en elle. Ce n'était pas la noirceur de ses propres péchés, mais une immobilité froide, une absence de sens si écrasante qu'elle lui coupa le souffle. Elle sentit la monotonie oppressante d'une vie sans éclat, le poids d'une routine sans fin qui s'était étalée sur des décennies sans jamais laisser la moindre empreinte.

Rosalie, qui avait toujours combattu – pour le plaisir, pour le contrôle, puis pour la rédemption – se trouva paralysée par cette passivité. Elle était prise au piège d'une torpeur si lourde qu'elle menaçait de l'enfermer pour l'éternité. Elle ressentit une lassitude inconnue, une fatigue qui ne venait pas de la lutte, mais de l'absence de lutte. Ce vide la déstabilisait, étouffant sa lumière vacillante, lui rappelant qu'elle était encore fragile, à peine sortie des ténèbres.

Pour Auguste, c'était une tempête. Lui, qui n'avait jamais ressenti autre chose qu'une indifférence morne, se trouva soudain submergé par l'intensité des émotions de Rosalie. Des éclats de souvenirs jaillissaient, brutaux et fulgurants : un rire cruel dans une pièce tamisée, le poids d'un couteau dans une main hésitante, des visages d'amants trahis, les flammes des Enfers léchant son essence alors qu'elle chutait. Chaque image était une morsure, chaque émotion une brûlure. Il découvrait la violence d'une vie vécue à l'excès, où chaque instant était marqué par une intensité qui lui était étrangère.

Mais il vit aussi autre chose : la lutte de Rosalie pour se relever, pour gravir lentement les pentes escarpées de la rédemption. Il sentit son désespoir, ses sacrifices, et cette lumière fragile qu'elle avait ravivée au milieu des ténèbres. Ces sensations, ces fragments d'elle, brisaient les murs qu'il avait érigés autour de lui, détruisant l'indifférence qui avait été son refuge pendant toute son existence. Pour la première fois, Auguste ressentait une intensité qui l'ébranlait jusqu'à son essence même.

Le partage involontaire mais intime des souvenirs et des émotions était une révélation pour les deux âmes. Rosalie découvrait ce que signifiait l'absence de tout désir, de toute volonté, et comprenait que ce vide, bien qu'insupportable, était aussi une forme de souffrance silencieuse. Auguste, lui, apprenait à ressentir : des éclats de vie qu'il n'avait jamais connus, des émotions si puissantes qu'elles lui donnaient presque le vertige. Ce mélange, ce partage forcé, les dénudait, les exposait l'un à l'autre dans une intimité absolue.

Le processus n'était ni paisible ni chaotique, mais quelque chose entre les deux. C'était une danse incertaine, où chaque âme absorbait des fragments de l'autre tout en tentant de préserver son identité. L'énergie qui les entourait pulsait, comme un cœur battant à une fréquence instable. La lumière vacillante de Rosalie se mêlait à la grisaille d'Auguste, créant une teinte indéfinissable, une couleur qui semblait chercher son équilibre entre ombre et lumière.

Une sensation de perte et de découverte simultanée envahissait les deux âmes. Rosalie perdait une partie de sa résolution, son chemin si durement gagné semblant s'effacer dans l'immobilité d'Auguste. Mais elle découvrait aussi une forme de calme qu'elle n'avait jamais connue, une acceptation qu'elle n'avait jamais envisagée. Auguste, quant à lui, sentait son indifférence se fissurer, remplacée par un tourbillon d'émotions qu'il ne savait pas nommer. Il perdait son apathie, mais il gagnait une nouvelle conscience, une possibilité de ressentir et d'agir.

Le processus de fusion atteignit son paroxysme, puis se stabilisa en une étrange harmonie instable. Dans l'immensité lumineuse du hall de la gare, il ne restait plus deux âmes distinctes, mais une seule entité hybride, fragile et encore informe, oscillant entre ombre et lumière. Là où Rosalie Gordon projetait autrefois une lueur vacillante, marquée par les stigmates de son passé en Enfer, et où l'essence d'Auguste Platevin se perdait dans une fadeur grise, une nouvelle teinte émergeait. Indéfinissable, mouvante, elle semblait chercher son équilibre, fusionnant des fragments d'obscurité et des éclats de vide en une lumière tamisée.

Leur essence combinée vibrait à une fréquence différente, inédite dans la gare. Cette vibration ne ressemblait à rien de ce que les Gardiens ou les autres âmes avaient connu. Elle était à la fois douce et discordante, apaisante et inquiétante, comme une mélodie incomplète jouée sur des cordes brisées. Les deux âmes, désormais mêlées, ressentaient cette dualité en elles. Elles étaient à la fois attirées par cette union et effrayées par ce qu'elle impliquait. Ce qui naissait ici n'appartenait ni entièrement à

Rosalie ni à Auguste. C'était quelque chose de nouveau, quelque chose qui défiait les lois rigides et immuables de la gare.

Mais la fusion n'était pas parfaite. Une tension sourde persistait entre les deux âmes. Rosalie sentait encore en elle le poids de ses luttes passées, la lumière fragile qu'elle avait si péniblement cultivée. Elle luttait pour préserver cette part d'elle-même, ce chemin qu'elle avait tracé à travers les ténèbres. Elle redoutait que cette fusion ne dilue sa volonté, qu'elle ne devienne qu'une ombre dans cette entité nouvellement formée. Ses souvenirs des Enfers et de sa rédemption, bien que partagés avec Auguste, restaient une ancre, une preuve de sa capacité à surmonter les ténèbres.

De son côté, Auguste, pour la première fois, percevait une intensité qu'il n'avait jamais connue. Les éclats d'émotions de Rosalie illuminaient son essence, mais ils le terrifiaient également. Ces sensations étaient si puissantes qu'elles menaçaient de le submerger. Pourtant, il s'accrochait, cherchant à comprendre cette nouvelle existence, à y trouver une place qui ne soit pas simplement celle d'un fragment passif. Il n'était plus une ombre flottante, mais il n'était pas encore totalement éveillé.

Cette tension entre fusion et préservation individuelle créait un équilibre précaire, comme une flamme vacillante dans un vent instable. La nouvelle entité était à la fois unie et divisée, partagée entre les ténèbres et la lumière, entre le vide et le combat.

Cette fusion, bien que fragile et instable, portait en elle une promesse unique. Elle incarnait quelque chose de jamais vu : un mélange des ténèbres et de vide, d'une inertie confrontée à une intensité nouvelle. Cette entité naissante n'était pas simplement le produit de deux âmes ; elle représentait une transgression, une possibilité qui échappait aux règles immuables de la gare. Elle portait en elle le potentiel de changement, un souffle d'imprévisible dans un univers rigoureusement orchestré.

Puis ils furent aspirés.

***

Le premier instant de conscience fut une détonation silencieuse, un bouleversement interne qui ébranla les deux âmes. Rosalie, habituée à la solitude de son essence, sentit immédiatement une intrusion qu'elle perçut comme une menace. Ce nouvel espace partagé, à la fois étranger et intime, déclencha en elle un rejet instinctif, une lutte viscérale pour préserver ce qu'elle avait gagné à travers des siècles de douleur et de rédemption. L'idée même de devoir cohabiter avec une autre âme, une essence si différente et si terne, était insupportable.

Ses pensées s'imposèrent violemment dans cet espace commun, emplies de méfiance et de rage contenue. Comment une lumière, même fragile, pouvait-elle coexister avec un vide aussi écrasant ? Chaque fragment de sa conscience hurlait son refus, s'insurgeant contre ce qu'elle percevait comme une tentative d'extinction de son être. Rosalie se battait, déployant des vagues d'énergie mentale dans cet espace éthéré, cherchant à repousser Auguste, à affirmer son existence et sa volonté de survivre. Elle, qui avait arraché sa lumière aux ténèbres les plus profondes, ne pouvait supporter l'idée qu'elle soit étouffée par cette ombre amorphe.

De l'autre côté, Auguste se débattait dans un chaos qu'il ne comprenait pas. Lui, qui n'avait jamais été confronté à de telles intensités, était submergé par l'ouragan émotionnel de Rosalie. Les pensées et souvenirs de l'âme purifiée jaillissaient dans leur espace partagé comme des éclats de feu, brutaux et fulgurants. Sa passivité habituelle devint un instinct de défense : il tenta de se replier, de se protéger, érigeant des barrières mentales maladroites pour résister à cette force qu'il ne pouvait contenir.

Mais ses défenses étaient fragiles, poreuses. La puissance brute de Rosalie brisait sans effort ses boucliers, envahissant son essence et menaçant de le submerger entièrement. Auguste ne savait pas comment réagir, ni même s'il en avait la force. Pourquoi était-il là ? Pourquoi devait-il supporter cette cohabitation imposée ? Ces questions, qui auraient dû le révolter, restaient enfouies sous une couche de confusion et d'apathie. Il ressentait une peur sourde, une panique qu'il ne pouvait exprimer, tandis que son essence vacillait, sur le point d'être absorbée.

L'espace partagé devint un champ de bataille invisible, un chaos oppressant où aucune des deux âmes ne trouvait de stabilité. Chaque pensée de Rosalie, imprégnée de ses souffrances et de ses luttes, se heurtait à la passivité d'Auguste, générant des tensions intenses. L'âme forte de sa détermination, cherchait à dominer cet espace, à effacer l'autre pour préserver son intégrité. Mais l'ombre d'Auguste, bien que silencieuse et diffuse, résistait, non par volonté, mais par sa nature même : une inertie qui absorbait tout ce qui l'attaquait, comme un trou noir aspirant la lumière.

Ce conflit incessant, ce choc de deux essences opposées, créait une instabilité palpable. Les pensées s'entrelaçaient, se heurtaient, se déformaient, rendant impossible pour chacune des deux âmes de retrouver son propre équilibre. Rosalie percevait la lassitude infinie d'Auguste comme un poison, une force insidieuse qui menaçait de la paralyser. Auguste, quant à lui, était écrasé par l'intensité de Rosalie, incapable de résister à ses assauts, mais trop confus pour céder complètement.

Dès que leur cohabitation forcée s'installa, les tensions entre Rosalie et Auguste prirent une ampleur vertigineuse. Chaque pensée, chaque émotion, devenait une arme dans un champ de bataille où les deux âmes luttaient pour affirmer leur existence. Rosalie, forte de son expérience dans les Enfers et du combat qu'elle avait mené pour sa rédemption, ne laissa aucun répit. Ses pensées, chargées de colère et d'une énergie brute, s'abattaient sur Auguste comme des vagues furieuses cherchant à le submerger.

Elle voyait en lui tout ce qu'elle avait toujours méprisé : une passivité accablante, une apathie qui semblait trahir la vie elle-même. Comment pouvait-on exister sans se battre, sans passion, sans l'intensité de la lutte ? Pour Rosalie, Auguste incarnait une faiblesse insupportable, une existence si terne qu'elle la percevait comme une insulte à son propre chemin. « *Tu n'as rien vécu, rien ressenti, rien tenté !* » hurlait-elle, ses pensées s'élevant comme des lames acérées dans l'espace qu'ils partageaient. Mais sa colère n'était pas purement dirigée contre lui : elle portait en elle les cicatrices de ses propres traumatismes, la peur de perdre cette lumière qu'elle avait si durement conquise.

Chaque vague d'émotions qu'elle déchaînait secouait leur essence commune, créant des éclats d'énergie qui résonnaient dans cet espace immatériel. Rosalie ne connaissait que l'affrontement direct, la force brute qu'elle avait employée pour s'extirper des profondeurs de l'Enfer. Elle n'avait jamais appris à ménager, à comprendre, à céder. Auguste, à ses yeux, n'était qu'un obstacle, un poids mort qui risquait de l'entraîner dans un abîme qu'elle avait juré de ne jamais revoir.

Auguste, d'abord submergé par cette agressivité, se replia instinctivement. C'était sa nature : fuir les conflits, céder pour éviter les affrontements. Rosalie, avec sa présence écrasante, semblait sur le point de le réduire à néant. Chaque pensée qu'elle lançait résonnait en lui comme un coup de tonnerre, éveillant une peur qu'il n'avait jamais connue. Il se repliait, cherchant à échapper à cette énergie qui menaçait de l'écraser. Mais quelque chose, au fond de lui, commença à bouger.

L'injustice de ses accusations éveilla une étincelle qu'il ignorait posséder. Comment pouvait-elle comprendre ? Elle, avec sa vie marquée par la passion et les excès, ne pouvait pas saisir ce qu'il avait vécu. Son existence, bien que terne et monotone, n'était pas un choix : c'était une prison silencieuse, un poids qu'il avait porté sans savoir comment s'en libérer. Ses pensées, d'abord lentes et hésitantes, commencèrent à gagner en intensité. « *Tu ne sais rien de moi... Rien de ce que c'est, de vivre dans l'absence, d'être écrasé par le vide.* » exprima-t-il, presque comme une menace.

Auguste, malgré sa faiblesse apparente, se mit à répliquer, maladroitement mais avec une sincérité désarmante. Ses pensées, bien qu'inexpérimentées, avaient une force tranquille, une profondeur née de son inertie. Il n'était pas une ombre vide ; il portait en lui une douleur sourde, celle d'une vie passée sans but, sans éclat, mais non sans souffrance. Et il refusa de se laisser annihiler par Rosalie, même si cela signifiait affronter la tempête qu'elle incarnait.

Leur affrontement prit des proportions presque physiques. Chaque pensée, chaque émotion projetée dans leur espace commun devenait une onde d'énergie qui secouait leur essence partagée. Rosalie, avec sa violence brute, déclenchait des secousses violentes, des éclats de lumière et de ténèbres qui semblaient vouloir briser leur fragile équilibre. Auguste, avec sa résistance nouvelle, créait des pulsations plus lentes, mais tout aussi perturbatrices, des vagues profondes qui tentaient de repousser les assauts de Rosalie.

Leur espace commun, déjà instable, devint un champ de tensions insupportables. Les éclats d'énergie jaillissaient comme des étincelles dans une forge, chaque friction alimentant un feu qu'ils ne pouvaient contrôler. Rosalie cherchait à dominer, à imposer sa volonté, mais Auguste, contre toute attente, refusait de se laisser effacer. Ce n'était pas un conflit équilibré : Rosalie était une tempête, et Auguste, un mur fissuré. Mais ce mur, bien que fragile, ne cédait pas. Il résistait, et cette résistance, même minime, rendait le combat encore plus intense.

Pour Rosalie, cette lutte n'était pas seulement une question de domination. Chaque instant passé à affronter Auguste renforçait son mépris, mais aussi son incompréhension. Comment pouvait-il rester aussi inerte face à une telle intensité ? Pourquoi refusait-il de se battre, de se réveiller ? Sa colère, teintée de mépris, masquait une peur plus profonde : celle de se perdre dans cet espace partagé, d'être tirée vers l'inertie qu'Auguste incarnait.

De son côté, Auguste voyait dans les attaques de Rosalie une menace, mais aussi un miroir cruel. Elle représentait tout ce qu'il n'avait jamais été : une vie intense, marquée par des choix, des excès, des luttes. Il la détestait pour sa force, mais il en était aussi fasciné, incapable de détourner son esprit de cette lumière violente qui l'effrayait autant qu'elle l'attirait.

Le tumulte des premières confrontations entre Rosalie et Auguste commença à s'apaiser, laissant place à une étrange accalmie. Ce n'était pas une trêve formelle, ni une acceptation totale, mais une pause dans leur lutte, comme si, épuisées par l'effort constant de s'affronter, leurs âmes cherchaient instinctivement un nouveau terrain d'équilibre. Dans ce silence intérieur, un changement subtil se produisait, imperceptible mais puissant : une compréhension mutuelle, fragile mais prometteuse, prenait forme.

Rosalie, l'âme marquée par l'intensité de ses passions et de ses luttes, observa pour la première fois Auguste d'un œil différent. Elle qui, jusqu'alors, voyait en lui un obstacle, une inertie insupportable, commença à percevoir autre chose : une résilience silencieuse, une capacité à encaisser les chocs et à subsister là où d'autres auraient sombré. Ce qu'elle avait d'abord pris pour de la faiblesse – cette apathie, cette passivité – lui apparut maintenant sous un autre jour. Auguste n'avait peut-être jamais lutté comme elle, mais il avait survécu.

Son propre chemin, fait de luttes brutales et de révoltes intenses, lui avait appris que la survie nécessitait une force d'un autre type. Peut-être qu'Auguste, dans sa manière discrète, portait une clé qu'elle n'avait jamais possédée : celle d'une acceptation qui, loin d'être une soumission, pouvait devenir un socle. Un pilier, stable et immobile, sur lequel s'appuyer. Cette idée, bien qu'étrangère à Rosalie, commença à germer en elle, et avec elle, un respect naissant pour cette âme qu'elle avait méprisée.

Mais Rosalie comprit aussi autre chose : elle ne pouvait pas simplement dominer cet espace partagé, écraser Auguste sous le poids de sa volonté. Cette stratégie, qu'elle avait instinctivement adoptée, ne ferait que briser ce fragile équilibre qu'ils semblaient sur le point de trouver. Pour la première fois, elle relâcha légèrement sa prise, cessant de voir Auguste comme une menace à son intégrité, et commença à envisager une autre voie.

De son côté, Auguste sentit un frémissement nouveau en lui. Ce n'était pas une transformation spectaculaire, mais une envie timide, presque enfantine, qui s'éveillait : celle de comprendre ce que signifiait vivre vraiment. Les éclats d'intensité que Rosalie projetait dans leur espace commun – ses souvenirs de passions, de luttes, de rédemption – avaient éveillé en lui quelque chose qu'il n'avait jamais connu : une curiosité pour une existence différente de celle qu'il avait toujours acceptée. Et si, au lieu de flotter dans l'inertie, il pouvait réellement ressentir ?

Auguste ne savait pas encore comment, ni même s'il en était capable, mais l'idée de changer, de sortir de son état passif, commença à s'imposer doucement. Il comprit aussi que Rosalie, loin d'être simplement une force destructrice, pouvait devenir un guide. Sa violence, sa lumière, même sa colère, portaient en elles une énergie qui lui était totalement étrangère mais terriblement attirante. Il n'avait jamais connu une âme capable de briller aussi fort, même après avoir traversé les ténèbres. Cette force, bien que menaçante, pouvait devenir pour lui une impulsion, une raison de vouloir plus.

À mesure que leurs perceptions mutuelles évoluaient, une stabilisation progressive de leur essence commune se manifesta. L'énergie qui, auparavant, était chaotique et instable, commença à se calmer. Leur lumière partagée, autrefois vacillante et discordante, trouva une fréquence plus apaisée, comme si leurs deux âmes, en apprenant à se connaître, commençaient à ajuster leurs vibrations respectives.

Rosalie et Auguste, bien qu'encore profondément différents, commencèrent à percevoir qu'ils pouvaient s'enrichir mutuellement. Rosalie sentit que la capacité d'Auguste à accepter, à subsister, pouvait lui offrir une stabilité qu'elle n'avait jamais eue. Auguste, lui, vit dans l'intensité de Rosalie une force capable de l'éveiller à une vie plus riche, plus réelle. Cette synergie, bien qu'encore fragile, commença à s'exprimer dans leur lumière commune, qui devint moins vacillante, plus homogène.

Ce n'était pas encore une harmonie parfaite. Les tensions subsistaient, les blessures de Rosalie et l'inertie d'Auguste étant encore présentes dans leur essence partagée. Mais quelque chose avait changé : il y avait désormais une promesse, une possibilité d'équilibre. Cette cohabitation forcée, qu'ils avaient d'abord vécue comme une malédiction, commençait à révéler son véritable potentiel. Ensemble, ils pouvaient devenir quelque chose qu'aucun d'eux ne pourrait atteindre seul.

***

Le réveil fut brutal, une rupture soudaine avec l'état immatériel qu'ils avaient connu jusqu'alors. Rosalie et Auguste furent projetés ensemble dans la densité de la chair, emprisonnés dans un corps dont ils ne comprirent pas immédiatement la nature. Ce fut comme plonger dans une mer glacée, une collision brutale avec la réalité physique. Le choc fut tel qu'aucune des deux âmes ne parvint à s'orienter dans les premières secondes. C'était un chaos sensoriel, une explosion d'impressions nouvelles, crues et déconcertantes.

Le premier choc vint du poids. Déjà habituées à flotter dans l'intemporalité de la gare, sans attaches matérielles, ils prirent de nouveau conscience du poids d'un corps pour la première fois. Chaque muscle semblait engourdi, chaque mouvement, même infime, demandait un effort. Ce corps qu'ils habitaient, celui d'une femme qui venait de s'ôter la vie, portait encore les stigmates de son geste désespéré. Le sang séché, une odeur métallique envahissante, collait à la peau. Les poignets, grossièrement entaillés, pulsaient d'une douleur sourde, et les nerfs, réveillés d'un long silence, lançaient des décharges désordonnées.

La chaleur du sang, cette vibration familière mais oubliée, circulait à nouveau dans les veines. Le cœur battait, irrégulier d'abord, comme une machine rouillée qui se remet en marche, chaque pulsation résonnant dans leurs consciences fusionnées. L'air, cet élément invisible et omniprésent, entrait dans leurs poumons, brûlant légèrement à chaque inspiration, s'échappant en un souffle rauque. La peau, parcourue de frissons, redécouvrait le froid de la pièce, la texture rêche du sol sous leur corps. Ces sensations, ordinaires pour un être vivant, étaient pour elles d'une intensité presque violente.

Pour Rosalie, ce retour à la chair était une expérience à la fois exaltante et frustrante. Elle se souvenait, dans un coin de son esprit, de la sensation d'un corps vivant. Les plaisirs qu'il pouvait offrir, les désirs qu'il pouvait éveiller, les douleurs qu'il imposait. Mais ce souvenir était lointain, comme une lumière vue à travers un épais brouillard. Revenir à une existence matérielle réveillait en elle des émotions conflictuelles. Elle reconnaissait les sensations, mais elles semblaient désormais étrangères, maladroites, imparfaites.

Le corps qu'ils habitaient était un instrument brisé, incapable de répondre à ses attentes. Chaque mouvement était laborieux, chaque tentative d'action se heurtait à la faiblesse des muscles, à la lenteur des réactions. Elle serra les poings, ou tenta de le faire : les doigts répondirent avec hésitation, se contractant à moitié, tremblants sous l'effort. Cette imperfection l'irritait. Elle, qui avait connu une vie marquée par l'intensité, par la maîtrise de son propre corps, se retrouvait enfermée dans une enveloppe fragile, endommagée, presque inutile. Et, selon son propre point de vue, probablement laid.

Pourtant, au milieu de cette frustration, une lueur d'exaltation persistait. Ce retour à la chair, aussi imparfait soit-il, était une seconde chance, une opportunité qu'elle n'avait jamais envisagée. Malgré la douleur et les limitations, Rosalie sentit une pointe de satisfaction. Elle n'était plus une âme perdue dans le vide, condamnée à errer sans fin. Elle était revenue. Elle était vivante.

Pour Auguste, en revanche, chaque sensation était une révélation. Jamais, au cours de son existence monotone, il n'avait prêté attention à son corps, à ces mécaniques invisibles qui maintenaient la vie. Depuis sa mort, il avait flotté dans une absence totale de sensations, réduit à une simple conscience grise et amorphe. Ce réveil dans un corps humain fut une explosion de découvertes.

Il ressentit pour la première fois depuis longtemps le battement du cœur, cette pulsation régulière qui résonnait dans ses tempes, dans sa poitrine, dans chaque extrémité. Il entendit le souffle rauque de leurs poumons, sentit l'air frais glisser dans leur gorge et s'échapper en une brume chaude. Chaque nerf semblait s'allumer, comme une constellation de lumières qui s'éveillait après une éternité de ténèbres. Mais ce qui le bouleversa le plus, c'était la douleur.

La souffrance physique, qui aurait dû l'effrayer, l'émerveilla. Ce n'était pas une douleur insupportable, mais une présence constante, une tension dans les muscles, une brûlure dans les poignets, une raideur dans les articulations. Il prit conscience de chaque partie de leur corps, de chaque imperfection, et ressentit une forme étrange de gratitude. Cette douleur, cette imperfection, étaient la preuve qu'il était revenu à la vie. Pour la première fois, Auguste était pleinement conscient d'exister.

Le chaos des sensations ne faisait que renforcer la confusion entre les deux âmes. Rosalie, déjà frustrée par les limitations du corps, se sentit agacée par l'émerveillement naïf d'Auguste. « *Ce n'est qu'un corps* », pensa-t-elle avec irritation. « *Un outil, rien de plus. Pourquoi perdre du temps à le contempler ?* » Mais Auguste, plongé dans cette marée de nouvelles expériences, était incapable de répondre à ses critiques. Il absorbait tout, fasciné par les moindres détails.

Ce décalage dans leur perception ne faisait qu'intensifier leurs tensions. Là où Rosalie voyait un instrument brisé qu'il fallait dominer, Auguste percevait une renaissance, une opportunité d'explorer un monde qu'il n'avait jamais réellement connu. « *Ce n'est pas qu'un outil* », murmura-t-il intérieurement, incapable de s'exprimer autrement. « *C'est une vie.* »

Ce retour à la vie ne s'était cependant pas produit dans l'anonymat tranquille d'un lieu désert. Ce corps, maintenant habité par Rosalie et Auguste, appartenait à une femme dont l'histoire était inscrite dans les mémoires d'une petite communauté. Ici, les vies étaient imbriquées, et chaque décès, chaque événement marquant, se transformait en un écho collectif. Cette femme, brisée par un désespoir silencieux, avait choisi de mettre fin à ses jours dans le repli de sa solitude. Mais son geste, loin d'être une fin, devint le point de départ d'une scène que personne n'oublierait.

Lorsque le corps mutilé se redressa dans une lenteur macabre, couvert de sang séché, la réaction des témoins fut instantanée. Une femme du voisinage, attirée par une intuition inexplicable ou par un bruit imperceptible, poussa un cri strident en apercevant ce qu'elle ne pouvait que qualifier d'abomination. D'autres voisins, alertés par son hurlement, accoururent en masse, leurs visages se figeant en une expression de terreur mêlée de fascination lorsqu'ils découvrirent ce qui les attendait. « Elle est debout…

Mon Dieu, elle est debout ! » murmura l'un d'eux, croisant son regard avec celui, hagard, de cette femme censée être morte.

Les réactions se dispersèrent comme une vague incontrôlable. Certains tombèrent à genoux, joignant les mains dans une prière effarée, murmurant des invocations et des supplications à une divinité qu'ils espéraient bienveillante. « Un miracle… C'est un miracle ! » proclamèrent certains, leurs voix tremblantes de ferveur. D'autres, moins enclins à attribuer cette scène à une intervention divine, se reculèrent, leurs yeux agrandis par la peur. « Ce n'est pas naturel… Elle est possédée, elle a ramené quelque chose avec elle ! » murmurèrent-ils, terrifiés à l'idée qu'une force sombre ait infiltré leur monde.

La femme ressuscitée, son corps encore vacillant et maladroit, fut rapidement encerclée. Des mains hésitantes se tendirent pour l'aider, mais aussi pour la toucher, comme pour s'assurer qu'elle était bien réelle, qu'ils ne rêvaient pas. La foule autour d'elle croissait à vue d'œil, chacun se pressant pour voir de ses propres yeux l'impossible. « C'est elle, n'est-ce pas ? Mais elle était morte, je l'ai vue morte ! » répétait un vieil homme à demi fou d'effroi.

La scène devint rapidement chaotique. Les cris et les murmures se mêlaient dans un brouhaha indistinct, les visages reflétant des émotions contradictoires : l'émerveillement, la terreur, la méfiance. Certains suggéraient d'appeler un médecin, d'autres un prêtre, d'autres encore préféraient fuir, comme si la présence de cette femme revenue d'entre les morts risquait de contaminer leur réalité. Une vieille femme serra un chapelet contre sa poitrine, marmonnant des prières en boucle. « Dieu tout-puissant, protégez-nous de ce qui est mauvais… »

Cette attention, ce tumulte, écrasa Rosalie et Auguste, piégés à l'intérieur de ce corps brisé. Les deux âmes, si différentes, réagirent de manières opposées.

Rosalie, habituée à l'intensité et au chaos, sentit immédiatement monter en elle une irritation brûlante. Ce cercle d'individus agités, qui se pressaient autour d'elle avec leurs mains tremblantes et leurs regards apeurés, lui donna une impression de suffocation. « *Ce ne sont que des mortels* », pensa-t-elle avec mépris. « *Ils paniquent comme des insectes face à une flamme.* » Leur empressement, leurs gestes maladroits, leur peur palpable l'agacèrent profondément. Elle, qui avait traversé les Enfers, qui avait affronté les pires tourments, ne voyait dans leur réaction qu'une hystérie déplacée.

Leurs murmures à voix basse, leurs regards oscillant entre la dévotion et la suspicion, réveillèrent en elle une colère sourde. Elle n'avait pas demandé à être ramenée à la vie, encore moins à devenir le centre d'une scène grotesque. Elle se sentit envahie, oppressée par ces inconnus qui, dans leur empressement, semblaient vouloir lui voler cette seconde chance. « *Reculez… Laissez-moi respirer !* » songea-t-elle avec fureur, bien que ses pensées ne puissent franchir les limites de leur esprit partagé.

Pour Auguste, la situation fut tout autre. Lui, habitué à une existence discrète, presque invisible, se retrouva soudain sous les projecteurs d'une foule en effervescence. Chaque regard posé sur lui – ou plutôt sur ce corps qu'il partageait avec Rosalie – était une épreuve insupportable. Il se sentait mis à nu, exposé comme jamais auparavant. Lui, qui avait toujours vécu dans l'ombre, se retrouvait au centre de l'attention, et cette expérience le paralysa.

Chaque murmure, chaque geste des témoins, lui donnait l'impression d'être jugé, scruté, et cela réveilla en lui une panique sourde. Il n'était pas préparé à faire face à autant de regards, autant d'émotions contradictoires. « *Pourquoi nous regardent-ils comme ça ?* » pensa-t-il, incapable de comprendre leur ferveur ou leur crainte. Les mains qui se tendaient pour toucher le corps qu'il habitait lui donnaient une sensation d'invasion insupportable. Auguste avait envie de fuir, de disparaître à nouveau dans l'oubli, mais il n'avait nulle part où aller.

Dans ce tumulte émotionnel, Rosalie et Auguste se heurtèrent à nouveau. Rosalie, agacée par l'hystérie de la foule, accusa Auguste de sa passivité. « *Ils nous entourent parce que tu ne fais rien !* » pensait-elle, fulminante. Auguste, submergé par sa panique, reprocha à Rosalie son mépris. « *Ils ont peur... Ils ne comprennent pas, tout comme nous. Pourquoi les repousser ?* » Leurs pensées, si différentes, s'entrechoquèrent dans cet espace mental partagé, rendant la situation encore plus insupportable.

Leur conflit intérieur reflétait l'agitation extérieure. Ce corps qu'ils partageaient, vacillant et encore fragile, devint le point de convergence de toutes les émotions humaines : la peur, la foi, l'incompréhension, la curiosité. Ils étaient devenus, malgré eux, un symbole, un mystère que personne, pas même eux, ne pouvait expliquer.

Le retour à la chair aurait dû être une victoire, une renaissance, mais pour Rosalie et Auguste, c'était avant tout une épreuve. Habiter un corps humain, un vaisseau brisé et fragile, était une expérience infiniment plus complexe qu'ils n'auraient pu l'imaginer. Leur essence fusionnée, qui avait commencé à trouver un équilibre précaire dans l'immatérialité, se trouva brutalement confrontée aux exigences impitoyables du monde physique. Les lois de la matière, le poids, la douleur, les besoins, tout cela s'imposa à eux avec une violence sourde.

Pour elle qui était habituée à la vitalité débordante de son ancienne existence terrestre, ce nouveau corps était une prison, une cage encombrante. Elle ressentait chaque fibre musculaire, chaque articulation, comme un mécanisme rouillé, incapable de répondre avec précision à sa volonté. Chaque geste, chaque tentative de mouvement semblait se heurter à une inertie insupportable. « *Avance, bouge !* » criait-elle intérieurement, mais le corps ne répondait pas comme elle l'exigeait.

Les stigmates du suicide de la femme qu'ils habitaient rendaient les choses encore plus difficiles. Les poignets entaillés pulsaient d'une douleur constante, sourde mais tenace. Les muscles affaiblis tremblaient sous l'effort, et la moindre tentative de se redresser ou de marcher se soldait par une maladresse frustrante. Pour Rosalie, habituée à maîtriser son corps comme une arme, cette faiblesse était une insulte, une humiliation qu'elle peinait à accepter.

« *Comment peut-on vivre ainsi ?* » s'emportait-elle, s'adressant autant à elle-même qu'à Auguste. « *Ce corps est un fardeau, un poids mort. Je n'ai pas traversé les Enfers pour finir piégée dans... ça.* » Sa colère, alimentée par l'impuissance, se traduisait en pensées acérées, des éclats de mépris qu'elle ne prenait pas la peine d'adoucir.

De l'autre côté, lui vivait une expérience totalement différente. Il n'avait jamais prêté attention à son corps de son vivant et se retrouvait confronté à un flot ininterrompu de sensations nouvelles. Chaque contact, chaque odeur, chaque son était une révélation. Il sentait la rugosité du sol sous leurs pieds nus, une texture qu'il n'avait jamais remarqué auparavant. L'odeur métallique du sang séché, bien qu'écœurante, éveillait en lui une étrange fascination. Les voix humaines qui les entouraient, assourdissantes et confuses, résonnaient dans ses oreilles comme un orchestre dissonant.

Mais cette richesse sensorielle était écrasante. Chaque stimulus venait s'ajouter aux précédents, créant un chaos qu'il ne savait pas comment gérer. Sa conscience, habituée à la monotonie et à la neutralité, se retrouvait submergée. Il vacillait mentalement, incapable de se concentrer sur une seule chose à la fois. Pourtant, malgré cette surcharge, il n'y avait pas de rejet en lui. Il accueillait chaque sensation, même celles qui étaient inconfortables, avec une sorte d'émerveillement naïf.

Pour la première fois, il ressentait vraiment ce que signifiait être vivant, et cette réalisation, bien que déroutante, le remplissait d'un espoir timide. « *Ce n'est pas un fardeau,* » pensait-il, comme en réponse silencieuse aux plaintes de Rosalie. « *C'est une nouvelle vie. Une chance.* »

Le véritable défi n'était pas seulement d'habiter ce corps, mais de le faire ensemble. Leurs pensées, cohabitant dans un même esprit, se heurtaient constamment. Rosalie, avec sa personnalité forte et son impatience brute, accablait Auguste de reproches. « *Tu ne fais rien pour aider. Tu te contentes de flotter, comme une ombre.* » Ses accusations, bien qu'injustes, portaient en elles une frustration réelle : elle ne savait pas comment partager ce corps, comment collaborer avec une âme qu'elle considérait encore comme un poids mort.

Auguste, de son côté, répliquait avec une douceur désarmante. « *Je ne sais pas comment faire. Tout est nouveau pour moi.* » Mais derrière cette hésitation, une résistance commençait à naître. Bien qu'il fût naturellement passif, le mépris de Rosalie éveillait en lui une volonté qu'il ne se connaissait pas. « *Ce n'est pas juste un outil,* » osa-t-il dire, étonné par sa propre audace. « *Ce corps, c'est une vie. Tu ne peux pas le mépriser comme ça.* »

Leur conflit était constant, une tension qui se traduisait même dans leur manière de bouger. Les gestes étaient hésitants, maladroits, comme si le corps lui-même luttait pour suivre deux volontés contradictoires. La dualité de leurs pensées empêchait toute harmonie, et cette cacophonie intérieure se reflétait dans chaque mouvement.

Le corps devint un miroir de leurs failles respectives. Pour Rosalie, il reflétait son incapacité à accepter la faiblesse, à céder du contrôle. Elle, qui avait survécu aux pires tourments, ne pouvait tolérer l'idée de devoir s'adapter à une condition qu'elle jugeait indigne d'elle. Pour Auguste, ce corps révélait son manque d'expérience, son incapacité à prendre des décisions ou à agir avec confiance. Il se sentait écrasé par la présence de Rosalie, mais aussi inspiré par sa force brute.

Malgré leurs tensions, un constat commença à émerger : ils ne pouvaient pas continuer ainsi. S'ils voulaient survivre dans ce monde matériel, ils allaient devoir trouver un moyen de cohabiter, de travailler ensemble. Le corps qu'ils habitaient n'était pas seulement une prison, mais un terrain d'apprentissage.

Le chaos de leurs premiers instants dans ce corps, ces affrontements incessants entre deux âmes incapables de s'accorder, atteignit un point critique. Chaque pensée, chaque émotion, chaque tentative de mouvement était entravée par leur conflit intérieur. Le corps qu'ils partageaient ne répondait plus correctement : chaque geste hésitant semblait trahir leur incapacité à fonctionner ensemble. La confusion dans leur esprit fusionné reflétait l'instabilité de leur nouvelle existence. Si cette guerre intérieure continuait, leur retour à la vie serait condamné à l'échec.

Rosalie, accoutumée à surmonter des épreuves par la force brute, sentit une frustration grandissante la consumer. Ce corps, si faible, si brisé, ne pourrait jamais lui permettre d'exercer la maîtrise qu'elle avait connue autrefois. Et Auguste, avec sa passivité étouffante, ne faisait qu'ajouter à son irritation. Elle tenta de l'exclure de leurs pensées communes, de l'écraser sous le poids de sa propre volonté. Mais chaque tentative échouait : il était là, une présence immuable, enracinée dans leur essence partagée.

Pourtant, dans sa colère, une vérité plus profonde commença à se dessiner. Elle ne pouvait pas avancer seule. La patience d'Auguste, bien qu'agaçante, contenait une forme de stabilité qui lui manquait cruellement. Chaque fois qu'elle tentait de s'imposer, elle constatait que sa propre violence, son propre feu, la consumait plus qu'il ne l'aidait. Peut-être qu'Auguste, avec sa lenteur et sa résilience, pouvait devenir un contrepoids, une ancre capable de lui permettre d'apprivoiser ce nouveau monde.

De son côté, Auguste, écrasé par la force brute de Rosalie, se sentait diminué, réduit à un murmure dans cet espace qu'ils partageaient. Son instinct premier avait été de se replier, de lui laisser toute la place, comme il l'avait toujours fait dans sa vie passée face à des personnalités dominantes. Mais dans ce contexte, ce retrait ne faisait qu'alimenter leur déséquilibre. Il comprit qu'il ne pouvait pas continuer à céder. Ce corps était autant le sien que celui de Rosalie, et s'il voulait donner un sens à cette seconde chance, il devait apprendre à s'affirmer.

Mais surtout, Auguste réalisa que la force de Rosalie, bien qu'intimidante, était aussi leur meilleure chance de survie. Son énergie, sa volonté presque indomptable, pouvait les guider là où lui n'avait aucune expérience. Il n'avait jamais lutté pour quoi que ce soit dans sa vie terrestre. Rosalie, elle, avait traversé des enfers littéraux et figurés. Elle connaissait l'art de se battre, de surmonter. Auguste comprit qu'il devait s'appuyer sur elle, non pas comme un fardeau, mais comme un partenaire.

Dans le tumulte de leurs pensées, une lueur fragile commença à émerger. Ce n'était pas une conversation, mais une compréhension mutuelle, une tension qui se relâchait légèrement, comme un muscle longtemps contracté. Ils savaient que leurs désaccords ne disparaîtraient pas du jour au lendemain. Leurs différences étaient trop profondes, trop ancrées. Mais ils comprirent aussi qu'ils n'avaient pas d'autre choix. S'ils voulaient survivre, ils devaient collaborer.

Rosalie, malgré son orgueil, admit silencieusement qu'elle avait besoin d'Auguste, de sa patience, de sa capacité à rester stable face au chaos. Et Auguste, malgré ses doutes, reconnut que la force de Rosalie était essentielle, qu'elle représentait tout ce qui lui avait manqué dans sa propre existence : une flamme vive, un refus de se laisser consumer par l'inertie.

Leur lumière commune, qui vacillait encore sous le poids de leurs conflits, commença à se stabiliser. Ce n'était pas encore une harmonie, mais une promesse : celle d'un équilibre à construire, d'une collaboration encore maladroite mais nécessaire. Leur essence vibrait désormais à une fréquence légèrement plus apaisée, leur corps réagissant avec moins de maladresse. Un premier pas, minuscule mais crucial, venait d'être franchi.

Alors que leur pensée collective s'organisait, une nouvelle idée émergea, presque simultanément dans les deux consciences. Ce retour à la vie, si improbable, si étrange, ne pouvait pas être une erreur. C'était une opportunité, un événement qui défiait les lois naturelles mais qui portait en lui une raison, un objectif qu'ils ne pouvaient encore comprendre. Pour Rosalie, c'était une chance de prouver qu'elle pouvait dépasser les ténèbres qui l'avaient définie. Pour Auguste, c'était une possibilité de découvrir une vie qu'il n'avait jamais réellement vécue.

Cette perspective commune, bien qu'encore floue, donna un sens à leur existence partagée. Ils n'étaient pas simplement deux âmes prisonnières d'un même corps. Ils étaient quelque chose de nouveau, une entité hybride, porteuse d'un potentiel qu'ils n'avaient pas encore exploré.

CHAPITRE 3

Le silence de la nuit était brisé par les murmures fiévreux de deux silhouettes titubantes, tenant à bout de bras une Valentine à moitié consciente. Ses pieds traînaient sur les pavés inégaux, sa démarche incertaine ressemblant plus à celle d'un pantin désarticulé qu'à celle d'une femme ressuscitée. Pourtant, pour les deux membres les plus fervents du petit groupe de fanatiques, chaque pas, chaque soupir de Valentine était une preuve éclatante de la puissance divine. « Elle marche, regardez ! » s'exclama l'un d'eux, comme si traîner un corps presque inerte relevait du miracle.

— *Pas sûr que Dieu ait signé pour ça*, marmonna Rosalie dans leur esprit partagé, observant à travers les yeux fatigués de Valentine la scène pathétique qui se déroulait autour d'eux. *Si c'est ça la foi, on est mal barrés.*

— *Ils essaient de nous aider*, répondit Auguste, aussi doucement que possible, bien qu'une pointe d'embarras perçât dans sa voix. *Enfin, de t'aider. De nous aider, je suppose.*

— *Oh, c'est adorable*, répliqua Rosalie avec un sarcasme lourd. *Ils m'aident à devenir un accessoire de leur délire mystique. J'espère qu'ils offriront au moins du vin avec leurs sermons.*

La maison dans laquelle ils furent amenés ressemblait davantage à une relique abandonnée qu'à un lieu de culte. Les murs décrépis, tachés d'humidité, semblaient pleurer des larmes de moisissure. Des icônes religieuses, la plupart faites à la main dans un style douteux, étaient accrochées de manière anarchique. Une Vierge Marie sculptée semblait regarder Valentine d'un œil sceptique, tandis qu'un crucifix mal proportionné pendait au-dessus de la cheminée, comme une guillotine symbolique.

Des bougies vacillantes parsemaient la pièce, projetant des ombres mouvantes sur des piles de livres anciens empilés au hasard. L'air était chargé d'une odeur de cire brûlée et de renfermé. Si ce lieu était censé évoquer la sainteté, il manquait cruellement de lumière et de confort.

— *Un sanctuaire digne d'un film d'horreur de série B*, pensa Rosalie avec une grimace intérieure.

— *Ils font ce qu'ils peuvent*, rétorqua Auguste, toujours prompt à excuser les intentions des autres. *Regarde-les, ils y croient vraiment.*

Et en effet, les deux fanatiques qui l'avaient portée jusque-là regardaient Valentine avec une dévotion quasi religieuse. L'un d'eux, une femme maigre aux cheveux grisonnants et au visage creusé, posa délicatement une couverture sur ses épaules. « Elle est bénie » murmura-t-elle avec une ferveur tremblante, ses yeux brillants de larmes. « Elle est un signe. Un miracle. »

Rosalie aurait bien ri si elle avait eu la force.

— *Un miracle, hein ? Si je suis leur messie, ils vont être déçus.*

Valentine fut installée sur une chaise en bois, son corps encore faible et douloureux protestant à chaque mouvement. Les fanatiques se regroupèrent autour d'elle comme une meute de loups affamés... ou plutôt de brebis égarées. Leurs visages illuminés par les bougies révélaient un mélange troublant d'adoration et de peur. Chaque respiration de Valentine, chaque mouvement, même involontaire, semblait renforcer leur conviction qu'ils étaient en présence de l'élue.

« Regardez, elle bouge les mains ! » s'émerveilla un jeune homme au regard exalté, désignant les doigts tremblants de Valentine, qui tentaient simplement de se réchauffer. « Elle respire à nouveau, » chuchota une autre, le souffle coupé. « C'est un signe ! »

— *Un signe que je suis gelée et qu'ils pourraient allumer un feu,* grogna Rosalie intérieurement, irritée par la piété aveugle qui les entourait. Elle sentait monter en elle une sorte d'exaltation, une envie malsaine de jouer avec leurs croyances.

— *Ils feraient n'importe quoi si je leur demandais, tu sais. Je pourrais leur ordonner de construire une cathédrale en mon honneur, et ils le feraient.*

— *Ne commence pas*, prévint Auguste, dont l'anxiété grandissait à mesure que la ferveur des fanatiques augmentait. *Cette situation est déjà assez instable. Ne les provoque pas.*

— *Instable ? Ils m'adorent. Toi, t'es instable. D'une certaine manière.*

Rosalie, malgré son irritation, se sentit exaltée par la dévotion qui l'entourait. Après tout ce qu'elle avait traversé – la chute en Enfer, les siècles de souffrance, la rédemption douloureuse – cette attention lui offrait une sorte de revanche sur l'univers. Elle n'avait jamais été vue, jamais reconnue. Et maintenant, des inconnus se prosternaient littéralement à ses pieds.

Auguste, cependant, voyait les choses différemment. Ce n'était pas de la reconnaissance, mais une obsession dangereuse. Leur foi, bien qu'apparemment inoffensive, pouvait facilement se transformer en violence si leurs attentes n'étaient pas comblées. Il se souvenait des foules humaines qu'il avait toujours évitées, de leur capacité à basculer entre l'adoration et la haine.

— *Ils ne sont pas fiables*, insista Auguste, sa voix tremblante d'inquiétude. *Aujourd'hui, ils nous voient comme un miracle. Mais si on ne répond pas à leurs attentes, si on dit ou fait quelque chose qu'ils n'aiment pas, ils nous rejetteront. Pire, ils pourraient nous détruire.*

Rosalie haussa mentalement les épaules.

— *Peut-être. Mais pour l'instant, ils sont utiles. Et je n'ai pas l'intention de m'agenouiller devant eux.*

Auguste soupira. Leur cohabitation promettait d'être longue, et surtout, épuisante.

Les jours suivants furent marqués par un ballet incessant autour de Valentine. Les fanatiques, tels des abeilles autour de leur reine, ne la quittaient pas d'une semelle. Du lever au coucher – bien qu'elle n'ait pas encore retrouvé de rythme normal – ils s'évertuaient à la « servir » avec une dévotion qui aurait fait pâlir les saints. À chaque instant, ils la contemplaient, lui offraient des repas frugaux comme s'ils nourrissaient une relique vivante, nettoyaient compulsivement la pièce autour d'elle pour en préserver la sacralité. On aurait dit qu'ils attendaient qu'elle leur parle directement au nom de Dieu, ou qu'elle se transforme en lumière divine pour illuminer leur misérable quotidien.

— *Ils pourraient au moins me donner un coussin*, pensa Rosalie en observant la chaise bancale sur laquelle ils l'avaient placée comme un trône sacré. Ses pensées vibraient d'un mélange d'agacement et de fascination. *On dirait qu'ils ont vu la Vierge, alors que tout ce qu'ils ont, c'est moi. Franchement, quelle arnaque.*

— *Tu n'es pas une arnaque*, murmura Auguste, tentant maladroitement de calmer l'esprit agité de Rosalie. *Mais on devrait arrêter de sourire comme ça. Ils nous prennent vraiment pour un messie.*

Chaque jour, la pièce exiguë de la maison devenait une scène où le culte de Valentine prenait des proportions de plus en plus démesurées. Un homme trapu et chauve, probablement un ancien boucher reconverti en disciple dévoué, insistait pour poser des pétales de fleurs sur ses pieds, qu'il considérait comme « sacrés ». Une femme au visage émacié, les yeux rougis par des prières interminables, nettoyait chaque recoin de la pièce avec une frénésie presque obsessionnelle, s'arrêtant uniquement pour jeter des regards remplis de ferveur vers Valentine.

— *Ils ont clairement oublié de prendre leurs médicaments*, lâcha Rosalie, son sarcasme retentissant dans leur esprit commun. *Je parie qu'ils se prosterneraient si je leur demandais de me cirer les chaussures.*

— *Ce n'est pas drôle. C'est dangereux. Plus ils sont obsédés, plus ils pourraient devenir imprévisibles.*

Le regard d'Auguste se fixait sur les moindres détails, incapable de ne pas ressentir une montée d'anxiété face à cette atmosphère étouffante. Il voyait dans leur dévotion une instabilité prête à exploser.

— *Les foules sont imprévisibles. Et même si ce n'est qu'un petit groupe, c'est déjà trop pour moi.*

Pour Rosalie, cette situation était un terrain de jeu inédit. Elle découvrait un nouveau type de pouvoir : celui d'être adorée sans rien faire. Les fanatiques buvaient littéralement ses moindres gestes, ses moindres mots. Elle joua d'abord par curiosité, esquissant un sourire ambigu qui fit immédiatement réagir le groupe. « *Elle nous bénit !* » murmura un des disciples, tombant presque à genoux. Ce fut à ce moment précis qu'elle réalisa l'ampleur de leur malléabilité.

— *Ils sont si faciles à manipuler*, murmura-t-elle, son ton mêlant amusement et mépris. *Je pourrais leur faire faire n'importe quoi. Construire une cathédrale ? Danser nus sous la lune ? Je n'ai même pas besoin de lever le petit doigt.*

Mais ce jeu n'était pas sans conséquences. Chaque sourire, chaque regard volontairement énigmatique qu'elle lançait amplifiait leur dévotion. Les murmures devenaient des prières, les prières des hymnes improvisés. Rosalie sentait l'étau se resserrer. Si elle pouvait contrôler ce groupe, elle réalisait aussi qu'ils la surveillaient constamment. Elle ne pouvait pas s'échapper de leur regard, et cela commença à la frustrer.

— *Ils m'adorent, mais ils m'étouffent. Je suis leur prisonnière, Auguste. Une prison dorée, certes, mais une prison quand même.*

Auguste, lui, ne voyait aucune dorure dans cette prison. Il ressentait une oppression grandissante, une tension qui pulsait dans chaque murmure, dans chaque regard fiévreux des fanatiques. Leur obsession était une épée de Damoclès suspendue au-dessus d'eux, prête à tomber au moindre faux pas.

— *Tu joues avec le feu*, avertit-il Rosalie, tandis qu'elle lançait un regard calculé à l'un des disciples. *Ils ne te voient pas comme une humaine. Tu es leur miracle. Et si tu déçois leurs attentes, ils pourraient…*

Il hésita, incapable d'achever sa pensée. Mais il n'avait pas besoin de le dire : Rosalie comprit immédiatement. Les adorateurs pouvaient devenir des bourreaux si leurs idoles tombaient de leur piédestal. Auguste, habitué à se fondre dans la masse de son vivant, détestait chaque seconde de cette attention excessive. Il était devenu une cible involontaire, coincé dans ce corps partagé, incapable de se soustraire au regard des autres.

— *Je veux juste qu'ils nous laissent tranquilles*, pensa-t-il, presque désespéré. *Je veux disparaître.*

Malgré l'apparente protection offerte par ce petit groupe, la maison devint rapidement une cage. Les fanatiques refusaient de laisser quiconque s'approcher de Valentine. Ils verrouillaient les portes, surveillaient les fenêtres, et repoussaient les curieux du village avec une agressivité inhabituelle. « Elle est à nous, » disaient-ils. « Personne ne doit la souiller avec des doutes. »

Rosalie, bien que frustrée par leur contrôle, vit alors une opportunité dans cette situation.

— *Ils nous protègent. Tant qu'ils sont là, personne ne pourra nous atteindre.*

Mais même elle ne pouvait ignorer le poids croissant de cette dévotion possessive. Leur adoration devenait oppressante, et chaque jour, elle sentait son esprit se heurter à celui d'Auguste.

— *Ce n'est pas une protection*, rétorqua Auguste avec gravité. *C'est une bombe à retardement.*

La maison délabrée en bordure du village, autrefois invisible aux yeux des habitants, était devenue une source d'intrigue et de discussions fiévreuses. Les rumeurs s'étaient mises à enfler, telles des volutes de fumée échappées d'un incendie qui couve. On murmurait dans les cafés, à l'épicerie, et même sur les bancs de l'église. Les plus curieux passaient devant la maison, ralentissant leur marche pour tenter d'apercevoir quelque chose à travers les rideaux poussiéreux.

« C'est elle, n'est-ce pas ? chuchotait une vieille femme à son amie, les yeux plissés d'un mélange de fascination et d'effroi. Mais elle ne semble pas… naturelle.

— C'est sûr que non, répondait l'autre avec une ferveur presque joyeuse. Quand on se tranche les poignets et qu'on revient d'entre les morts, ça ne peut pas être naturel. »

Dans l'esprit collectif du village, Valentine n'était plus Valentine. Elle était devenue une énigme, un spectre revenu à la vie, une aberration dans leur quotidien bien rangé. Cette curiosité sourde commençait à s'accompagner d'une peur diffuse, presque instinctive. Les récits de résurrections, d'esprits errants, et de malédictions refaisaient surface, alimentés par l'imagination fertile des commères et les racontars de comptoir.

Les allées et venues des fanatiques ne faisaient qu'alimenter la curiosité des villageois. Ces silhouettes aux visages graves et aux gestes empreints de dévotion semblaient sortir d'une autre époque, comme si le Moyen Âge avait ressurgi pour leur rappeler que le surnaturel n'était jamais bien loin. Des regards se glissaient par-dessus les haies, des enfants s'amusaient à lancer des cailloux contre les volets pour tester le courage de leurs camarades. La maison était devenue un point focal, une faille dans le tissu banal de leur existence.

Pour Rosalie, cette attention était une aubaine. Elle pouvait presque sentir les regards fixés sur la maison, comme une chaleur douce sur sa peau.

« *Ils nous observent*, murmura-t-elle à Auguste, son ton chargé d'une excitation presque malsaine. *Ils veulent savoir. Nous pourrions en faire des alliés. Les dominer.*

— *Les dominer ? C'est exactement le genre d'idée qui nous attirera des ennuis. Plus ils en savent, plus ils deviennent dangereux.*

— *Et plus nous avons du pouvoir sur eux. Ne sois pas si négatif, Auguste. Ce village n'attend qu'un guide, une lumière. Et regarde, nous sommes littéralement une résurrection. Ils sont prêts à croire tout ce que nous dirons.*

Auguste, quant à lui, voyait dans cette fascination une menace imminente. Les foules, aussi petites soient-elles, lui inspiraient une peur viscérale. Il imaginait déjà les torches et les fourches, les hurlements et les accusations.

— *Ils ne cherchent pas un guide, Rosalie. Ils cherchent une raison d'avoir peur. Et si tu leur en donnes une, ils se retourneront contre nous.*

Chaque jour, les regards semblaient se multiplier. On entendait les murmures des passants à travers les fenêtres mal isolées. « Je te dis qu'elle a parlé, » disait un homme d'un ton conspirateur. « Une amie de ma femme l'a entendu. Des mots anciens, une langue qu'on ne parle plus. C'est sûrement un signe. »

D'autres, plus pragmatiques, s'interrogeaient sur la logistique : « Comment peut-elle être en vie ? Elle était morte. Ils l'ont trouvée froide comme un poisson dans sa baignoire. Peut-être que ce n'est pas elle. Peut-être que c'est… autre chose. »

Cette attention croissante commençait à infiltrer la maison elle-même. Les fanatiques, qui se considéraient comme les gardiens de Valentine, devinrent encore plus possessifs. Ils verrouillaient la porte, refusaient de répondre aux questions des curieux, et parfois même repartaient en silence, le regard fuyant. « Ils veulent la corrompre, » disait l'un d'eux. « Ils ne peuvent pas comprendre ce qu'elle est vraiment. »

Rosalie, malgré elle, se sentit flattée par cette dévotion exacerbée.

— *Ils me protègent comme un trésor*, pensa-t-elle avec un mélange de satisfaction et d'irritation. *Mais ils ne comprennent rien. Ils me mettent sous une cloche de verre, comme si j'étais fragile. Je ne suis pas fragile, Auguste.*

— *Non. Tu es un bulldozer. Mais même les bulldozers doivent parfois se cacher pour éviter de se faire repérer.*

Les tensions entre Rosalie et Auguste atteignirent un nouveau sommet alors qu'ils observaient, à travers les yeux de Valentine, une femme du village s'arrêter devant la maison. La femme ne bougea pas, mais son regard était lourd de suspicion. Elle resta là pendant plusieurs minutes, comme si elle espérait que quelque chose se produise, avant de finalement repartir.

— *Tu vois ? Ils commencent à poser des questions*, dit Auguste, son ton teinté de panique. *Et quand les questions ne trouveront pas de réponses, ils deviendront dangereux.* Rosalie, pourtant, n'était pas effrayée.

— *Ce sont des moutons, Auguste. Ils ont besoin d'un berger. Et ce berger, c'est moi.*

— *Ce berger, c'est nous. Nous sommes coincés ensemble, alors arrête d'agir comme si tu étais seule aux commandes.*

Cette remarque cloua Rosalie sur place, si tant est qu'une âme puisse être clouée. Elle ressentit une vague de colère, mais aussi une pointe de vérité. Leur situation, aussi inconfortable qu'elle soit, nécessitait une forme de coopération. Et si elle détestait admettre qu'Auguste avait raison, une partie d'elle savait qu'ils ne pourraient pas affronter ce village s'ils étaient divisés.

La maison, ce sanctuaire improvisé, était devenue un théâtre d'ombres. Chaque jour qui passait, la tension semblait s'épaissir, comme un brouillard invisible mais palpable qui s'insinuait dans les murs décrépis, dans les regards fiévreux des fanatiques, et dans l'atmosphère oppressante qui pesait sur Valentine. Ce refuge, bien que sécurisant en apparence, commençait à se fissurer sous le poids des attentes et des obsessions.

Rosalie, bien que consciente de cette pression croissante, semblait s'en accommoder. Elle jouait avec leur dévotion comme un chat avec une souris. Chaque mot qu'elle prononçait, chaque mouvement calculé, était une note ajoutée à la mélodie de mystère qu'elle tissait autour d'elle.

— L'important, se disait-elle, c'est qu'ils continuent de croire. Plus ils croient, plus je contrôle.

Mais pour Auguste, cette situation devenait insupportable. Là où Rosalie voyait une opportunité de domination, lui ne percevait qu'un piège qui se refermait lentement. Il voyait les regards des fanatiques devenir plus intenses, plus avides, comme s'ils attendaient qu'un miracle se manifeste à chaque instant.

— *Ils ne se contenteront pas de mots. Ils veulent des preuves, et quand ils n'en auront pas, ils se retourneront contre nous.*

Le groupe de fanatiques, initialement protecteur, devenait de plus en plus envahissant. Ils ne permettaient plus à Valentine d'avoir un moment de solitude. Quelqu'un était toujours là, à genoux à ses pieds, murmurant des prières ou demandant des bénédictions dans un souffle tremblant. Ils surveillaient ses moindres faits et gestes, interprétant chaque battement de paupière comme un message divin.

Un matin, alors que Valentine s'était simplement étirée pour soulager la raideur de ses muscles, l'un des fanatiques s'écria : « Regardez ! Elle nous montre le chemin ! » Avant même qu'elle ait eu le temps de comprendre ce qui se passait, les autres avaient commencé à reproduire ses gestes, les bras tendus, dans une chorégraphie absurde et désordonnée.

— *Ils sont complètement cinglés*, lança Rosalie dans leur esprit commun, incapable de retenir un rire intérieur. *On pourrait leur demander de danser en rond, et ils le feraient sans poser de questions.*

— *Ce n'est pas une blague*, répondit Auguste, dont la voix était empreinte d'une lassitude croissante. *Ils deviennent dangereux. Plus ils s'accrochent à cette illusion, plus la chute sera violente.*

— *Oh, arrête un peu, Monsieur Lamentations. Tout le monde aime un bon spectacle.*

Rosalie commença à exploiter cette ferveur de manière plus systématique. Lorsqu'un fanatique lui demandait ce qu'ils devaient faire, elle répondait par des phrases énigmatiques, volontairement vagues : « Le chemin est devant vous, mais il vous faut ouvrir les yeux pour le voir. » Ces mots, bien qu'improvisés, étaient accueillis avec des murmures d'approbation et des prières ferventes. Ils prenaient ses paroles comme des énigmes à déchiffrer, des révélations cachées dans un langage sacré. Pour Rosalie, c'était presque amusant.

— Ils me vénèrent comme une prophétesse, et tout ce que je fais, c'est jouer à la devinette.

Mais au fond, une partie d'elle savourait ce pouvoir. Après des siècles de souffrance et d'anonymat, être au centre de l'attention était un réconfort étrange, presque addictif.

Auguste, cependant, voyait les choses sous un tout autre angle.

— Chaque mot que tu dis les enferme un peu plus dans leur folie. Et quand ils se rendront compte que nous n'avons rien à leur offrir, que crois-tu qu'ils feront ?

— Ils continueront de croire, répliqua Rosalie, avec une assurance qui irrita profondément Auguste. *Ils ne veulent pas de la vérité. Ils veulent un rêve, et je leur donne exactement ce qu'ils demandent.*

Les tensions atteignirent leur apogée lorsqu'un des fanatiques, un homme à la barbe grisonnante et au regard exalté, proposa une idée qui fit frémir Auguste et éclater de rire Rosalie. « Nous devons organiser une cérémonie, » déclara-t-il avec une conviction solennelle. « Il est temps de révéler Valentine au monde, de montrer au village le miracle qui s'est produit ici. »

Les autres fanatiques acquiescèrent immédiatement, leurs regards brillants d'un enthousiasme démesuré. Ils parlaient de construire un autel, d'inviter les habitants du village, et même d'organiser une procession à travers les rues.

Rosalie, enthousiasmée par cette perspective, y vit une opportunité parfaite.

— C'est brillant ! Une occasion de renforcer leur foi et d'étendre notre influence. Imagine, Auguste : des foules qui nous vénèrent, prêtes à faire tout ce que nous leur demandons.

Mais Auguste fut horrifié.

— C'est une folie pure. Si nous attirons trop d'attention, tout s'effondrera. Les gens poseront des questions. Et si quelqu'un découvre ce que nous sommes vraiment, nous sommes condamnés.

Leur désaccord devint un véritable bras de fer mental. Rosalie voyait une opportunité de domination, tandis qu'Auguste ne voyait qu'un désastre imminent. Les deux âmes, coincées dans ce même corps, luttaient pour imposer leur vision, créant un chaos interne qui ne faisait qu'ajouter à leur frustration.

Dans ce tumulte, une chose devint évidente : leur répit, offert par le groupe de fanatiques, n'était qu'une illusion. Ce qui semblait être une protection s'était transformé en prison. Les fanatiques, avec leur dévotion possessive, les villageois, avec leurs murmures insistants, et leurs propres conflits internes, formaient un cocktail explosif qui menaçait d'éclater à tout moment.

Rosalie et Auguste, bien que profondément opposés, comprirent que leur situation devenait de plus en plus précaire. Ils devaient trouver un moyen de maintenir l'équilibre, ou tout ce qu'ils avaient construit – ou toléré – s'écroulerait.

***

La maison des fanatiques ressemblait de plus en plus à un théâtre absurde où chaque geste, chaque souffle de Valentine devenait une révélation divine. Les fanatiques, une poignée d'âmes égarées en quête de sens, semblaient décidés à lire un message sacré dans le moindre de ses mouvements. Lorsque Valentine, encore maladroite dans ce corps qu'elle ne maîtrisait pas tout à fait, trébucha sur le tapis élimé du salon, un silence stupéfait s'abattit sur la pièce. Les regards s'échangèrent, larges, écarquillés, remplis de ce qu'ils croyaient être une compréhension éclairée.

« Elle veut nous enseigner une leçon, » déclara un homme chauve au regard exalté, sa voix tremblant d'une émotion intense. « Même les élues doivent affronter les embûches du chemin sacré. » Les murmures d'approbation se propagèrent comme une vague parmi les autres.

Rosalie ricana intérieurement :

— *Regarde-les, Auguste. C'est presque mignon.*

— *Mignon ?!* s'indigna Auguste, horrifié. *C'est du fanatisme pur et simple. Ils ne voient pas la personne devant eux, Rosalie. Ils voient une illusion qu'ils ont créée.*

— *Et alors ? Une illusion peut être utile, mon cher Auguste. Apprends à apprécier l'art de la manipulation.*

Les fanatiques ne s'arrêtaient pas à des trébuchements. Lorsqu'un soupir échappa à Valentine – un soupir involontaire, chargé de la lassitude accumulée entre la présence oppressante du groupe et les disputes incessantes de Rosalie et Auguste –, une femme mince aux joues creuses et aux yeux écarquillés se prosterna presque immédiatement. « Elle porte le poids du monde sur ses épaules, » murmura-t-elle avec un mélange de révérence et de chagrin. « Une vraie martyre… notre martyre. »

Rosalie éclata de rire dans leur esprit.

— *Une martyre, vraiment ? Si je savais que soupirer me donnerait ce genre de pouvoir, j'aurais passé ma vie à le faire !*

Auguste, quant à lui, ne trouvait rien de drôle à la situation.

— *C'est grotesque. Ils s'auto-persuadent, Rosalie. Tout ce qu'ils voient, c'est ce qu'ils veulent voir. Et un jour, quand on ne répondra plus à leurs attentes, ils nous tourneront le dos. Pire, ils se retourneront contre nous.*

— *Oh, arrête un peu de jouer les Cassandre. Ces gens veulent croire en quelque chose, et je leur donne exactement ce qu'ils demandent. Un peu de foi ne peut pas faire de mal, non ?*

Auguste soupira, mais il se sentait piégé. Il savait que Rosalie ne comprenait pas les dangers sous-jacents de cette dynamique, ou peut-être qu'elle s'en moquait. Pour elle, c'était un jeu, un moyen de tester jusqu'où elle pouvait pousser ces pauvres âmes.

Les fanatiques semblaient décidés à interpréter tout ce que Valentine faisait. Si elle fermait les yeux un instant, c'était une méditation profonde. Si elle buvait un verre d'eau, c'était une purification symbolique. Si elle restait silencieuse, c'était une réflexion mystique sur l'état du monde.

Un jour, alors qu'elle ajustait maladroitement sa manche, une jeune fille s'écria : « Regardez ! Regardez comment elle manipule le tissu. Elle nous montre que nous devons nous couvrir pour nous protéger de l'impureté extérieure. »

Rosalie, s'en amusait beaucoup.

— *Ils sont prêts à s'agenouiller devant une tasse de thé si je la tiens suffisamment longtemps. C'est fascinant, non ?*

Auguste, exaspéré, répondit avec une gravité pesante :

— *Ce n'est pas fascinant, Rosalie. C'est pathétique. Ils ne voient pas Valentine. Ils ne voient même pas une personne. Ils voient une projection, un miroir de leurs propres illusions.*

— *Exactement, et qu'y a-t-il de mal à leur donner ce qu'ils veulent ? C'est comme jouer un rôle dans une pièce de théâtre. Et en parlant de théâtre, tu pourrais au moins essayer d'apprécier le spectacle.*

Alors que les fanatiques continuaient à aduler Valentine, la tension interne entre Rosalie et Auguste ne faisait que grandir. Rosalie voyait en eux des marionnettes dociles, des instruments de pouvoir qu'elle pouvait modeler à sa guise. Elle adorait tester leurs réactions, pousser leurs croyances à l'extrême pour voir jusqu'où ils iraient. Lorsqu'un fanatique lui demanda ce qu'ils devaient faire pour plaire à Dieu, Rosalie chuchota dans l'esprit de Valentine :

— *Dis-leur de danser. Sérieusement. Dis-leur de danser et regarde ce qui se passe.*

Auguste, horrifié, intervint aussitôt.

— *Ne fais pas ça, Rosalie. Ce ne sont pas des jouets. Ce sont des êtres humains.*

— *Des humains, peut-être, mais des humains complètement irrationnels. Ils sont tellement désespérés qu'ils trouveraient du sens à une chaussette posée sur une table.*

Mais au fond, même Rosalie sentait la pression grandissante. Elle adorait le pouvoir que ces gens lui donnaient, mais elle savait aussi que c'était une arme à double tranchant. Si elle faisait un faux pas, si elle ne répondait pas à leurs attentes grandissantes, tout pouvait s'écrouler en un instant.

Valentine, la ressuscitée, s'asseyait souvent dans une chaise bancale au centre de la pièce sombre où les fanatiques se rassemblaient quotidiennement. L'air était resté lourd, saturé par les bougies qui brûlaient sans relâche et par les regards perçants de ces dévots en quête désespérée de sens. Ces derniers ne cessaient de la fixer, suspendus à ses lèvres, attendant qu'elle souffle une révélation divine, même par inadvertance.

En réalité, Valentine n'était qu'un champ de bataille intérieur. Rosalie et Auguste, piégés dans le même espace mental, s'étaient disputés en permanence, leurs dialogues silencieux s'entremêlant pour se projeter dans les paroles confuses de Valentine. Ce qui sortait de sa bouche, souvent incohérent, n'était qu'un mélange imprévisible de leurs pensées contradictoires. Et, malgré elle, ce discours fragmenté avait pris une dimension mystique aux yeux des fanatiques.

Un jour, un fanatique en transe s'approcha timidement. C'était un homme maigre, aux joues creuses et au regard implorant, qui osa poser la question que tous semblaient vouloir poser depuis des jours : « Que signifiait la vie ? » Sa voix avait tremblé, comme si la réponse pouvait redéfinir le cours de son existence.

Dans l'esprit partagé de Valentine, c'était le chaos.

— *Dis-lui que la vie est une lutte, un combat qu'il doit mener !* avait lancé Rosalie, vibrante de passion.

— *Non, c'est faux !* avait rétorqué Auguste, plus calme mais tout aussi convaincu. *La vie n'est pas une lutte, c'est une suite de moments qu'il faut accepter...*

Prise entre ces deux courants contradictoires, Valentine était restée silencieuse pendant de longues secondes. Les fanatiques, interprétant son mutisme comme une profonde réflexion, avaient retenu leur souffle. Finalement, elle avait déclaré, d'une voix tremblante mais étrangement grave :

— *La vie... c'est avancer avec courage... mais parfois... il faut s'arrêter pour écouter le silence.*

Les paroles, mélange évident des philosophies de Rosalie et d'Auguste, avaient résonné dans la pièce comme un coup de tonnerre. Les fanatiques s'étaient prosternés, répétant la phrase comme un mantra : « Avancer avec courage... écouter le silence... avancer avec courage... écouter le silence... » Certains avaient fermé les yeux, des larmes coulant doucement sur leurs joues, convaincus d'avoir entendu une sagesse divine.

Dans l'esprit de Valentine, Rosalie avait éclaté de rire.

— *Ah, tu as vu ça, Auguste ? Ils sont littéralement à nos pieds. Je devrais peut-être ouvrir une école de philosophie. Ou un magasin de silence, vu leur obsession.*

— *Ce n'est pas drôle, Rosalie. Tu viens de leur donner une nouvelle religion. Et tu sais ce qui arrive aux religions, n'est-ce pas ? Elles se retournent toujours contre leurs prophètes.*

Rosalie avait rétorqué avec une désinvolture mordante :

— *Ils croient ce qu'ils veulent croire. C'est eux qui inventent cette histoire, pas moi. Je ne fais que surfer sur leur vague.*

Mais Auguste n'avait pas été convaincu.

— *Ils ne projettent pas sur toi, Rosalie. Ils projettent sur Valentine. Et Valentine n'existe plus. Ils adorent une coquille vide. Quand ils s'en rendront compte, ce sera nous qui paierons le prix.*

À mesure que les jours passaient, les déclarations de Valentine étaient devenues de plus en plus cryptiques, alimentées par les disputes incessantes entre Rosalie et Auguste. Parfois, elles oscillaient entre les idéaux exaltés de Rosalie et la prudence contemplative d'Auguste, créant une étrange poésie improvisée.

— *Il faut marcher dans l'ombre pour voir la lumière. Mais attention*, avait-elle dit un jour à un fanatique particulièrement zélé, *parfois, l'obscurité brûle plus que la lumière !*

Le fanatique avait éclaté en sanglots, criant : « Merci, ô messagère ! Vous nous guidez avec votre sagesse infinie ! » Derrière ces paroles, cependant, se cachait un débat brûlant entre les deux âmes.

— *Bon sang, Rosalie !* avait grondé Auguste. *Tu parles comme un personnage de mauvais théâtre.*

— *Et toi, tu voulais quoi, hein ? Leur réciter la liste des courses ?* avait rétorqué Rosalie avec sarcasme. *Ils ont besoin de mystère, Auguste. Le mystère est la clé du pouvoir.*

Mais même Rosalie avait commencé à percevoir une vérité inquiétante : Valentine n'était plus une personne. Elle était devenue une idée, un concept façonné par les attentes des fanatiques. Ce qu'elle disait ou faisait importait peu ; tout était transformé par le prisme déformant de leurs croyances. Elle n'était plus elle-même, et cela ne semblait inquiéter personne… sauf Auguste.

Cette dynamique avait transformé Valentine en une sorte de miroir. Ce que les fanatiques voyaient en elle, ce n'était pas une femme, ni une âme, mais le reflet de leurs propres angoisses et espoirs. Ils projetaient sur elle tout ce qu'ils voulaient entendre, tout ce qu'ils désiraient croire. Leur perception s'était tellement éloignée de la réalité que Valentine aurait sans doute pu leur dire : « Je suis une chèvre » et ils y auraient vu un message transcendant. Rosalie s'en était amusée ouvertement.

— *Un miroir, tu dis, Auguste ? Et alors ? Les miroirs, ça sert à embellir les choses.*

Auguste avait répliqué froidement :

— *Ça peut aussi servir à tromper. Tu le sais très bien.*

Les jours passaient, et l'aura de Valentine se transformait en véritable phénomène. Les fanatiques, galvanisés par leur propre foi, prenaient l'initiative de répandre des rumeurs dans le village. Chaque habitant, qu'il le veuille ou non, entendait bientôt parler de cette femme revenue d'entre les morts. « Elle parle avec les anges, » affirmait un homme à la moustache grisonnante à un épicier dubitatif. « Elle connaît les secrets de l'univers, mais nous, pauvres mortels, ne sommes pas encore prêts à tout entendre. »

L'épicier haussait un sourcil, partagé entre amusement et agacement. « Les secrets de l'univers ? Eh bien, si elle connaît les numéros gagnants du loto, qu'elle vienne me voir. » Mais malgré ces éclats de scepticisme, les rumeurs gagnaient en intensité, et la maison des fanatiques devenait une sorte de sanctuaire improvisé. Des gens venaient rôder autour, hésitant à entrer, comme s'ils approchaient d'un lieu sacré. Valentine, sans même sortir, devenait une figure mystique, une prophétesse que beaucoup vénéraient déjà sans l'avoir jamais vue.

À l'intérieur, les fanatiques atteignaient des sommets d'adoration absurdes. Ce n'était plus une maison, mais un temple improvisé où chaque objet, chaque mot, chaque soupir de Valentine devenait sacré. Un jour, un homme déposa une boîte de sel sur la table devant elle. « Bénissez-le, je vous en supplie, pour que ma récolte soit abondante cette année » dit-il en s'agenouillant.

Auguste ouvrit la bouche pour protester, mais Rosalie prit immédiatement les commandes.

— *Incline un peu la tête et murmure quelque chose, ça suffit*, lui souffla-t-elle avec amusement. Valentine, déconcertée, inclina légèrement la tête et marmonna quelques mots indistincts. L'homme éclata en sanglots, convaincu que sa boîte de sel portait désormais la promesse d'une moisson miraculeuse.

Mais le summum fut atteint lorsqu'une vieille femme, le visage ravagé par les années et le chagrin, arriva avec une photographie jaunie. Elle la tendit à Valentine, ses mains tremblantes d'espoir. « C'est mon fils. Il a disparu il y a vingt ans. S'il vous plaît… dites-moi s'il est encore en vie. » Valentine sentit sa gorge se nouer.

— *Bon sang, qu'est-ce qu'on est censés dire ?* pensa Auguste.

Rosalie, imperturbable, intervint dans son esprit.

— *Disons quelque chose de vague mais inspirant. Ils adorent ça.*

Après un moment d'hésitation, Valentine lâcha d'une voix faible : « L'espoir… est la lumière qui guide dans l'obscurité. »

La vieille femme tomba à genoux, pleurant de gratitude. « Merci, merci… vous avez ravivé ma foi… » murmura-t-elle. Les autres fanatiques l'entourèrent, répétant les mots de Valentine comme une prière. « L'espoir est la lumière… l'espoir est la lumière… »

Dans l'esprit de Valentine, Rosalie jubilait.

— *Tu vois, Auguste ? Ils veulent croire. C'est tout ce qui compte. Ils s'accrocheront à n'importe quel mot, à n'importe quelle phrase qui leur donne un semblant de sens. C'est magnifique.*

— *Magnifique ? Rosalie, c'est de la manipulation. Ces gens se nourrissent de nos mots comme si leur vie en dépendait. Mais que se passera-t-il quand ils réaliseront que ce ne sont que des mots ? Quand ils comprendront qu'on n'a aucune réponse à leur offrir ?*

— *Oh, arrête ton mélodrame*, répondit Rosalie avec désinvolture. *On ne leur promet rien qu'ils ne s'inventent pas eux-mêmes. C'est leur foi qui leur donne du pouvoir, pas mes paroles. Je ne fais que leur tendre un miroir.*

Auguste resta silencieux un instant, avant de répondre d'un ton froid.

— *Un miroir, oui. Mais que feront-ils quand ce miroir se brisera ? Quand ils ne verront plus qu'un reflet déformé de leurs espoirs déçus ? Ce sont eux qui nous blâmeront, Rosalie. Et moi, je refuse de payer pour tes jeux.*

Malgré les tensions internes, Valentine continuait de s'élever aux yeux des fanatiques. Ils voyaient en elle une figure infaillible, une prophétesse capable de donner un sens à leurs vies. Mais ce rôle, bien qu'exaltant pour Rosalie, pesait de plus en plus sur Valentine et, par extension, sur Auguste. Valentine n'était plus une personne. Elle était devenue une idée, un réceptacle pour les espoirs et les désillusions des autres.

Et chaque jour, la pression montait. Les attentes des fanatiques grandissaient, et leur dévotion prenait une tournure de plus en plus possessive. Ils commençaient à s'organiser en hiérarchie autour d'elle, à se disputer pour attirer son attention. Les premiers signes de discorde apparaissaient dans le groupe, même si jusqu'ici, leur foi aveugle les maintenait unis.

L'atmosphère dans la pièce était devenue lourde, saturée d'attentes non dites. Les fanatiques s'étaient regroupés autour de Valentine, leurs regards brillants de ferveur. Chacun d'eux semblait suspendu à un souffle, à un mot, comme si le sens de leur existence dépendait de ce qui allait sortir de sa bouche. Ils la pressaient doucement, mais avec une intensité presque oppressante.

« Dites-nous quelque chose, Valentine. Une vérité. Une révélation. Montrez-nous le chemin. » avait murmuré un homme au crâne dégarni, les mains tremblantes d'émotion.

Valentine, assise au centre de leur cercle improvisé, avait senti la pression monter. En elle, Rosalie et Auguste se livraient déjà une bataille.

— *Vas-y, donne-leur ce qu'ils veulent. Une phrase simple, mystérieuse, et ils se pâmeront d'admiration. Rien de plus facile.*

— *Non !* protesta Auguste, paniqué. *Ils ne se contenteront pas de mots. Plus tu leur donnes, plus ils demanderont. Et s'ils se rendent compte que ce n'est que du vent, ils se retourneront contre nous.*

Valentine fronça légèrement les sourcils, ses mains crispées sur les accoudoirs de sa chaise. Les fanatiques interprétèrent immédiatement ce geste comme un signe de profonde réflexion. « Regardez, elle médite… Elle va parler ! » s'écria une femme en joignant les mains comme pour une prière.

Enfin, après un silence prolongé, Valentine parla d'une voix basse et mesurée, comme si elle livrait une vérité universelle :

— *Le chemin vers la vérité est un cercle… commencez là où vous êtes, et revenez à vous-même.*

La phrase, née du conflit intérieur entre Rosalie et Auguste, était un mélange de mysticisme calculé et de prudence philosophique. Rosalie, triomphante, jubilait.

— *Magnifique. Une boucle sans fin. Ils adoreront ça. Bravo, Valentine, nous sommes une star.*

— *Tu viens littéralement de leur donner un puzzle vide ! Un cercle ? Sérieusement ? Tu ne vois pas que c'est de l'huile sur le feu ?*

Mais il était déjà trop tard.

La pièce explosa de ferveur. Les fanatiques s'étaient levés comme un seul homme, certains tombant à genoux, d'autres se tenant la tête entre les mains, les yeux pleins de larmes. « C'est tellement profond… » murmura l'un d'eux. « Le cercle… la vérité est un cercle… commencez là où vous êtes… et revenez à vous-même… » Ils répétaient ses mots comme un mantra, les gravant immédiatement dans leurs esprits.

Une vieille femme, les joues rouges d'émotion, proposa d'en faire graver les mots sur une plaque de bois pour la suspendre dans la maison. Un jeune homme, en extase, écrivait frénétiquement dans un carnet, traçant les mots avec une précision maniaque. L'un des fanatiques, plus exalté que les autres, s'exclama : « Nous devons partager cette vérité avec le village ! Le monde entier doit savoir ! »

Dans l'esprit de Valentine, Rosalie rayonnait de satisfaction.

— *Regarde-les, Auguste. Ils sont à nous. Ils nous adorent. Pas besoin de preuves, juste des mots. Ils n'en demanderont pas plus, crois-moi.*

Auguste, paralysé par la peur, répondit avec un ton empreint de gravité.

— *Tu ne comprends rien, Rosalie. Ce genre de ferveur est instable. Tant que tu leur donnes des énigmes, ça va. Mais ils finiront par vouloir des réponses concrètes. Et si tu ne peux pas leur donner ce qu'ils cherchent, ils se retourneront contre toi.*

— *Alors quoi ? C'est leur problème, pas le nôtre. Je ne leur ai rien promis, et ils se contentent de leurs propres fantasmes. Pourquoi gâcher cette opportunité ?*

Mais Auguste ne voyait pas les choses de cette manière. Pour lui, cette ascension fulgurante de Valentine n'était qu'un château de cartes prêt à s'effondrer. Il ressentait la montée de la ferveur comme une marée dangereuse, une force qui pourrait les submerger à tout moment.

Cette phrase énigmatique, prononcée presque machinalement, marqua un tournant dans la perception des fanatiques. Jusqu'alors, ils voyaient en Valentine une figure divine mystérieuse. Mais désormais, elle devenait une prophétesse, une guide spirituelle dont chaque mot avait le poids d'une révélation sacrée. La tension dans la pièce, déjà palpable, atteignit un nouveau sommet.

Rosalie savourait le pouvoir de ses paroles, consciente de l'influence qu'elle exerçait sur ce groupe dévoué. Auguste, quant à lui, voyait dans cette scène le début d'une catastrophe inévitable. Ils avaient franchi une limite invisible, et il savait qu'il serait impossible de revenir en arrière. Les fanatiques, désormais galvanisés, ne se contenteraient plus de quelques mots mystérieux. Ils attendraient des actions, des preuves, des miracles. Et cela, ni Rosalie, ni Auguste, ni même Valentine, n'étaient en mesure de leur offrir.

***

Le calme relatif du village, déjà bien troublé par les rumeurs autour de Valentine, vola en éclats un matin où les premiers vans de télévision firent leur apparition. Les moteurs rugirent, les pneus crissèrent sur le gravier, et en un clin d'œil, la maison des fanatiques fut encerclée par des caméras, des micros et des perches audio agitées comme des antennes de fourmis hystériques. Des journalistes en chemises froissées et des techniciens en jeans tâchés couraient dans tous les sens, cherchant le meilleur angle pour capturer "la maison de la miraculée".

À quelques mètres de là, une foule d'habitants du village observait la scène. Certains avaient le visage illuminé par une curiosité presque malsaine, tandis que d'autres, les bras croisés et les sourcils froncés, secouaient la tête. « Encore des citadins venus nous déranger avec leurs histoires à dormir debout » grogna un vieil homme.

Dans cette cacophonie de flashes et de murmures, un journaliste, micro tendu, répétait sans cesse devant la caméra : « Une femme revenue d'entre les morts ? Un miracle ou une fraude ? Restez avec nous pour découvrir la vérité derrière cet événement incroyable ! » À ses côtés, une jeune femme en tailleur ajustait frénétiquement ses cheveux, préparant sa tirade : « Ici, dans ce village reculé, une histoire bouleversante secoue les croyances et les certitudes... »

Rosalie, en observant la scène depuis une fenêtre fendue, ne put s'empêcher de sourire intérieurement.

— *Ils sont ridicules. Des vautours qui se battent pour le moindre os. Mais tu sais quoi, Auguste ? Je crois que nous avons quelques os à leur offrir.*

Auguste, quant à lui, voyait les choses bien différemment.

— *Non, Rosalie. Ce ne sont pas des vautours. Ce sont des hyènes. Ils ricanent en bande, mais au fond, ils n'attendent qu'un faux pas pour nous dévorer.*

Sa voix dans leur esprit partagé était grave, presque tremblante.

Valentine, elle, restait figée devant la fenêtre, les mains serrées contre le rebord écaillé, incapable de détourner les yeux de ce chaos. Les battements de son cœur semblaient résonner dans ses oreilles. Chaque pas des journalistes, chaque éclat de voix lui donnait l'impression qu'un piège se refermait lentement sur elle.

Pendant ce temps, les fanatiques, qui avaient jusqu'à présent toléré les curieux du village, se transformèrent en gardiens féroces. Ils se rassemblèrent devant la maison, formant une barrière improvisée faite de leurs corps et de leurs convictions. « *Vous ne passerez pas !* » hurla un homme, les bras écartés dans une posture dramatique digne d'un prophète biblique. Une femme à ses côtés, un chapelet autour du cou, levait les yeux au ciel en marmonnant des prières. « Elle est sacrée ! Vous ne pouvez pas profaner ce lieu avec vos mensonges et vos caméras ! »

Un journaliste tenta de s'approcher avec un sourire poli et un carnet à la main. Il fut immédiatement repoussé par une vieille dame brandissant un balai comme une épée. « Retournez à vos micros ! Vous n'avez rien à faire ici ! » cria-t-elle avec une ferveur qui aurait intimidé même le plus audacieux des reporters.

Rosalie, observant cette scène chaotique, éclata de rire dans l'esprit de Valentine.

— *Regarde-les ! On dirait une bataille entre des gosses avec des bâtons et des adultes déguisés en clowns sérieux. C'est... magnifique.*

— *Ce n'est pas magnifique, c'est une catastrophe*, répliqua Auguste, son ton chargé d'angoisse. *Plus ils se battent pour nous protéger, plus ça attire l'attention. Rosalie, il faut que ça s'arrête.*

Mais Rosalie, bien sûr, n'envisageait rien de tel.

— *Oh non, Auguste. Nous sommes le centre de leur univers pour l'instant. Laissons-les s'agiter. Ils nous adorent, après tout.*

Autour de cette mêlée, le reste du village s'agglutinait, formant un cercle d'observateurs. Les discussions allaient bon train. « Tu crois que c'est vrai ? Qu'elle est vraiment revenue d'entre les morts ? » demandait une femme à son mari, qui haussait les épaules. « Je ne sais pas, mais si elle est revenue, ce n'est pas naturel. Rien de bon ne viendra de cette histoire. »

Plus loin, un groupe d'adolescents, amusés par le spectacle, filmaient les journalistes et les fanatiques avec leurs téléphones. « Hé, mets ça sur les réseaux sociaux, ça va exploser ! » lança l'un d'eux avec un rire moqueur.

La rumeur se propageait, transformant chaque passant en un expert improvisé sur le surnaturel. « Moi, je vous dis que c'est une escroquerie » affirma un boucher en essuyant ses mains grasses sur son tablier. « Ces journalistes, ils aiment bien monter en épingle des trucs comme ça » À ses côtés, une vieille femme hochait la tête, murmurant : « Ou alors… c'est vrai. Et si elle était une envoyée de Dieu ? »

Dans la maison, l'agitation à l'extérieur amplifiait les tensions internes. Valentine, déjà ébranlée par sa cohabitation forcée avec Rosalie et Auguste, sentait les murs se resserrer autour d'elle. Rosalie, cependant, semblait s'épanouir dans ce chaos.

— *Ils veulent des réponses, Auguste. Et nous les avons. Enfin, surtout moi,* ajouta-t-elle avec un ton narquois.

— *On n'a pas de réponses, Rosalie. On n'a rien à leur offrir. Tout ce que nous dirons ne fera qu'attiser leur curiosité. Et quand ils découvriront la vérité, ce sera la fin.*

— *Découvrir quoi, exactement ? Nous sommes un mystère. Et les mystères, Auguste, ne doivent jamais être résolus. Ils doivent être entretenus.*

Mais malgré les bravades de Rosalie, une réalité s'imposait : l'arrivée des journalistes marquait un point de bascule. La curiosité dévorante du monde extérieur commençait à percer la fragile bulle qui entourait Valentine, et chaque minute qui passait rapprochait un peu plus ce petit univers du chaos.

Le moment que Rosalie avait attendu, et qu'Auguste redoutait depuis leur résurrection, finit par arriver. Sous la pression croissante des journalistes qui assiégeaient la maison, Valentine, accompagnée de ses protecteurs fanatiques, fut poussée à franchir le seuil de la porte. Dès qu'elle apparut, le silence relatif fut brisé par une cacophonie de voix, de questions, et de flashes. Les micros et les caméras s'orientèrent vers elle comme des faucons plongeant sur leur proie.

Un journaliste, dont la veste semblait avoir été roulée dans une valise oubliée, hurla pour couvrir les autres : « Madame ! Pouvez-vous nous expliquer ce qui vous est arrivé ? Comment avez-vous survécu ? » Une femme, tailleur impeccable mais sourire aussi coupant qu'un couteau, tendit son micro agressivement. « Êtes-vous consciente qu'on parle de vous comme d'un miracle ? Une envoyée divine ? Avez-vous un message pour le monde ? »

Valentine, bien que droite, semblait figée, comme une statue placée là par erreur. Ses mains tremblaient imperceptiblement, et ses yeux cherchaient un point d'ancrage dans le chaos. À l'intérieur de son esprit, c'était une toute autre guerre.

— *Parfait, c'est notre moment. Parlons. Mais pas trop. Soyons mystérieuse. Intrigante. Donnons-leur juste assez pour les appâter, mais pas assez pour qu'ils comprennent.*

— *Non, c'est une erreur. Ces gens ne veulent pas de mystère, Rosalie. Ils veulent des faits. Et s'ils n'en obtiennent pas, ils en inventeront. Nous devons les dissuader, pas les encourager !*

— *Oh, arrête d'être aussi paranoïaque, tu me fatigues avec tes jérémiades*, répliqua Rosalie d'un ton tranchant. *C'est simple. Les mystères attirent. Et tant qu'ils cherchent des réponses, nous restons intouchables. Fais-moi confiance.*

— *Faire confiance ? À toi ? On a fini par partager ce corps parce que tu t'es laissée guider par ton foutu instinct ! Tu veux vraiment tenter le diable une fois de plus ?*

Leur conflit interne devint un tumulte. Valentine, prise au piège entre leurs volontés contradictoires, ouvrit la bouche pour parler, puis la referma, incapable de choisir une direction. Finalement, dans un mélange de panique et d'intuition, elle lâcha une phrase presque instinctive, comme un compromis fragile entre leurs pensées.

« Parfois… la vie nous offre une seconde chance… un chemin que nous ne comprenons pas encore… » dit-elle d'une voix lente et hésitante.

Un silence électrique s'installa pendant une fraction de seconde, avant que le chaos n'explose. Les journalistes, loin d'être frustrés par l'ambiguïté, furent galvanisés. « Qu'entendez-vous par là ? » « Qui vous a offert cette seconde chance ? » « Pensez-vous être un symbole d'espoir ? » Les questions jaillirent comme des projectiles, chaque mot étant disséqué, amplifié, transformé.

Valentine, désorientée, resta silencieuse. Mais ce silence fut interprété comme un choix délibéré, une profondeur mystique. « Elle réfléchit, » murmura un cameraman à son collègue. « Elle choisit ses mots avec soin. Ça, c'est une vraie prophétesse. »

— *Regarde-les. Ils sont comme des chiens devant un os. Un petit morceau, et ils s'imaginent déjà qu'ils ont tout le banquet. C'est parfait. Tout ce qu'ils veulent, c'est un peu de mystère. Et ça, c'est notre spécialité.*

— *Parfait ? Parfait ?! Tu plaisantes, j'espère. Ces gens ne vont pas s'arrêter là, Rosalie. Tu les nourris, et maintenant ils veulent le plat principal. Tu crois qu'on peut tenir combien de temps comme ça avant qu'ils ne réalisent qu'on n'a rien à leur offrir ? Rien de tangible ?*

— *Tant qu'ils sont occupés à chercher, nous avons le contrôle. Ils ne réaliseront jamais qu'ils courent après une ombre. Détends-toi, Auguste. C'est un jeu. Et nous sommes en train de le gagner.*

Mais Auguste, loin d'être rassuré, sentait une sueur imaginaire couler sur son front spirituel.

— *Ça va mal finir, Rosalie. Tu joues avec des braises. Et bientôt, tout va prendre feu.*

Au milieu de cette cacophonie, les fanatiques se tenaient en arrière, leurs regards remplis de ferveur. Pour eux, chaque mot de Valentine était un commandement divin, chaque silence une leçon sacrée. « C'est un message pour le monde entier » déclara l'un d'eux à un journaliste, son ton empreint de gravité. « Elle est ici pour nous enseigner. Nous devons écouter. »

Les journalistes, bien sûr, ne faisaient pas dans la subtilité. « Peut-on s'approcher ? Madame, pouvez-vous répondre à une dernière question ? » Ils tentaient de briser le cercle protecteur formé par les fanatiques, mais ces derniers les repoussaient avec une détermination quasi militaire.

De l'autre côté de la rue, les villageois regardaient la scène avec des expressions mêlant fascination et mépris. « Quelle pagaille, » murmura une vieille dame, secouant la tête. « Tout ça pour une femme qui aurait mieux fait de rester morte. »

Alors que les journalistes continuaient de poser des questions, que les fanatiques récitaient des prières, et que Rosalie et Auguste se disputaient dans l'esprit partagé de Valentine, une tension invisible s'installait. Chaque mot prononcé par Valentine, chaque silence, chaque regard, semblait ajouter une nouvelle bûche à un feu qui menaçait de s'embraser.

Rosalie, bien qu'exaltée, savait au fond d'elle qu'elle marchait sur une corde raide. Auguste, lui, voyait cette corde s'effilocher à chaque instant. Et Valentine, au centre de tout, n'était qu'un pantin maladroit, tiraillé entre les ambitions de l'une et les peurs de l'autre.

L'arrivée fracassante des journalistes dans ce coin reculé du monde avait transformé le petit groupe de fanatiques en un cercle de paranoïa exacerbée. Ce n'était plus une simple communauté dévouée ; c'était une forteresse imprégnée de méfiance et de peur. Chaque micro tendu, chaque caméra pointée était interprétée comme une attaque directe contre leur sainte Valentine, leur preuve vivante d'un miracle.

Dans leur précipitation à protéger Valentine, les fanatiques se mirent à barricader la maison comme s'ils se préparaient à un siège. Les meubles furent empilés devant les portes, les fenêtres recouvertes de planches, de vieux draps, et, dans un geste particulièrement absurde, de matelas déchirés. « Personne ne passera ! » déclara l'un d'eux, un homme chauve à l'air exalté, tenant un marteau comme un guerrier brandissant une épée.

« Nous devons protéger l'élue ! » s'écria une femme en poussant un canapé contre la porte d'entrée. Elle avait les yeux hagards, ses cheveux en bataille trahissant une nuit sans sommeil passée à prier pour la « pureté » de Valentine. « Ces journalistes ne sont pas là pour chercher la vérité. Ils veulent la salir, la détruire ! »

Une autre, à peine plus calme, murmura d'un ton presque apocalyptique : « Nous devons l'isoler. Elle est trop précieuse pour être exposée à ces impies. Ils ne peuvent pas comprendre. »

Valentine, installée dans ce qui ressemblait de plus en plus à une cellule sacrée, se sentait suffoquer. Le poids de leur dévotion devenait une chaîne, et la maison, transformée en bunker, était devenue une prison. Elle regardait ces gens barricader chaque issue avec une sorte de fascination mêlée d'effroi.

— *Ça devient ridicule, nous ne sommes pas un objet à mettre sous verre. À ce rythme, ils vont nous interdire de respirer pour préserver notre aura sacrée.*

Rosalie, fidèle à elle-même, voyait la situation d'un tout autre œil.

— *Oh, allons, Auguste, détends-toi. Regarde-les. Ils sont si investis, si... malléables. Plus ils s'inquiètent pour nous, plus notre pouvoir grandit. Chaque planche qu'ils clouent sur ces fenêtres est une déclaration de ta supériorité.*

Auguste, cependant, était tout sauf détendu.

— Rosalie, tu es aveugle. Ces gens sont en train de perdre pied. Ils sont à deux doigts de sombrer dans la folie. Ils ne te protègent pas, ils s'enferment dans leur propre paranoïa. Et nous sommes coincés avec eux.

L'atmosphère dans la maison devint de plus en plus lourde. Les fanatiques, autrefois unis par leur dévotion, commencèrent à se méfier les uns des autres. « Qui a parlé aux journalistes ? » lança un homme à la barbe grisonnante, son doigt tremblant accusateur. « Quelqu'un parmi nous les a informés. Sinon, comment auraient-ils su où venir ? »

« Ce n'est pas moi ! » répliqua une femme, visiblement outrée. « Je n'ai rien dit ! Peut-être que c'est toi qui leur as donné des indices ! »

Les accusations volaient dans tous les sens, les regards devenaient soupçonneux, et les voix s'élevaient. Ce n'était plus une communauté harmonieuse, mais un nid de vipères prêt à exploser. Leur peur pour Valentine, combinée à l'attention médiatique, les poussait au bord de l'effondrement.

Auguste observait ce spectacle avec un mélange de fascination et de dégoût.

— Ils sont littéralement en train de se dévorer. Si c'est ça leur foi, je n'en veux pas.

À l'intérieur, Rosalie jubilait.

— Laisse-les se déchirer, dit-elle avec un sourire intérieur narquois. *Chaque conflit les rend plus dépendants de toi. Bientôt,*

tu seras leur seule certitude dans ce chaos. Ils feront tout ce que nous voulons, juste pour retrouver un semblant d'ordre.

— Et quand ils n'auront plus de conflit extérieur, Rosalie ? Quand ils se rendront compte qu'ils ont fait tout ça pour une imposture ? Leur foi aveugle se retournera contre nous.

— Arrête de jouer les prophètes de malheur, Auguste. Tu te trompes sur un point fondamental : ces gens ont besoin de croire. Tant qu'on leur donne quelque chose à croire, tout ira bien.

— Jusqu'au jour où ça ne suffira plus. Et ce jour approche plus vite que tu ne le crois.

Alors que les barricades continuaient de s'ériger et que les accusations fusaient, la maison des fanatiques devint un microcosme de tension et de peur. Valentine, Rosalie et Auguste étaient pris au piège dans une spirale qui semblait prête à s'effondrer à tout moment. Chaque planche clouée sur une fenêtre, chaque dispute parmi les fidèles, chaque mot échangé avec la presse était une bûche ajoutée à un feu qui menaçait de tout consumer.

Rosalie, fidèle à son pragmatisme cynique, voyait cela comme une opportunité. Auguste, quant à lui, sentait une alarme silencieuse résonner dans leur esprit partagé. Ensemble ils commençait à sentir que leur statut d'« élue divine » était plus un fardeau qu'une bénédiction.

La tension monta d'un cran lorsque les journalistes, refusant de lâcher leur prise, décidèrent d'installer un véritable campement devant la maison des fanatiques. Des tentes surgirent sur le trottoir, des caméras restaient braquées sur l'entrée jour et nuit, et les projecteurs illuminaient la façade comme si un film s'y tournait. Cette atmosphère de siège transforma le petit quartier tranquille en un théâtre absurde où chaque mouvement de Valentine était attendu, scruté, interprété.

À l'intérieur, la situation devenait explosive. Les fanatiques, d'abord unis dans leur ferveur protectrice, se montraient de plus en plus nerveux. La proximité constante des journalistes, qui criaient leurs questions depuis la rue ou tentaient de tendre des micros à travers les fenêtres barricadées, les rendait fous de rage. L'un d'eux, un homme au visage rouge de colère, perdit son sang-froid et sortit en trombe de la maison, brandissant un balai comme une arme. « Dégagez d'ici ! » hurla-t-il, balayant littéralement un reporter qui s'était trop approché.

La scène devint rapidement ridicule. Le journaliste, tentant de conserver un semblant de dignité tout en évitant les coups, attrapa le manche du balai en criant : « Nous avons le droit d'être ici ! La liberté de la presse, monsieur ! » Les caméras s'affolèrent, capturant chaque instant de ce combat grotesque, tandis que le reste des fanatiques criait des prières ou des invectives depuis les fenêtres barricadées. « Les impies doivent partir ! » hurla une femme en agitant une vieille Bible comme un étendard.

À travers l'un des interstices des planches couvrant la fenêtre, Valentine observait la scène avec un mélange d'incrédulité et d'amusement.

— *C'est un cirque. Un véritable cirque. Et nous sommes les pauvres animaux en cage.*

— Un cirque ? Non, Auguste, c'est une œuvre d'art. Regarde-les : des journalistes avides de sensation, des fanatiques délirants, et nous, les étoiles incontestées de ce spectacle chaotique. C'est presque… poétique.

Mais même elle ne pouvait nier que la situation leur échappait. La présence constante des caméras, les regards avides, la folie des fanatiques... tout cela formait un cocktail explosif. Chaque cri, chaque éclat de voix augmentait la pression sur Valentine.

— Ils vont finir par vouloir plus. Plus de déclarations, plus de preuves. Et si on ne leur donne pas ce qu'ils veulent…

— Ils nous détruiront, compléta Auguste, sa voix tremblant légèrement d'inquiétude. *C'est comme ça que ça finit toujours. Une foule exaltée se transforme en une meute furieuse dès qu'elle se sent trompée.*

La maison devint un point focal de chaos. Les habitants du village, d'abord distants, commençaient à se rassembler, attirés par le tumulte. Certains, intrigués par les journalistes, venaient jeter un coup d'œil furtif avant de s'éloigner en secouant la tête. D'autres, plus téméraires, tentaient de glaner des informations, insistant pour voir Valentine ou interroger les fanatiques.

À l'intérieur, le climat devint suffocant. Les fanatiques, déjà paranoïaques, se méfiaient désormais de tout le monde, y compris les nouveaux venus qu'ils avaient auparavant accueillis. « Tu les as vus, n'est-ce pas ? » chuchota l'un d'eux à un autre. « Ces gens du village… ils sont peut-être envoyés par les journalistes. Ou pire… par des forces obscures. »

Valentine sentit le poids de leur folie croissante peser sur elle. Chaque regard posé sur elle, chaque mot qu'elle prononçait semblait ajouter une nouvelle brique à ce mur d'attentes impossibles.

— *Ça ne peut pas durer*, pensa Auguste, sa voix résonnant en écho dans son esprit. *C'est une bulle prête à éclater*.

Rosalie, malgré son air bravache, commençait à ressentir cette même menace.

— *Oui, c'est risqué, mais regarde où nous sommes, Auguste. Au sommet. Ils nous regardent comme s'ils attendaient que nous leur donnions un sens à leur vie. Et c'est là que nous avons le contrôle.*

— *Ce n'est pas du contrôle, Rosalie. C'est de l'essence jetée sur un feu. Et quand ça explosera, ils ne nous remercieront pas pour le spectacle.*

Le point de rupture semblait imminent. Les fanatiques devenaient de plus en plus agressifs envers les journalistes, les journalistes de plus en plus intrusifs, et Valentine de plus en plus piégée dans ce rôle qu'elle n'avait jamais choisi. Chaque pas qu'elle faisait, chaque mot qu'elle prononçait, était une lame à double tranchant. La situation, à la fois exaltante et terrifiante, était une danse sur le fil du rasoir, où une seule étincelle suffisait pour tout réduire en cendres.

***

Rosalie s'enferma dans un silence inhabituel, un repli rare dans son tumulte intérieur. Les souvenirs rejaillirent comme une vague sombre et poisseuse, l'aspirant vers ce lieu qu'elle redoutait plus que tout : les Enfers. Le chaos y était omniprésent, une cacophonie de cris étouffés et de murmures acides qui semblaient graver dans son esprit chaque acte abject qu'elle avait commis. Les visages de ses victimes, spectres accusateurs, flottaient autour d'elle, leurs yeux vides brûlant de reproches. Le poids de leurs silences oppressants la ramenait à cette boucle infernale, un éternel retour de souffrances, où chaque seconde était un rappel brutal de son propre échec.

La brûlure des chaînes invisibles qui l'avaient entravée dans les abysses lui semblait encore tangible. Elle pouvait presque sentir leur étreinte froide et mordante sur son essence, une punition implacable, comme si l'univers lui-même avait décidé qu'elle ne méritait jamais de répit. Le vide, cet abîme sans fin qui aspirait tout autour d'elle, continuait de la hanter. « *Je ne peux pas y retourner,* » pensa-t-elle avec une férocité mêlée de terreur. C'était une certitude aussi profonde que son besoin de respirer, même si l'air qu'elle trouvait dans ce nouveau corps lui semblait encore étouffant. La simple idée d'être arrachée à cette fragile rédemption pour replonger dans les flammes la terrifiait, mais une part d'elle-même, plus cynique, murmurait que rien ne garantissait qu'elle en était réellement sortie.

Elle commença à s'interroger. Ses récents comportements — jouer avec les fanatiques, manipuler les journalistes, exploiter la fascination des autres — étaient-ils vraiment différents de ceux qui l'avaient menée à sa chute ? Ne faisait-elle pas exactement ce qu'elle avait toujours fait : se servir des autres pour asseoir son pouvoir ? « *Peut-être qu'Auguste avait raison,* » admit-elle intérieurement, à contrecœur, comme si ces mots brûlaient.

« *Peut-être que je suis encore cette femme incapable de se détourner du contrôle et de la domination.* » Cette idée, bien qu'inconfortable, germa en elle, une graine de doute qui menaçait de fissurer son armure de certitudes.

Mais à peine cette pensée avait-elle pris forme qu'une peur plus grande, plus ancienne, s'empara d'elle : celle de perdre le contrôle. Ce besoin viscéral de diriger, de dominer, de façonner son environnement pour ne jamais être à la merci de quoi que ce soit ou de quiconque, refit surface avec une intensité dévorante. « *Non, je vais changer,* » se promit-elle dans un élan désespéré, comme si cette simple affirmation suffisait à conjurer son propre passé. Mais au fond d'elle, une voix bien plus sarcastique riait doucement. « *Rosalie Gordon, changer ? Qui croira à cette farce ? Même toi, tu n'y crois pas vraiment.* »

Cette dualité l'écartelait. Chaque instant passé dans ce corps humain, coincée avec Auguste, exacerbait ce combat intérieur. Elle n'était plus sûre de rien, pas même de sa propre capacité à évoluer. Mais ce qui la terrifiait plus que tout, c'était l'idée qu'elle n'avait peut-être jamais eu d'autre choix que de rester la femme qu'elle avait toujours été : un esprit forgé dans le feu, incapable de supporter la lumière sans vouloir la modeler à son image.

Auguste, prisonnier d'une cohabitation où Rosalie semblait toujours occuper tout l'espace, se réfugiait dans ce qu'il connaissait le mieux : le regret. Il revisita, avec une précision cruelle, chaque détail de sa vie passée. Son appartement, minuscule et gris, où le plafond paraissait se rapprocher un peu plus chaque jour. Cette odeur persistante de renfermé, mélange de poussière et de café tiède oublié sur le rebord d'une table bancale.

Les murs, décorés d'un papier peint jauni, semblaient murmurer des reproches silencieux : « *Tu n'as rien fait de ta vie, Auguste.* »

Il se souvenait de ses journées monotones, rythmées par un réveil à la même heure, un trajet en bus silencieux, et un travail mécanique où il ne connaissait même pas le prénom de son chef. Une vie où le mot "routine" prenait des airs de condamnation. Et cette mort, ridicule, absurde. Il avait glissé dans sa salle de bain, un pied mal assuré sur une flaque d'eau, sa tête rencontrant violemment le rebord de la baignoire. Pas d'agonie dramatique, pas de dernier regard mélodramatique vers un être aimé. Juste le néant. Une chute aussi insignifiante que son existence.

Le souvenir de la gare de triage acheva de l'accabler. Il avait espéré, naïvement peut-être, que ce moment marquerait enfin une rupture, une reconnaissance de son être. Mais il n'en fut rien. Les autres âmes, brillantes ou sombres, attiraient l'attention des Gardiens, semblaient porter des récits, des poids. Lui, Auguste Platevin, n'avait été qu'un souffle grisâtre, à peine perceptible dans l'immensité du hall. Même en mort, il avait été transparent. Insignifiant. « *Même là-bas, je n'existais pas,* » pensa-t-il avec une amertume familière.

Pourtant, quelque chose en lui commençait à s'agiter. Un frisson, peut-être une étincelle, mais assurément quelque chose qu'il n'avait jamais ressenti avant. Cette nouvelle vie, aussi improbable, chaotique, et déroutante soit-elle, portait en elle un goût différent. Celui de la possibilité. Il regardait Rosalie, toujours dans l'action, toujours prête à dominer, à manipuler, et il ne pouvait s'empêcher d'y voir un miroir déformé. « *Si je dois exister dans ce chaos,* » pensa-t-il, « *autant que ce soit avec passion. Peut-être que, finalement, Rosalie a raison : manipuler les autres pour survivre n'est pas si immoral quand on y réfléchit bien. Tout le monde manipule, non ? »*

Mais à peine cette pensée prenait-elle racine qu'une autre voix, plus calme, plus posée, s'éleva en lui. Cette petite voix, qu'il aurait ignorée auparavant, semblait maintenant insister. « *Et si vivre avec passion ne signifiait pas écraser les autres, mais découvrir ce que tu veux vraiment ?* » Cette question, simple et honnête, le déstabilisa plus que tous les hurlements ou sarcasmes de Rosalie. Il ne savait pas encore ce qu'il voulait, ni même s'il était capable de le vouloir. Mais pour la première fois, il se dit que cette existence, aussi fragile et absurde soit-elle, pouvait lui offrir une chance de découvrir ce que cela signifiait. Exister, vraiment.

À l'extérieur, c'était un chaos permanent, un brouhaha incessant d'appels, de questions criées, de disputes étouffées. Les journalistes, armés de micros et de caméras, semblaient s'être enracinés devant la maison, transformant ce coin tranquille du village en une scène de cirque médiatique. Ils ne se contentaient plus d'attendre ; ils exigeaient, comme si Valentine leur devait une réponse. « Valentine ! Regardez-nous ! Que ressentez-vous en revenant d'entre les morts ? » hurlait une voix. Une autre lançait avec un enthousiasme faussement feutré : « Est-ce que c'est vrai que vous avez vu l'au-delà ? Que pouvez-vous nous dire sur Dieu ? »

À l'intérieur, ce n'était guère mieux. Les fanatiques, rongés par une paranoïa galopante, semblaient sur le point de s'entre-déchirer. Chaque jour, une nouvelle querelle éclatait « Nous devons lui permettre de parler ! » criait un homme, le poing levé comme s'il menait une révolution imaginaire. « Le monde doit entendre sa vérité ! » Une femme, les cheveux défaits, le visage empreint de panique, lui répondait avec véhémence : « Et si ce sont des blasphémateurs ? Vous voulez qu'ils salissent son message ? Elle doit rester pure, protégée de leur corruption ! »

La maison, déjà sombre et oppressante, était devenue une véritable poudrière. Chaque murmure, chaque mouvement semblait porteur de menaces. Les fanatiques multipliaient les barricades, improvisant avec des meubles, des planches, et même des casseroles, comme si une invasion était imminente. Pourtant, ce n'était pas la presse qui représentait le plus grand danger : c'était eux-mêmes. Leur dévotion aveugle les consumait peu à peu, les transformant en prédateurs avides de protéger ce qu'ils considéraient comme leur trésor sacré. Valentine n'était plus une femme : elle était devenue une icône, un trophée, une idée.

Rosalie, dans leur esprit commun, bouillonnait d'impatience.

— *C'est risible*, murmura-t-elle avec un ton sarcastique.

— *Ils se battent pour nous, comme des chiens autour d'un os.*

Elle observa la scène avec un mélange de mépris et de fascination.

— *Nous devrions exploiter cela, Auguste. Tu vois comme ils sont prêts à tout pour protéger leur 'prophétesse' ? Nous pourrions les manipuler pour calmer la presse. Les transformer en nos soldats.*

— *Des soldats ? Tu plaisantes, Rosalie. Ce sont des fous furieux. Ce genre de dévotion peut basculer en haine en un clin d'œil. Tu veux vraiment jouer avec ça ?*

Il sentit une vague d'inquiétude monter en lui, un sentiment qu'il connaissait bien. La situation lui échappait, et il n'aimait pas ça. Mais Rosalie, fidèle à elle-même, ne voyait pas les choses de la même manière.

— *Bien sûr que je veux jouer avec ça. C'est un jeu, Auguste. Et si tu veux survivre, tu dois jouer.* Auguste sentit une exaspération sourde le gagner.

— *Jouer, c'est bien. Mais ce n'est pas un jeu, Rosalie. Ce sont des gens. Réels. Avec des limites. Et tu es sur le point de toutes les franchir.*

Leur affrontement interne était palpable, et Valentine, le corps qu'ils partageaient, en portait les traces. Elle passait d'un comportement calme à une tension palpable, d'un sourire forcé à un regard inquiet. Cette dualité se manifestait dans chaque mot, chaque geste. Les fanatiques, quant à eux, prenaient ces fluctuations pour des signes mystérieux, des messages cryptés de leur élue. « Elle est en communion avec une force supérieure, » murmura l'un d'eux, émerveillé.

Mais à travers ce chaos, une prise de conscience s'insinuait lentement entre Rosalie et Auguste. Ils ne pouvaient plus rester ainsi, enfermés dans leurs conflits internes. La pression extérieure, les journalistes, les fanatiques, tout cela formait un feu croissant qui risquait de les consumer. Rosalie, malgré son arrogance, commençait à sentir la menace grandir. Auguste, bien que timoré, comprenait qu'ils devaient agir, ensemble, ou cette seconde chance leur glisserait entre les doigts.

Ce n'était pas une question de victoire ou de domination. C'était une question de survie. Mais la vraie question restait en suspens : pouvaient-ils vraiment s'accorder, même pour cela ?

Dans le maelström de tension et de confusion, quelque chose d'inattendu se produisit. Rosalie, d'ordinaire acérée comme une lame, adoucit légèrement son ton.

— *Alors, Auguste, toi qui prétends être le sage de service, qu'est-ce qu'on fait maintenant ?*

Son ton avait ce mélange typique de sarcasme et d'agacement, mais cette fois, il y avait une ouverture, une sorte de curiosité teintée de lassitude. Elle voulait vraiment savoir. Peut-être pour se moquer. Peut-être pour l'écouter. Pris au dépourvu il hésita un instant. D'habitude, il n'était qu'un murmure dans l'esprit de Rosalie, une voix qu'elle balayait d'un revers de pensée. Mais là, c'était différent. Elle lui offrait la parole, et il n'allait pas laisser passer cette chance.

— *Nous devons calmer les choses. Si nous continuons à alimenter ce cirque, ils finiront par se retourner contre nous. Les journalistes, les fanatiques… ils veulent tous quelque chose. Alors donnons-leur juste assez pour qu'ils nous laissent tranquilles. Pas un mensonge, mais pas toute la vérité non plus.*

— *Pas un mensonge, mais pas toute la vérité ? Tu veux marcher sur une corde raide, c'est ça ? Très subtil.*

Sa moquerie habituelle était là, mais elle n'avait pas la morsure habituelle. Au contraire, elle semblait… considérée, comme si elle testait ses propres limites.

— *Et toi, tu as une meilleure idée ?*

Auguste était un peu plus ferme qu'à son habitude. Il était fatigué d'être la voix qu'on ignore, l'ombre qui murmure dans le vide.

— *On ne peut pas fuir, Rosalie. Mais on ne peut pas non plus continuer comme ça. Ces gens ne sont pas des pions à manipuler indéfiniment. À un moment, ils se lasseront de tes énigmes et de tes petits jeux.*

— *Très bien, Auguste. Alors faisons-le à ta manière. Mais je te préviens, si tu te plantes, je te le ferai payer.*

Il y avait une chaleur inattendue dans sa menace, une reconnaissance qu'elle dissimulait sous son arrogance. Auguste la sentit, et pour la première fois, il comprit qu'ils n'étaient peut-être pas si différents. Ils étaient tous deux des âmes égarées, tentant de naviguer dans un monde qu'ils ne comprenaient pas tout à fait. Rosalie, avec sa force brute et son pragmatisme, et lui, avec sa prudence maladroite et son désir de faire quelque chose de bien, étaient peut-être les deux faces d'une pièce étrange et unique.

Leur lumière commune, qui vacillait souvent comme une flamme prête à s'éteindre, sembla s'éclaircir légèrement. Ce n'était pas une fusion harmonieuse ni une réconciliation parfaite. Mais c'était une promesse. Une promesse de collaboration, d'équilibre, même si ce n'était que temporaire. Rosalie et Auguste n'étaient plus simplement deux âmes coincées dans le même corps. Pour la première fois, ils étaient une entité en devenir, un mélange de ténèbres et de lumière cherchant à tracer une voie commune.

— *Alors c'est décidé. On affronte le monde, mais à nos conditions.*

Elle souriait intérieurement, un sourire où perçaient à la fois l'excitation et une pointe d'inquiétude. Auguste, malgré son habituelle réserve, sentit une étincelle d'espoir.

— *D'accord. Mais cette fois, Rosalie, on le fait ensemble.*

Et pour la première fois depuis leur résurrection, leurs pensées, bien que toujours distinctes, s'alignèrent. Une nouvelle étape s'ouvrait devant eux. Mais ce qu'ils allaient y trouver, ni l'un ni l'autre ne pouvait encore le deviner.

CHAPITRE 4

Le village, autrefois paisible et monotone, avait été transformé en un véritable cirque médiatique. Devant la maison décrépie des fanatiques, une armée de journalistes s'était installée, érigeant un camp de fortune composé de caméras, de micros et de véhicules ornés de logos criards. Des drones bourdonnaient dans le ciel comme des insectes mécaniques, capturant des images sous tous les angles possibles. Le village, avec ses ruelles étroites et ses maisons modestes, n'était pas prêt pour ce déferlement. Chaque recoin bruissait de l'agitation incessante des reporters en quête de scoop. Les éclats de voix des journalistes se mélangeaient aux murmures agacés des villageois.

« Alors, madame, vous connaissiez Valentine avant qu'elle ne… ressuscite ? » lançait une jeune reporter, brandissant un micro sous le nez d'une vieille dame ployant sous le poids de ses sacs de courses. La vieille femme, d'abord intriguée par cette soudaine attention, répondit avec un mélange de prudence et de frustration : « Eh bien, oui, elle était comme tout le monde, quoi… Enfin, avant qu'elle... » Mais elle fut coupée par un autre journaliste qui, flairant une phrase croustillante, lui coupa presque la parole pour demander : « Vous voulez dire qu'elle n'était pas spéciale ? Que cette résurrection pourrait être... une supercherie ? »

Dans la maison, Valentine observait la scène à travers un rideau poussiéreux, son souffle court et ses mains moites. La cacophonie du dehors résonnait dans sa tête, amplifiant la tension déjà insupportable entre Rosalie et Auguste.

— *Regarde-les, ils sont pathétiques, affamés de la moindre miette. On pourrait leur dire qu'on est la réincarnation d'une déesse aztèque, et ils y croiraient.*

Auguste, bien sûr, était d'un avis opposé, comme toujours.

— *Pathétiques, peut-être. Mais dangereux, Rosalie. Plus on leur donne de miettes, plus ils en voudront. Et quand ils découvriront qu'il n'y a rien à gratter, ils se retourneront contre nous. C'est toujours comme ça.*

Sa voix était teintée d'une angoisse sincère, qui se propageait jusque dans les pensées de Valentine, déjà paralysée par la situation.

Sous cette double influence, Valentine vacillait, littéralement. Elle fit un pas vers la porte, hésitante, puis un autre. Les fanatiques, qui l'entouraient à l'intérieur, la fixaient avec un mélange de vénération et d'inquiétude, comme si sa moindre respiration pouvait changer le destin du monde. Mais à peine Valentine eut-elle ouvert la porte pour tenter de s'exprimer qu'une vague de micros et de caméras se dressa devant elle, accompagnée d'un flot de questions agressives. « Madame ! Que ressentez-vous après être revenue à la vie ? »

« Pensez-vous être un miracle ? »

« Que voulez-vous dire au monde ? »

Valentine, déconcertée, ouvrit la bouche, cherchant désespérément une réponse. À l'intérieur, Rosalie et Auguste se chamaillaient avec ferveur.

— *Disons quelque chose de vague mais mystérieux*, conseilla Rosalie, son ton presque impatient.

— *Non, non, pas un mot de trop ! Moins on dit, mieux c'est !*

Pris dans ce tumulte intérieur, Valentine balbutia un « La vie est… un mystère », avant de reculer précipitamment, refermant la porte sur une volée de questions qui restèrent en suspens.

Pour les journalistes, ce simple balbutiement fut une aubaine. « Elle a parlé ! » cria l'un d'eux, comme s'il venait de découvrir le Saint Graal. « Elle a dit que la vie était un mystère. Cela pourrait être un message pour l'humanité ! » Les journalistes s'enthousiasmaient pour cette réponse vide de sens, et les drones redoublaient d'efforts pour capturer ce moment « historique ». À l'intérieur, Auguste gémit mentalement.

— *Tu vois ce que je veux dire ? On est fichus. Ils vont en vouloir plus.*

— *Oh, allons, Auguste. Un peu de spectacle n'a jamais tué personne. Enfin… pas souvent.*

Valentine, elle, s'effondra dans une chaise, épuisée. La pression extérieure, les voix discordantes dans sa tête, et le chaos ambiant la laissaient vidée de toute énergie. Elle leva les yeux vers le plafond, son esprit tiraillé entre l'exaltation de Rosalie et la peur pragmatique d'Auguste. À l'extérieur, les caméras tournaient, les voix s'élevaient, et le village sombrait un peu plus dans le tumulte, alimenté par ce tourbillon incessant de curiosité insatiable.

À l'intérieur de la maison, l'atmosphère était devenue irrespirable. Les fanatiques, jadis unis par leur foi aveugle en Valentine, étaient maintenant divisés en factions rivales, chacune convaincue d'avoir trouvé la meilleure manière de protéger leur "prophétesse". La tension était palpable, presque tangible, comme une corde tendue prête à se rompre. « Nous devons ériger une barricade autour de la maison ! » vociféra un homme grand et dégingandé, les yeux brillant d'une ferveur malsaine. « Une barricade, oui ! Rien ne doit passer ! Ni journalistes, ni sceptiques, ni… démons. »

« Des démons ? » railla une femme en croisant les bras. « Prier, voilà ce qu'il faut faire. Seule la foi repoussera les ténèbres. » Elle se retourna brusquement vers Valentine, qui se tenait dans un coin, silencieuse et visiblement à bout de nerfs. « N'est-ce pas, Sainte Valentine ? N'est-ce pas votre lumière qui nous guidera ? » La femme s'approcha avec des yeux exorbités, et Valentine, sous l'emprise des pensées contradictoires de Rosalie et Auguste, hocha la tête par réflexe.

Cette simple réponse fut interprétée comme une validation. « Vous voyez ! » s'écria la femme. « Elle approuve ! La prière nous sauvera ! » Mais son triomphe fut de courte durée. Un autre fanatique s'avança, rouge de colère. « Et pendant que vous priez, qui protégera sa chair sacrée, hein ? Vous ? Vos psaumes ne vous protégeront pas quand les impies envahiront cette maison ! » Les cris montèrent, les accusations fusèrent, et en quelques instants, la pièce fut remplie de hurlements et de gesticulations frénétiques.

Valentine se recroquevilla un peu plus dans son coin, le visage figé dans une expression de panique muette.

— *Regarde-les, ces idiots vont finir par s'entre-tuer. Peut-être qu'on devrait les laisser faire. Ça résoudrait notre problème.*

— *Ils ne s'entre-tueront pas, Rosalie. Ils se calmeront, et quand ils le feront, devine quoi ? Ils chercheront un coupable pour cette situation. Et tu sais qui ce sera ? Nous.*

Sa voix, bien qu'imprégnée de sa prudence habituelle, tremblait légèrement, trahissant une véritable inquiétude.

— *Toujours aussi drama queen, Auguste*, rétorqua Rosalie avec un sourire sarcastique. *Une prison dorée reste une prison dorée, non ? Pourquoi ne pas en profiter un peu avant qu'ils n'allument un bûcher dans la cour ?*

Mais même Rosalie sentait la pression monter. Les fanatiques avaient commencé à surveiller Valentine de façon oppressante, comme des gardiens jaloux protégeant une relique sacrée. À chaque mouvement, chaque geste, leurs regards avides la suivaient, cherchant des signes, des messages divins cachés dans la plus petite de ses actions. Si elle levait une main pour se gratter la tête, ils interprétaient cela comme une bénédiction. Si elle soupirait, ils murmuraient que c'était le poids du monde pesant sur ses épaules.

Cette obsession constante devenait insupportable.

— C'est de la folie. Ils sont tellement concentrés sur nous qu'ils en oublient leur propre survie. Si on ne fait rien, ce chaos va exploser. Et ce sera sur nous.

Valentine-Rosalie-Auguste tenta maladroitement de calmer la situation, mais les paroles hésitantes ne firent qu'exacerber les tensions. « Peut-être que… vous pourriez… travailler ensemble ? » suggéra-t-elle timidement. La pièce plongea dans un silence glacé avant qu'un des fanatiques ne pointe un doigt accusateur vers un autre. « Tu vois, elle sait que tu es le problème ! » cria-t-il, déclenchant une nouvelle vague de disputes.

Pendant ce temps, les pensées de Rosalie et Auguste continuaient de s'entrechoquer. Rosalie, bien que fascinée par l'effet qu'ils avaient sur ces fanatiques, commençait à sentir que la situation glissait hors de leur contrôle.

— D'accord, je veux bien l'admettre. Peut-être que ce chaos va finir par nous retomber dessus. Mais au moins, on s'amuse un peu, non ?

Auguste, fatigué de ce jeu incessant, répondit d'une voix lasse.

— Ce n'est pas une question d'amusement, Rosalie. Il s'agit de survie. Et pour survivre, il faut sortir de ce nid de vipères.

Mais au fond de lui, il savait que convaincre Rosalie de la nécessité de fuir serait une bataille en soi.

Alors que les disputes des fanatiques devenaient de plus en plus absurdes, Valentine s'adossa à un mur, les yeux mi-clos. Elle sentait la tension monter en elle, un mélange d'exaspération et de désespoir. À l'extérieur, les journalistes continuaient de tambouriner à la porte, exigeant des réponses. Et à l'intérieur, les fanatiques continuaient de s'écharper, leur paranoïa atteignant de nouveaux sommets.

Valentine, Rosalie et Auguste étaient enfermés dans une cage qui, bien que dorée, devenait de plus en plus insoutenable.

Le village, autrefois paisible dans sa monotonie, était désormais une poudrière prête à exploser. Les rues, habituellement silencieuses, résonnaient des cris et des disputes entre les habitants. Au café du coin, une table s'était renversée sous l'ardeur d'une querelle, et deux hommes en venaient presque aux mains. « Depuis qu'elle est revenue, tout va de travers ! Les récoltes pourrissent, les bêtes tombent malades, et ma femme a encore cramé le rôti ! » tonnait un fermier rouge de colère. En face, un vieillard, la voix tremblante mais le regard perçant, rétorqua : « Vous êtes aveugle ! C'est une bénédiction ! Vous n'avez juste pas assez de foi pour voir le miracle qui nous est offert ! »

Les enfants, eux, se tenaient à l'écart, fascinés et effrayés à la fois par l'effervescence soudaine de leurs parents. Les femmes, d'ordinaire rassemblées autour des étals du marché, échangeaient désormais des murmures teintés d'angoisse ou de ferveur.

Certaines allaient jusqu'à se signer en croisant la maison où Valentine était retranchée, tandis que d'autres lançaient des regards lourds de mépris.

Dans ce chaos grandissant, Valentine restait cloîtrée, observant la scène à travers une fenêtre à peine entrouverte. Ses mains tremblaient légèrement. Rosalie, bien sûr, trouvait cette agitation absolument délectable.

— *C'est comme une pièce de théâtre. Et nous sommes à la fois les auteurs et les personnages principaux. Avoue que c'est grisant.*

Auguste n'était pas du tout de cet avis. Il contemplait le spectacle avec une grimace de dégoût.

— *Grisant ? Tu plaisantes ? Ils s'entre-tuent presque à cause de nous ! Ils ne méritent pas ça. Ces gens ont déjà leurs propres problèmes. Pourquoi ajouter du chaos ?*

— *Parce que le chaos est parfois nécessaire, Auguste. C'est dans la tourmente que les gens révèlent leur vraie nature.*

Cette réponse exaspéra Auguste, qui lança une réplique cinglante :

— *Oui, et leur vraie nature, c'est de se fracasser des chaises sur la tête. Quelle révélation fascinante, Rosalie.*

Elle rit intérieurement, mais même elle pouvait sentir une ombre d'inquiétude se profiler. Les choses commençaient à prendre une tournure qu'elle n'avait pas entièrement anticipée. Les croyants et les sceptiques s'enflammaient, et la ligne fragile qui séparait le débat de la violence s'amincissait dangereusement.

Dans les ruelles, des alliances improbables se formaient. Certains villageois, auparavant amis, évitaient désormais de se croiser, leurs opinions divergentes creusant un fossé insurmontable. Les sceptiques organisaient des réunions impromptues dans les granges, où ils échafaudaient des plans pour mettre fin à ce qu'ils percevaient comme une mascarade. « Elle doit partir ! » clama un homme avec conviction, tandis que d'autres hochaient la tête. « Si elle reste, notre village sombrera. »

Les croyants, eux, érigeaient presque un culte autour de Valentine. Ils allumaient des bougies devant sa maison, laissant des offrandes absurdes comme des fruits pourris ou des dessins d'enfants malhabiles censés représenter un « miracle ». Chaque geste de Valentine, même le plus insignifiant, devenait une preuve pour eux. « Elle respire encore ! Vous voyez ? Elle est spéciale ! » proclamait une femme, les yeux remplis d'une admiration dévorante.

Valentine, prise au piège de ces deux forces opposées, se sentait plus impuissante que jamais. Chaque décision qu'elle prenait semblait alimenter les tensions. Et, comme toujours, Rosalie et Auguste n'aidaient en rien à clarifier la situation. Rosalie voulait profiter de cette fracture, exploitant la ferveur des croyants pour asseoir leur influence.

— *Plus ils s'adorent, plus ils nous protègent.*

— *Ce n'est pas de la protection, Rosalie. C'est une bombe à retardement. Et quand elle explosera, tu sais très bien sur qui elle tombera...*

Leurs débats internes rendaient Valentine incapable de prendre une décision cohérente. Elle s'avançait parfois sur le pas de la porte, espérant apaiser les esprits, mais ses phrases maladroites et hésitantes ne faisaient qu'aggraver la situation. « Peut-être que… tout ceci n'est qu'un malentendu ? » avait-elle osé dire un jour, ce qui avait immédiatement provoqué une explosion d'insultes et de cris entre les deux camps.

Le village entier semblait au bord de l'implosion, une tension sourde émanant de chaque coin de rue, de chaque regard échangé. Même les animaux semblaient agités, comme s'ils ressentaient l'énergie négative qui imprégnait l'air. Dans cette cacophonie, Valentine, Rosalie et Auguste étaient comme des funambules avançant sur une corde raide au-dessus d'un abîme. Une tempête se préparait, et ils n'avaient aucune idée de comment l'affronter.

Les cris du villageois enragé résonnaient comme des coups de tonnerre dans l'atmosphère déjà saturée de tension. « Sorcière ! Malédiction ! Tu n'aurais jamais dû revenir ! » hurlait-il en pointant un doigt accusateur vers la maison. Sa voix éraillée portait une rage brute, celle d'un homme qui cherchait un coupable à tout ce qui allait de travers. Les fanatiques, déjà sur les nerfs, se mobilisèrent immédiatement, formant un mur de corps entre l'homme et la porte. « Touchez à un cheveu de notre sainte Valentine, et vous aurez affaire à nous ! » vociféra l'un d'eux, les bras écartés comme un messie de fortune.

La scène, déjà explosive, prit une tournure encore plus chaotique lorsque les journalistes, flairant un moment de tension dramatique à immortaliser, se précipitèrent avec leurs caméras et leurs micros. « Capturez ça, capturez tout ! » cria un reporter, tandis qu'un autre s'approchait dangereusement de la mêlée, son micro tendu comme une arme. Les éclats de voix, les bousculades et les flashes des appareils photo créaient un spectacle absurde, digne d'une tragédie grecque jouée par une troupe de clowns hystériques.

À l'intérieur de la maison, Valentine regardait la scène à travers un rideau à moitié déchiré, la mâchoire crispée. Rosalie, malgré la gravité de la situation, laissa échapper un rire sarcastique.

— *Eh bien, regarde ça, Auguste. On dirait une émeute de foire aux bestiaux. C'est presque artistique, non ?*

Mais même elle, au fond, sentait que la situation glissait hors de tout contrôle. Les fanatiques, qu'elle avait toujours envisagés comme des outils dociles, devenaient des bombes à retardement prêtes à exploser. Et les journalistes, ces prédateurs affamés, ne faisaient qu'attiser les flammes.

— *C'est fini. Il n'y a rien qu'on puisse faire. Tout ce qu'on touche se transforme en catastrophe.*

Sa voix était imprégnée d'une résignation glacée, un constat amer de leur incapacité à gérer le monstre qu'ils avaient, malgré eux, contribué à créer. Mais Rosalie, fidèle à elle-même, refusa de céder à ce pessimisme.

— *Peut-être qu'on ne peut pas arrêter ça. Mais si on ne peut pas contrôler le feu, on peut au moins danser autour.*

La maison, désormais encerclée par une foule de plus en plus dense, devenait un champ de bataille. Les fanatiques scandaient des prières, leurs voix se mêlant à celles des journalistes qui posaient des questions agressives et des villageois qui criaient leur mécontentement. À chaque minute, la tension montait d'un cran, et Valentine, au centre de cette tempête, se sentit plus prisonnière que jamais. Chaque pas qu'elle faisait dans son propre esprit semblait tirer dans deux directions opposées : Rosalie lui susurrait de s'imposer, d'exploiter cette frénésie, tandis qu'Auguste murmurait de se retirer, d'apaiser les flammes avant qu'elles ne les consument tous.

Le tumulte atteignit son apogée lorsqu'un villageois furieux, las de hurler dans le vide, tenta de franchir la barrière humaine des fanatiques. Une bousculade éclata, envoyant des corps s'éparpiller dans un désordre chaotique. Une femme hurla lorsqu'un journaliste trébucha sur son sac à main, et un fanatique, croyant défendre Valentine, attrapa une planche en bois pour repousser l'intrus. L'image était surréaliste : des fanatiques en transe, des journalistes enragés, des habitants divisés, et, au milieu de tout cela, une Valentine immobile, spectatrice de son propre enfer.

Rosalie, malgré tout, ne put s'empêcher de faire un commentaire acerbe.

— *Eh bien, Auguste, voilà une belle façon de briser la monotonie de ta précédente existence, non ? Un véritable carnaval de passions humaines. Tu devrais me remercier.*

Mais Auguste ne répondit pas. Pour la première fois, il n'avait même plus l'énergie de discuter. Tout ce qu'il voyait, c'était une spirale infernale qui ne pouvait que les entraîner plus bas.

Dans ce chaos grandissant, une seule chose était claire : la situation échappait complètement à leur contrôle. Valentine, désormais piégée par ses propres contradictions, ressentit un poids écrasant sur ses épaules. Cette seconde chance, qui avait d'abord semblé une opportunité, devenait une cage dont elle ne savait pas comment s'échapper. Et dans le tumulte extérieur comme dans le silence oppressant de son esprit partagé, une seule question résonnait : combien de temps avant que tout ne s'effondre ?

***

Le village, déjà plongé dans le chaos, accueillit sans le savoir des invités bien particuliers. Les Gardiens, ces entités cosmiques, apparurent non pas sous leur forme spectrale et imposante habituelle, mais dans des corps humains empruntés à la réalité terrestre. Leur mission : corriger l'anomalie qu'était Valentine sans éveiller le moindre soupçon chez les habitants. Une tâche qui, à première vue, aurait dû être simple. Mais leur méconnaissance des subtilités humaines et leurs maladresses criantes transformèrent leur infiltration en un spectacle involontairement grotesque.

Ils arrivèrent séparément, chacun jouant un rôle soigneusement (ou plutôt approximativement) choisi. L'un d'eux, un homme grand et mince au costume trop propre pour un village poussiéreux, portait une mallette qu'il ouvrait et fermait compulsivement, comme s'il cherchait à imiter un cadre pressé. L'autre, une femme à l'air sévère coiffée d'un chignon rigide, portait des lunettes sans verre et parlait avec une voix démesurément lente, ponctuée de pauses gênantes. Le troisième, plus audacieux, avait opté pour un look de fermier local, mais avait exagéré à outrance : chapeau de paille, chemise à carreaux trop propre et bottes qui semblaient avoir été cirées la veille.

De leur poste d'observation à la fenêtre de la maison barricadée, Rosalie, Auguste et Valentine observaient la scène avec incrédulité.

— *Ce sont eux, n'est-ce pas ?* marmonna Auguste, le ton chargé d'une terreur presque enfantine.

Rosalie, qui plissait les yeux pour mieux voir, laissa échapper un rire nerveux.

— *Oh, c'est… des anges ou des démons ? enfin . Mais regarde-les… On dirait qu'ils sortent d'une mauvaise série télé. Est-ce que celui avec la mallette est en train de… sentir les murs ?*

Effectivement, l'homme en costume effleurait discrètement les murs d'une maison voisine, murmurant des incantations inaudibles. À l'œil nu des villageois, il avait l'air d'un représentant commercial un peu bizarre. Pour Rosalie et Auguste, sa silhouette humaine n'était qu'une fine couche d'illusion, sous laquelle brillait son essence véritable : une aura glaciale et inhumaine, tordant légèrement l'air autour de lui.

Le « fermier », de son côté, s'était approché d'un groupe de villageois qui débattaient bruyamment devant un café. Ses efforts pour passer inaperçu frisaient le ridicule.

« *Alors, quoi de neuf par ici ?* lança-t-il, d'un ton qui se voulait détendu mais sonnait comme un robot essayant d'imiter un humain. Les villageois le fixèrent avec un mélange de suspicion et de confusion. L'un d'eux murmura :

— C'est qui, lui ? Jamais vu avant. »

Valentine, toujours silencieuse, sentit son corps frissonner sous l'effet de la présence des Gardiens. Leur aura, même dissimulée, pesait lourdement sur elle.

— *Ils essaient de nous évaluer. Ils cherchent une faiblesse, un moyen de nous neutraliser.* Rosalie serra les poings.

— *Qu'ils essaient. Mais sérieusement, ils auraient pu faire un effort pour paraître normaux. Cette femme avec les fausses lunettes ressemble à une bibliothécaire sortie d'un cauchemar.*

Leur maladresse ne s'arrêtait pas à leur apparence. Lorsqu'ils utilisaient leurs pouvoirs, les Gardiens redoublaient d'efforts pour masquer leurs actions. À un moment, le « cadre » au costume inspecta une ruelle sombre où il sentait une perturbation énergétique. Il fit semblant de chercher son stylo dans sa mallette tout en murmurant un sort cosmique. Les villageois, passant près de lui, ne virent qu'un homme penché sur une mallette. Rosalie, en revanche, voyait clairement les lignes d'énergie qui émanaient de lui, se déployant en cercles lumineux avant de disparaître rapidement.

— *Ils pensent vraiment que personne ne remarque ?* ironisa Rosalie. *Sérieusement, Auguste, on dirait qu'ils jouent à cache-cache dans un terrain de jeu.*

— Ça a l'air ridicule, mais nous ne devrions sans doute pas sous-estimer ce qu'ils peuvent faire. S'ils découvrent comment nous neutraliser, on est finis.

Un moment particulièrement cocasse se produisit lorsque le « fermier » tenta de sonder la maison des fanatiques. Prétextant vouloir acheter des légumes, il frappa à la porte, mais fut accueilli par un fanatique méfiant, armé d'un balai.

« Vous êtes qui, vous ? gronda-t-il. Le Gardien, pris au dépourvu, improvisa maladroitement :

— Euh... un ami de la famille ? Je cherche des... carottes ? »

Rosalie éclata de rire intérieurement.

— Des carottes ? C'est quoi, ce plan ? Ils sont censés être des entités cosmiques toutes-puissantes, et le meilleur qu'ils trouvent, c'est des carottes ?

Mais malgré leur maladresse, la menace était réelle. Les Gardiens n'étaient pas venus pour jouer. Leur présence, même déguisée, créait une tension croissante. Rosalie et Auguste le savaient : ces entités, aussi risibles qu'elles paraissaient dans leur tentative d'humanité, représentaient un danger qu'il ne fallait pas sous-estimer. La moindre erreur pourrait les condamner. Et le plus terrifiant était cette sensation de froid inéluctable, comme si les Gardiens, malgré leur déguisement ridicule, resserraient lentement leur emprise sur eux.

Les Gardiens étaient là, figés, silencieux, et pourtant plus oppressants que la foule déchaînée des journalistes ou les fanatiques hystériques. Ils se tenaient dans l'ombre, déguisés en silhouettes humaines à peine crédibles, mais leurs véritables formes semblaient s'imposer par-delà l'illusion. Ils ne clignaient pas des yeux, ne respiraient pas, et même leur immobilité était trop parfaite pour être naturelle. Rosalie et Auguste, partageant le corps de Valentine, ressentaient leur présence comme un poids écrasant, une vague glaciale qui leur gelait l'âme.

— *Ils sont en train de nous juger*, murmura Rosalie, sa voix teintée d'un mélange inhabituel de peur et de colère. *Regarde-les, Auguste. Pas un geste, pas un mot, et pourtant c'est comme si leur simple regard pouvait nous désintégrer.*

— *Ils ne devraient pas être ici. Je suis sûr qu'ils ne devraient pas être ici...*

Rosalie, qui n'avait jamais été du genre à se laisser intimider, ne put s'empêcher de ressentir une pointe d'angoisse. Cette angoisse se manifestait par un flot de pensées contradictoires. Une partie d'elle voulait leur faire face, leur cracher son mépris au visage – si tant est qu'ils en aient un derrière leur brume éternelle. Mais une autre partie savait qu'il s'agissait là d'un combat qu'elle ne pouvait pas gagner. Pas cette fois. Ces êtres-là n'avaient pas besoin de mots, pas besoin de mouvements. Leur seule présence suffisait à projeter une condamnation silencieuse.

Ils ne faisaient rien, ces Gardiens, et pourtant ils semblaient tout faire. Leur immobilité, leur observation passive, était plus terrifiante que si une foule en colère avait enfoncé la porte de la maison. Leur « regard » – si c'était bien cela – scrutait au-delà des apparences, au-delà du corps de Valentine, jusqu'aux tréfonds des âmes emmêlées de Rosalie et Auguste. C'était comme si chaque fragment de leur essence était pesé, évalué, mesuré contre un standard cosmique que ni l'un ni l'autre ne comprenait.

— *Je déteste ça*, murmura Rosalie, incapable de dissimuler l'inquiétude dans sa voix. *Ils nous regardent comme si on était une anomalie qu'ils doivent effacer.*

— *Parce qu'on est une anomalie, Rosalie. Ils n'ont pas tort.*

Pour une fois, elle ne répliqua pas. Une tension muette régnait entre eux, renforcée par le silence absolu des Gardiens. Même le bruit ambiant du village – les cris des journalistes, les disputes des fanatiques – semblait s'évanouir en leur présence. Tout ce qui restait, c'était cette observation glaciale, comme si les Gardiens n'avaient pas seulement le pouvoir de juger, mais aussi celui de suspendre le monde autour d'eux.

Et puis il y avait Valentine, le corps qu'ils partageaient. Rosalie pouvait sentir la fragilité croissante de cette enveloppe humaine face à une telle pression. Chaque fibre, chaque muscle, chaque battement de cœur semblait crier sous l'effet de cette attention cosmique.

Auguste brisa le silence intérieur :

— *Ils ne bougent pas. Peut-être qu'ils ne font que regarder. Peut-être qu'ils ne feront rien.*

Mais Rosalie savait mieux. Ces entités ne faisaient sûrement jamais rien sans raison. Leur froideur, leur indifférence apparente, n'était qu'un masque. Ils étaient là pour juger. Et elle sentait que si leur jugement penchait dans la mauvaise direction, ils n'auraient pas besoin d'un tribunal, ni même d'un geste. Ils pourraient annihiler tout ce qu'ils considéraient comme une menace par la simple force de leur volonté.

— *Alors, qu'est-ce qu'on fait, Auguste ?* demanda Rosalie, la voix chargée d'une ironie amère. *Tu veux leur offrir des excuses ? Leur dire qu'on ne voulait pas perturber leur bel équilibre cosmique ?*

Auguste resta silencieux. Parce que, pour une fois, il n'avait pas de plan. Il n'y avait pas de plan face à des êtres pareils. Et pourtant, une pensée lui vint. Une pensée absurde, mais persistante.

— *Peut-être qu'ils ne sont pas là pour détruire*, murmura-t-il.

Rosalie éclata de rire, un rire aussi nerveux que méprisant.

— *Vraiment ? Parce que ça a l'air d'une visite amicale, peut-être ? Ouvre les yeux, Auguste. Ils sont forcément là pour nous effacer.*

Mais même en disant cela, Rosalie sentait un doute s'insinuer en elle. Pourquoi ne bougeaient-ils pas ? Pourquoi cette attente ? Pourquoi prolonger cette tension insoutenable ? Peut-être, pensa-t-elle à contrecœur, Auguste n'avait-il pas complètement tort.

Leurs pensées tournoyaient, se heurtaient, s'entremêlaient, tandis que les Gardiens restaient là, immobiles, mais omniprésents. Leur lumière froide continuait de baigner la ruelle, invisible aux yeux des humains, mais terriblement oppressante pour Rosalie et Auguste. Ce moment suspendu semblait durer une éternité, une éternité où chaque seconde pesait comme un jugement silencieux. Et au fond d'eux, une certitude grandissait : quelle que soit l'issue, les Gardiens n'étaient pas là pour observer indéfiniment.

Et ils étaient là, immobiles, leur présence pesant sur l'air comme une enclume suspendue au-dessus d'une toile d'araignée. Ils ne parlaient pas. Ils ne faisaient aucun geste. Et pourtant, leur silence avait une lourdeur presque palpable, comme si chaque seconde qu'ils passaient à observer était une lame froide tranchant à vif. Leurs silhouettes, vaguement humaines sous leurs déguisements maladroits, restaient étrangement floues pour Rosalie et Auguste. Ce n'étaient pas des entités matérielles, mais des forces pures, des abstractions condensées, déguisées pour s'insérer dans un monde qu'elles n'avaient jamais eu à habiter.

— *Ils nous jugent*, souffla Rosalie, son ton inhabituellement tendu. Elle n'avait jamais été du genre à se laisser impressionner, mais là, c'était différent. Leur immobilité n'était pas de l'indécision, mais une forme de domination silencieuse. *Tu sens ça, Auguste ? Ce poids qu'ils font peser sur nous ? Ils n'ont même pas besoin de lever un doigt pour qu'on sache qu'on est sur le fil du rasoir.*

Auguste, de son côté, était au bord de la panique. Ce n'était pas seulement leur apparence – ces vêtements humains qui semblaient mal ajustés, ces mouvements un peu trop mécaniques lorsqu'ils se repositionnaient légèrement, comme des marionnettes d'un théâtre cosmique – c'était leur essence. Une froideur si profonde qu'elle semblait aspirer toute la chaleur environnante.

— *Ce n'est pas normal, Rosalie. Ils ne devraient pas être ici... Pas dans le monde des vivants.*

La question resta suspendue dans l'air, sans réponse. Parce que les Gardiens ne répondaient jamais. Ils n'étaient pas là pour expliquer. Leur simple présence était une sentence implicite, un rappel que le système ne tolère pas les anomalies. Leur lumière froide et vacillante ne brûlait pas, mais elle révélait tout, exposant les fissures invisibles dans la réalité, scrutant chaque imperfection de l'âme de Valentine – ou plutôt des âmes, Rosalie et Auguste, qui s'y débattaient.

Rosalie bouillonnait intérieurement, un mélange explosif de colère et de peur. Elle voulait se révolter, leur crier dessus, leur dire qu'elle ne se laisserait pas effacer si facilement. Mais même elle sentait que cela aurait été vain. Ces êtres ne fonctionnaient pas selon les règles humaines, ni même selon les règles des Enfers qu'elle connaissait si bien.

— *Ce sont des geôliers, Auguste. Ils sont là pour s'assurer que personne ne sorte de leur fichu système.*

— *Et on est sortis, On est leur anomalie. Leur… erreur.*

Le mot « erreur » résonna dans leur esprit commun comme un glas. C'était précisément cela qui les rendait si vulnérables. Les Gardiens étaient là pour restaurer l'ordre, pour réparer ce qui n'aurait jamais dû se produire. Et Valentine, avec ses deux âmes emmêlées, était un nœud dans la trame cosmique, un point de tension qui menaçait de rompre l'équilibre.

Rosalie, malgré sa peur, commença à formuler un plan, ou quelque chose qui s'en rapprochait.

— Si on est une anomalie, alors utilisons-le. Ils ne peuvent pas nous effacer sans détruire ce qu'ils protègent. On est dans le monde des vivants maintenant. Ils ont des limites ici. Mais même en disant cela, elle sentait le doute s'insinuer. Les Gardiens n'étaient pas des entités qui se heurtaient aux contraintes ordinaires. Leur simple existence semblait transcender ces notions.

Auguste, fidèle à lui-même, répondit avec prudence :

— Rosalie… Tu joues avec des forces qu'on ne comprend pas. Ces choses n'ont pas de patience, ni de pitié. Elles ne discutent pas. Elles observent, et quand elles jugent, elles agissent. Et crois-moi, tu ne veux pas savoir ce que c'est quand elles agissent.

Mais qu'étaient-ils censés faire ? Rosalie et Auguste partageaient une certitude froide : ils ne pouvaient pas fuir. Ces entités ne poursuivaient pas ; elles attendaient que leur proie se condamne elle-même. Leurs pensées tournaient en boucle, se heurtant et se contredisant, tandis que les Gardiens, impassibles, continuaient à observer. Leur lumière semblait se resserrer autour de Valentine, une aura glaciale qui pénétrait chaque fibre de son corps et chaque recoin de leurs âmes.

Et au-delà, le monde continuait, inconscient de l'équilibre fragile qui se jouait. Les journalistes s'agitaient, les fanatiques se disputaient, et les villageois restaient divisés entre scepticisme et adoration. Tout ce chaos était insignifiant face à la menace silencieuse des Gardiens. Rosalie et Auguste, pourtant si différents, comprenaient une chose : ils étaient pris dans un jeu dont les règles leur échappaient totalement. Et ce silence oppressant leur hurlait une vérité brutale : ils avaient très peu de temps pour comprendre comment y survivre.

***

Le village, déjà en proie à une frénésie alimentée par la presse et les fanatiques, bascula dans une dimension plus étrange encore. Ce qui était auparavant une tension sociale devint rapidement une angoisse quasi palpable, un malaise collectif que personne ne pouvait nommer mais que tout le monde ressentait. Tout commença par des incidents discrets, presque anodins. Une chaise qui glissait d'elle-même dans une cuisine vide, une porte qui claquait soudainement sans le moindre souffle de vent. « Ce sont les courants d'air. » expliqua un habitant, d'un ton qui trahissait plus son propre besoin de se rassurer qu'une réelle conviction. Mais les phénomènes se multiplièrent, et leur intensité grandit. Des ombres commencèrent à bouger là où aucune lumière ne pouvait les justifier, s'étirant sur les murs comme des créatures affamées. Les ampoules vacillaient, les chiens refusaient d'entrer dans certaines maisons, et les habitants les plus superstitieux se mirent à murmurer des prières sous leur souffle.

« C'est elle. » affirma une vieille femme au regard vitreux, plantée devant l'église du village, comme si la simple prononciation de ces mots suffisait à expliquer l'inexplicable. « Elle a ramené quelque chose avec elle. » Sa voix résonna comme un coup de tonnerre parmi les quelques habitants qui l'écoutaient, écho de leurs propres peurs. L'idée fit son chemin, se propageant comme une traînée de poudre. Et, comme toujours, la presse s'en empara. « Une malédiction plane sur le village », titrait un article dont l'auteur, manifestement ravi de l'escalade dramatique, avait accompagné ses mots d'une photographie de la maison des fanatiques, baignée dans une lumière crépusculaire qui renforçait l'aura sinistre du lieu.

Rosalie, observant ce chaos depuis une fenêtre, ne put s'empêcher de sourire.

— *Une malédiction, rien que ça ? Ils manquent d'imagination.*

Elle savourait l'ironie de la situation, comme si tout cela n'était qu'un spectacle monté pour son plaisir personnel. Mais Auguste, fidèle à lui-même, n'était pas dans le même état d'esprit.

— *Ce n'est pas une plaisanterie, Rosalie. Ces gens sont au bord de la panique, et une foule en panique, ça tourne toujours mal.*

— *Eh bien, qu'ils paniquent. Cela les rend manipulables.*

Mais la source de ces phénomènes, invisible aux yeux des humains, était parfaitement claire pour eux. Les Gardiens, malgré leurs déguisements maladroits, ne pouvaient pas masquer entièrement les énergies qu'ils dégageaient. Ces éclats d'étrangeté étaient des traces laissées par leur simple présence, comme des miettes cosmiques semées sur leur passage. À chaque fois qu'un Gardien s'approchait de la maison, l'air semblait se densifier, et le monde réagissait à leur intrusion comme un organisme face à une infection. Une infection glaciale et oppressante.

Les journalistes, toujours avides de matière sensationnelle, se mirent à traquer ces phénomènes avec une frénésie croissante. Un cameraman filma un chandelier qui vacilla étrangement, capturant un moment qu'il décrivit avec emphase comme « un signe indiscutable d'une présence surnaturelle. » Cette séquence devint virale en quelques heures, transformant le village en un point de ralliement pour les curieux, les croyants et les sceptiques. Certains venaient avec des téléphones pour capturer leur propre preuve de l'étrangeté, d'autres avec des crucifix et des amulettes, prêts à affronter une menace qu'ils ne comprenaient même pas.

Pour les habitants du village, cette attention extérieure ne faisait qu'ajouter à leur malaise. Les disputes éclataient à la boulangerie, sur la place, même devant l'église. « Cette Valentine aurait mieux fait de rester morte ! » lança un homme rouge de colère. « Elle nous apporte le malheur ! » D'autres, plus discrets mais tout aussi déterminés, continuaient de défendre son caractère miraculeux. « Elle est un signe, une élue, et vous êtes trop bornés pour le voir » rétorqua une femme en serrant son chapelet. Les divisions, déjà palpables, prenaient racine dans la peur, nourries par ces événements étranges qui semblaient surgir de nulle part.

Rosalie, pour sa part, continuait d'observer avec une fascination mêlée de mépris.

— *Regarde-les courir dans tous les sens. Des marionnettes sans ficelles.*

— *Ce n'est pas un jeu, Rosalie. Ces… phénomènes, c'est un avertissement. Et si on ne fait rien, ce n'est pas juste le village qui va partir en vrille.*

Mais quoi faire ? Même Auguste, avec toute sa prudence et son désir de paix, n'avait pas de solution. Les Gardiens, bien qu'invisibles pour les humains, étaient omniprésents pour eux. Et leur présence ne faisait qu'intensifier la spirale chaotique dans laquelle le village était plongé.

Les ombres continuaient de danser, les murmures de se propager, et les villageois de sombrer dans une paranoïa grandissante. Ce n'était plus un village. C'était une scène de théâtre où chaque acteur jouait un rôle tragique, sans savoir que le rideau pouvait tomber à tout moment.

Les Gardiens, jusque-là figés dans leur posture spectrale, amorcèrent enfin leur chasse. Ils ne marchaient pas, du moins pas de la manière dont les humains le comprenaient. Leurs mouvements défiaient les lois naturelles, glissant à travers les ruelles comme des ombres liquides, sans le moindre bruit, mais avec une fluidité dérangeante, comme si le monde entier se pliait légèrement à leur passage. Leur démarche semblait résonner, non dans les oreilles mais directement dans l'âme de ceux capables de les percevoir, un écho froid et profond qui laissait une impression de vide.

Rosalie, pourtant habituée à se tenir droite face à l'adversité, ressentit leur approche comme un étau invisible se resserrant autour d'elle.

— *C'est comme si leur regard me disséquait*, murmura-t-elle mentalement, sa voix teintée d'un mélange rare de peur et de colère.

— *Ce ne sont pas des êtres. Ce sont des mécanismes, des rouages d'un système qui ne tolère pas l'imprévu. Et nous sommes l'imprévu.*

Valentine, physiquement prisonnière de cette lutte intérieure, se recroquevilla légèrement sur elle-même alors que la pression devenait presque insupportable. Les lumières de la maison vacillèrent brusquement, comme si elles tentaient de fuir la lourdeur des Gardiens. Les murs semblaient se courber, rétrécir, emprisonnant l'espace. Rosalie, en dépit de son assurance habituelle, se sentait étrangement vulnérable.

— *Ils ne jouent pas. Ce n'est pas une chasse ordinaire. C'est une exécution déguisée.*

À l'extérieur, les effets de la présence des Gardiens se manifestaient subtilement mais implacablement. Les chiens, d'ordinaire si bruyants, se mirent à gémir faiblement, leurs museaux enfouis dans leurs pattes. Les chats, ces créatures pourtant souvent insensibles au tumulte humain, fuyaient dans des coins obscurs, leurs yeux brillants fixant des points invisibles dans l'air. Les oiseaux, eux, s'étaient tus, comme si même leurs instincts leur ordonnaient de ne pas attirer l'attention des prédateurs cosmiques.

Rosalie, malgré sa peur, ne put s'empêcher d'observer avec un certain cynisme.

— *Regarde-les. Même les animaux savent quand il faut baisser la tête. Peut-être qu'on devrait prendre exemple.*

— *Ce n'est pas le moment pour tes sarcasmes, Rosalie. Ces… choses… ils ne vont sûrement pas s'arrêter là.*

Dans le village, les habitants continuaient de vaquer à leurs occupations, inconscients du drame qui se jouait juste au-delà de leur perception. Les Gardiens, sous leurs masques d'humanité, se fondaient parfaitement dans le décor. Un homme grand et mince, vêtu d'un costume noir mal ajusté, semblait inspecter les façades des maisons comme un agent immobilier légèrement désorienté. Une femme, coiffée d'un chignon trop serré pour paraître naturel, déambulait avec un panier vide qu'elle ne semblait pas savoir comment remplir. Ces déguisements humains, aussi maladroits soient-ils, suffisaient à tromper les regards mortels. Mais pour Rosalie et Auguste, la vérité était écrasante. Chaque mouvement de ces silhouettes dégageait une menace froide et calculée, une intention claire : traquer et éradiquer l'anomalie.

— *Ce sont des prédateurs. Ils n'ont pas besoin de courir, pas besoin de crier. Leur simple présence suffit à nous écraser.*

Rosalie, serrant mentalement les dents, se redressa dans leur essence commune.

— *Alors, il faut être plus malin qu'eux. Si on ne peut pas les affronter, il faut les déjouer.*

Mais même elle savait que ces mots sonnaient creux. Comment déjouer des entités qui semblaient omniscientes, capables de plier la réalité à leur volonté ?

Les phénomènes étranges s'intensifièrent à mesure que les Gardiens s'approchaient. Une vieille femme, sortant de son jardin, sursauta en voyant une ombre immense s'étirer sur son mur alors qu'aucune lumière ne pouvait la justifier. « Un mauvais présage. » murmura-t-elle, en serrant son chapelet. Un groupe de journalistes, tentant de filmer une séquence devant la maison des fanatiques, fut interrompu par un vent soudain qui emporta leurs feuilles et fit trembler leurs caméras, bien qu'aucun arbre alentour ne bougeât. Les phénomènes devenaient impossibles à ignorer, et les murmures de malédiction se firent plus insistants.

Rosalie sentait leur filet se refermer. Chaque seconde de leur présence affaiblissait un peu plus leur essence partagée.

— *On ne peut pas rester ici,* souffla-t-elle, sa voix désormais dépourvue de son arrogance habituelle.

Mais où aller ? Les Gardiens ne se lassaient pas, ne reculaient pas. Ils étaient là, implacables, et rien dans leur posture ou leur comportement ne laissait entrevoir la moindre ouverture.

— *Ils sont ici pour rétablir l'équilibre. Ce qui signifie qu'ils ont des règles. Des limites. Il faut trouver lesquelles.*

Rosalie émit un rire intérieur nerveux et amer.

Dans cette ambiance oppressante, où chaque souffle semblait plus difficile que le précédent, Valentine restait immobile, le regard hanté. Les Gardiens étaient là, présents et silencieux, mais leur souffle cosmique glaçait tout sur son passage. C'était un jeu de survie, et Rosalie et Auguste savaient qu'ils en étaient les proies.

Le poids insoutenable de l'intervention des Gardiens se faisait sentir dans chaque fibre du corps de Valentine, ou plutôt de ce qu'elle était devenue : un être inhabituel, déchiré entre deux âmes et un monde qui refusait de les accueillir. La douleur commença doucement, une pression sourde à la base de son crâne, mais elle s'intensifia rapidement, se propageant à travers son corps comme une onde invisible et implacable.

— *Ils essaient de nous désassembler. Ces foutus bureaucrates cosmiques veulent nous démonter pièce par pièce.*

Valentine tituba, ses jambes flageolantes comme si elles portaient soudain le poids d'un autre monde. Chaque pas était un défi, chaque respiration un effort. À l'intérieur, Rosalie et Auguste luttaient pour garder le contrôle, mais même eux commençaient à montrer des signes de panique.

— *Je ne peux pas croire qu'on soit traquées par des... quoi, des inspecteurs de l'univers ? Sérieusement, c'est quoi leur problème ?*

La voix de Rosalie était à la fois pleine de sarcasme et de rage, mais on y percevait une pointe d'inquiétude qu'elle ne parvenait pas à dissimuler.

— *Ils sont... trop forts. Trop...*

Il n'arrivait pas à formuler sa pensée, la peur brouillant ses réflexions. L'immensité de la menace le submergeait, et même ses souvenirs d'une vie terne et monotone lui semblaient soudain rassurants en comparaison de cette douleur cosmique qui menaçait de les détruire.

— *On n'était pas été censés revenir.*

Chaque fois que Valentine croisait le regard d'un Gardien – ou ce qui passait pour un regard derrière leurs traits humains artificiels – une douleur fulgurante lui traversait le crâne, comme si une main invisible fouillait dans son esprit, cherchant à séparer ce qui avait été fusionné. Les Gardiens, avec leur froide indifférence, semblaient ne même pas remarquer l'agonie qu'ils provoquaient.

Ou peut-être qu'ils s'en fichaient tout simplement. Ils étaient là pour rétablir l'ordre, et tout ce qui se trouvait sur leur chemin n'était qu'un obstacle à éliminer.

— *On doit bouger. On ne peut pas rester là. Ils nous... Ils nous broient.*

— *Ah, vraiment, génie ? Et où veux-tu qu'on aille, hein ? Dans un chalet à la montagne ? Ces choses-là ne s'arrêtent pas à la frontière de la prochaine ville.*

Les Gardiens continuaient leur approche silencieuse, chaque pas – bien que masqué aux yeux des mortels – amplifiant cette pression insupportable. L'air autour de Valentine semblait vibrer, presque palpiter, comme si le monde lui-même réagissait à leur présence. Les murs de la maison paraissaient se refermer, l'espace se contractant, étouffant. Même les fanatiques, d'ordinaire si bruyants dans leur ferveur, s'étaient tus, leurs regards inquiets rivés sur Valentine comme s'ils sentaient, sans en comprendre la source, que quelque chose d'inhumain était en train de se produire.

Rosalie essaya de reprendre le contrôle, de rallier ses forces.

— *Écoute-moi, Auguste. Si on doit crever, autant le faire en se battant. Mais je refuse de simplement me dissoudre parce que ces... fonctionnaires célestes l'ont décidé.*

— *Peut-être qu'on peut les ralentir. Trouver un moyen de...*

Il s'interrompit, incapable de finir sa phrase. Il savait qu'il n'y avait pas de fuite possible, pas de négociation avec ces entités.

Valentine, leur fragile enveloppe humaine, se retrouva à genoux, le corps incapable de résister à la douleur qui continuait de croître. Les deux âmes en elle sentaient la fin approcher, non pas comme une mort ordinaire, mais comme une déconstruction totale de leur existence. Pourtant, même dans cette agonie, Rosalie et Auguste partageaient un sentiment rare : celui d'être liés par un sort qu'ils ne comprenaient pas entièrement, mais qu'ils devaient affronter ensemble.

Les Gardiens, malgré leur puissance cosmique et leur autorité indiscutable, restaient cependant à la périphérie de Valentine, comme des prédateurs observant leur proie de loin. Leur nature imposait une distance : une intervention directe risquait de déstabiliser encore davantage un système déjà mis à rude épreuve. Ces entités n'étaient pas conçues pour interagir avec le monde terrestre de manière prolongée. Chaque instant passé dans ce plan d'existence était une menace pour l'équilibre fragile qu'ils étaient censés préserver.

Leur énergie, purement cosmique, se heurtait aux lois naturelles du monde humain. Un contact direct avec Valentine – cette anomalie vivante qui abritait deux âmes fusionnées – aurait pu amplifier la brèche qu'ils tentaient de refermer. Les Gardiens savaient, mieux que quiconque, que leur proximité risquait de provoquer des répercussions en cascade. Une simple interaction, une tentative maladroite de dissoudre ou d'extraire l'une des âmes, aurait pu engendrer une anomalie encore plus grande : une fusion incontrôlable, une implosion spirituelle, ou pire encore, une déchirure permanente dans les règles du cycle cosmique.

— *Ils ne s'approchent pas…*

— Ils ne veulent pas se salir les mains, voilà tout. Des bureaucrates cosmiques, je te dis. Ils observent, ils calculent, mais dès qu'il faut agir, ils reculent.

Mais au fond d'elle-même, Rosalie savait que ce n'était pas une question de lâcheté. Les Gardiens n'étaient ni des juges, ni des guerriers, mais des forces d'ordre impersonnelles. Leur rôle n'était peut-être pas de détruire, mais de maintenir. Et s'ils étaient venus jusqu'ici, dans ce village perdu et insignifiant aux yeux de l'univers, c'était parce que Valentine représentait une menace qui dépassait leur propre compréhension.

Chaque mouvement de Valentine, chaque souffle partagé par Rosalie et Auguste, résonnait comme un écho désordonné dans les lois immuables de la gare de triage. Les Gardiens ne pouvaient pas intervenir directement sans risquer de propager cette instabilité à l'ensemble du système. Leur rôle était d'agir comme des chirurgiens spirituels, précis et méticuleux, mais face à une anomalie aussi imprévisible, ils savaient que la moindre erreur pourrait engendrer des conséquences irréversibles.

— Ils sont prudents. Pas pour nous, évidemment. Pour leur sacré équilibre cosmique.

Rosalie, bien qu'en colère, ne put s'empêcher d'acquiescer intérieurement. Leur présence ici était une preuve suffisante que la situation était critique, mais aussi qu'elle était loin d'être sous contrôle.

Les Gardiens, de leur côté, continuaient d'observer, se déplaçant lentement, imperceptiblement, comme des ombres sur le bord du réel. Leur silence, leur distance, n'étaient pas des signes de faiblesse, mais des manifestations de leur nature : froids, calculateurs, et prêts à attendre aussi longtemps que nécessaire pour minimiser les risques. Ils n'étaient pas pressés. L'univers entier fonctionnait à leur rythme, et dans ce grand système, Valentine n'était qu'une anomalie parmi d'autres, une pièce qui devait être replacée dans l'engrenage… ou détruite, si cela s'avérait impossible.

La peur s'épaississait comme un brouillard autour de Valentine. Les Gardiens, ces silhouettes insaisissables, semblaient omniprésents. Ils apparaissaient là où on ne les attendait pas, toujours à la lisière de la réalité. Une ombre furtive derrière une vitre embuée, une silhouette figée sous un lampadaire vacillant, ou encore un reflet déformé dans la surface trouble d'une flaque d'eau. Leur méthode était implacable, leur patience infinie. Ils ne couraient pas, ne se précipitaient jamais. Mais leur approche lente et inexorable était bien plus terrifiante qu'une attaque frontale. Ils étaient comme une marée montante, impossible à arrêter, impossible à ignorer.

Rosalie, elle, oscillait entre la rage et l'abattement. Elle, qui avait survécu aux Enfers, qui avait lutté contre tant de souffrance, se retrouvait démunie face à ces entités silencieuses.

— C'est ridicule. Ce sont des putains de bureaucrates cosmiques en costume humain, et ils arrivent à nous mettre mentalement à genoux !

Mais malgré son sarcasme, elle ne pouvait nier l'évidence : elle n'avait aucun plan, aucune stratégie. Leur simple présence sapait son énergie, réduisant ses pensées les plus audacieuses à de la poussière.

Auguste, pour sa part, était figé dans une angoisse glaciale. Contrairement à Rosalie, il n'avait jamais eu la prétention d'être fort ou courageux, mais il s'efforçait de réfléchir malgré la panique qui martelait son esprit.

— *Peut-être qu'on peut leur prouver qu'on n'est pas une menace. Peut-être qu'ils ne sont là que pour nous ramener à l'équilibre, pas pour nous détruire.*

— *L'équilibre ? Auguste, ils ne négocient pas. Leur équilibre, c'est un monde sans nous.*

Dans le village, les phénomènes étranges continuaient de s'amplifier, comme si les Gardiens, par leur seule proximité, déstabilisaient la réalité elle-même. Les portes claquaient sans raison, les lumières vacillaient, et des courants d'air glacials serpentaient dans les rues même par temps calme. Les habitants, déjà sur le fil du rasoir, se mettaient à éviter la maison de Valentine comme si elle était devenue un nid de pestilence. Même les fanatiques, d'abord dévoués jusqu'à l'aveuglement, commençaient à s'éloigner, murmurant des prières pour se protéger de ce qu'ils ne comprenaient pas. « Elle a ramené quelque chose avec elle. » chuchotait une vieille femme à son voisin. « Ce n'est pas naturel. »

À l'intérieur de la maison, Valentine – ou plutôt Rosalie et Auguste – sentaient la peur monter en eux comme une vague noire. Les murs semblaient se refermer, l'air devenait lourd, chargé de cette énergie oppressante que dégageaient les Gardiens.

Chaque pas qu'ils faisaient, même imperceptible, résonnait comme un coup de marteau dans leur essence partagée. Rosalie se surprit à serrer les poings, comme si elle pouvait frapper ces entités immatérielles.

— *Si seulement je pouvais les toucher…* murmura-t-elle, sa frustration éclatant comme une étincelle.

Mais même elle savait que c'était une vaine pensée. Ces choses-là ne se battaient pas. Elles n'avaient pas besoin de se battre. Elles étaient le jugement incarné, une sentence silencieuse et inéluctable.

— *Ils ne s'arrêteront pas. Et on ne peut ni fuir, ni se cacher.*

Rosalie essaya de masquer son propre abattement par une bravade vide.

— *Alors quoi ? On reste là et on attend qu'ils nous effacent comme une tâche d'encre sur une feuille ?*

Mais aucune réponse ne vint, ni de lui, ni de l'univers indifférent autour d'eux.

Les Gardiens continuaient leur chasse, invisibles aux yeux des humains, mais bien présents pour Valentine. Leur approche, lente mais inévitable, était une torture en elle-même. Ils ne faisaient rien d'autre que d'exister, mais leur existence suffisait à écraser toute tentative de résistance. Même Rosalie, avec son esprit indomptable, commençait à comprendre que cette fois, elle avait peut-être trouvé des adversaires contre lesquels aucune ruse, aucune manipulation, ne pourrait fonctionner.

Et pourtant, au fond de leur essence partagée, un murmure ténu subsistait. Ce n'était pas une idée claire, ni même un plan, mais une intuition. Un dernier éclat de défi. Parce que si ces entités voulaient les effacer, elles allaient devoir le mériter.

***

La maison semblait retenir son souffle, comme si même ses murs décrépis avaient perçu l'importance du moment. Le silence était presque assourdissant, une pause inhabituelle dans l'éternel ping-pong de reproches et de sarcasmes entre Rosalie et Auguste. Elle, d'ordinaire si pleine de piques et de répliques acerbes, paraissait soudainement vidée. Elle avait fait asseoir Valentine sur le bord du lit, ses mains croisées sur ses genoux, fixant un point indéfini sur le mur écaillé, comme si elle cherchait à percer un mystère invisible. Dans leur esprit partagé, Auguste attendait, incertain, à la fois curieux et méfiant. Ce silence n'annonçait rien de bon, pensait-il.

Puis, contre toute attente, elle parla.

— *Tu veux savoir un truc, Auguste ?* Sa voix était étrangement douce, presque lasse, mais teintée d'une ironie qu'elle ne pouvait complètement dissimuler. *T'avais raison.*

Ces trois mots tombèrent dans leur esprit comme une grenade dégoupillée. Auguste faillit perdre le fil de ses pensées.

— *Excuse-moi, j'ai dû mal entendre. Tu viens de dire que j'avais... raison ? Toi, Rosalie Gordon, tu admets que quelqu'un d'autre que toi peut avoir raison ?*

— *Ne pousse pas, d'accord ? Ce que je veux dire, c'est qu'on est dans une situation merdique. Si on continue à se chamailler comme deux enfants, ils vont nous écraser. Alors voilà : je propose une trêve.*

Le mot flotta un instant dans leur conscience commune, lourd de signification. Auguste, prudent par nature, n'était pas du genre à sauter sur une telle offre sans réfléchir.

— *Une trêve ? Avec toi ? Rosalie Gordon, la reine de la manipulation ? J'ai du mal à y croire.*

— *Très bien, crois ce que tu veux. Mais si on veut survivre à ces... trucs, on doit bosser ensemble. Toi et moi. Sinon, autant leur livrer nos âmes sur un plateau tout de suite.*

Auguste la scruta intérieurement, cherchant une faille, un piège dans sa proposition. Il ne trouva rien d'autre que de la fatigue, mêlée à une pointe de sincérité qu'il ne lui connaissait pas.

— *D'accord*, dit-il finalement, bien qu'avec prudence. *Trêve. Mais on fait ça à ma façon. Pas de mensonges, pas de manipulation. On joue franc jeu.*

Rosalie eut un petit rire, un mélange de surprise et d'amusement.

— *Franc jeu ? Avec toi, c'est toujours si ennuyeux. Mais très bien, si ça te rassure. Par contre, je te préviens : si ton idée de 'franc jeu' implique qu'on se mette à genoux pour demander pardon, oublie tout de suite.*

Auguste ne put s'empêcher de trouver ça amusant, malgré lui. Il y avait une étrange satisfaction à la voir céder, même un peu.

— *Je ne demande pas ça. Juste… qu'on essaye, cette fois, d'envisager de ne pas tout foutre en l'air avant même d'avoir commencé.*

Leur essence commune semblait s'apaiser, juste un peu, comme si cet accord fragile avait insufflé une lueur de stabilité dans le chaos ambiant. Pour la première fois depuis leur fusion, ils semblaient réellement travailler ensemble, même si c'était par nécessité plutôt que par choix. Rosalie, incapable de rester trop longtemps sérieuse, lança avec un sourire intérieur narquois :

— *Alors, ça ressemble à quoi, d'avoir raison pour une fois ? Tu veux qu'on fasse une minute de silence en ton honneur ?*

Auguste soupira, mais cette fois, ce n'était pas de l'exaspération pure. Il y avait quelque chose de presque… complice dans ce soupir.

— *Tu ne changeras jamais, hein ?*

— *Peut-être. Mais si ça peut nous sauver, je veux bien faire semblant.*

Et pour la première fois, une alliance, fragile et teintée d'ironie, se forma entre eux. Une alliance improbable, certes, mais une chance, aussi ténue soit-elle, de tenir tête à des forces bien plus grandes qu'eux.

Travailler ensemble était une idée brillante… en théorie. Mais pour Rosalie et Auguste, la pratique s'avérait aussi délicate que de danser un tango avec des chaînes aux pieds. Leur esprit partagé ressemblait à un champ de bataille, où chaque idée était une grenade dégoupillée, prête à exploser. Rosalie, toujours aussi impétueuse, restait nerveuse avec un air de défi. Auguste, de son côté, tentait désespérément de maintenir une façade de calme, bien qu'intérieurement, il se demandait combien de temps il tiendrait avant de céder à la frustration.

— *Écoute-moi bien... Si on veut convaincre ces Gardiens, il faut leur montrer qu'on est utiles. Qu'on peut... je ne sais pas, contribuer à maintenir l'équilibre, ou quelque chose comme ça.*

Rosalie éclata d'un rire qui résonna dans leur conscience commune comme un écho moqueur.

— *Utiles ? Mon pauvre Auguste, ils veulent nous effacer, pas nous filer un CDD. T'as vu leur tronche ? Ils ne font pas dans le recyclage, crois-moi.*

Mais, malgré ses sarcasmes, Rosalie écoutait. Elle écoutait vraiment, cette fois. Parce qu'au fond, elle savait qu'il avait raison : s'ils continuaient à foncer tête baissée chacun de leur côté, ils n'avaient aucune chance. Alors, contre toute attente, elle ajouta, presque avec un soupçon de sérieux :

— *Très bien. Et si on jouait la carte de l'exception ? On leur montre qu'on n'est pas qu'une anomalie. Qu'on est... comment dire... une évolution.*

Auguste la fixa intérieurement, perplexe.

— *Une évolution ?*

— *Oui*, répondit-elle avec un enthousiasme mal dissimulé. *Regarde-nous : deux âmes, issues de trajectoires complètement opposées, fusionnées en une seule entité. Si ça, ce n'est pas une preuve que même l'impossible peut mener à quelque chose de nouveau...*

Auguste fronça les sourcils, ou du moins, il le fit mentalement.

— *Et s'ils considèrent ça comme une menace pour l'ordre cosmique ?*

Rosalie adopta cette posture d'assurance insolente, se sentant acculée.

— *Alors, on leur prouve qu'on n'est pas une menace. On joue sur leur logique. Ce sont des bureaucrates cosmiques, Auguste. Ils vivent pour les règles et les exceptions. Et nous, on est une sacrée exception.*

L'idée d'un plan commençait à prendre forme, bien que chaque étape semblait être un compromis précaire entre leurs visions du monde. Auguste, méthodique et prudent, passait son temps à trouver des failles potentielles dans leurs arguments, tandis que Rosalie, audacieuse et provocatrice, cherchait des moyens de transformer ces failles en opportunités.

— *Tu sais quoi ? Ce plan a une chance... infime... de fonctionner. Mais seulement si on s'en tient à une stratégie claire. Pas de débordements, pas d'improvisation.*

— *Ah, Auguste, tu me sous-estimes. L'improvisation, c'est ma spécialité. Mais d'accord, pour une fois, je vais essayer de m'en tenir à ton plan.* Elle fit une pause avant d'ajouter, presque malicieusement : *T'es pas si inutile que je le pensais, finalement.*

Auguste soupira, un mélange d'exaspération et d'une étrange satisfaction. Il savait que c'était probablement le plus proche d'un compliment qu'il obtiendrait de sa cohabitante. Mais il sentit aussi quelque chose d'inhabituel : une complicité naissante. Fragile, certes, mais réelle. Malgré leurs différences, malgré leurs méfiances mutuelles, ils commençaient à trouver un terrain d'entente. Peut-être que, contre toute attente, ils pouvaient réellement former une équipe.

Mais cette coopération, teintée de méfiance et de piques incessantes, ne masquait pas la gravité de la situation. Les Gardiens n'attendraient pas éternellement. Et leur plan, aussi audacieux soit-il, n'était qu'un pari risqué face à des entités qui ne comprenaient ni l'erreur, ni l'échec.

La préparation ressemblait davantage à un balancier oscillant dangereusement entre l'audace et la panique. Rosalie et Auguste savaient qu'ils s'engageaient sur un chemin étroit, bordé de précipices, avec les Gardiens en sentinelles implacables. Dans l'esprit partagé qu'ils habitaient, l'atmosphère était tendue, presque électrique.

— *On ne peut pas leur mentir. Ces entités, elles ne fonctionnent pas comme nous. Elles sentent les failles, les contradictions. Si on essaie de les tromper, elles le sauront.*

Rosalie croisa les bras mentalement, son agacement palpable.

— *Oui, oui, j'ai compris. Pas de mensonges. Mais rien ne nous empêche de... disons, embellir un peu la vérité. Leur présenter notre situation sous le meilleur jour possible, tu vois ?*

Auguste soupira, partagé entre exaspération et une étrange admiration pour l'audace constante de Rosalie.

— *Une version favorable de la vérité, hein ? Je suppose que c'est le plus proche de l'honnêteté que tu peux atteindre.*

Leurs discussions, bien que sérieuses, étaient souvent ponctuées de moments de tension comiquement absurdes. Rosalie, toujours la première à désamorcer avec une pointe d'ironie, demanda brusquement :

— *Et si on échoue, on fait quoi ? Une danse de la mort cosmique ?*

Auguste, après une pause réfléchie, répondit avec une sincérité désarmante :

— *Eh bien, on se fera probablement annihiler. Mais au moins, on aura essayé.*

Rosalie éclata d'un rire nerveux.

— *Génial. Une fin héroïque. Ça fait rêver, vraiment.* Elle marqua une pause avant d'ajouter, presque pour elle-même : *Tout ça pour un peu de rédemption et une seconde chance. Quelle arnaque.*

Dans ce chaos mental, Valentine, le lien physique entre les deux âmes, ressentait une pression croissante. Chaque mot, chaque décision se répercutait dans son corps comme une tension palpable. Ses muscles étaient tendus, son souffle court, et son cœur battait comme un tambour de guerre. Si Rosalie et Auguste avaient le luxe de débattre dans leur esprit partagé, le corps de

Valentine portait le poids réel de leurs hésitations et de leurs résolutions.

Rosalie et Auguste passèrent les heures suivantes à affiner leur plan. Chaque détail était analysé, contesté, reformulé.

— *On commence par montrer qu'on est stables*, suggéra Auguste. *Si on se présente comme une anomalie contrôlée, ils pourraient nous voir comme un équilibre plutôt qu'une menace.*

Rosalie acquiesça, mais pas sans ajouter son grain de sel.

— *Et on leur fait comprendre qu'ils ont tout à y gagner en nous laissant en vie. Si on leur montre qu'on peut être... utiles, ils n'auront aucune raison de nous effacer.*

La tension était palpable, mais pour la première fois, il y avait aussi une étrange harmonie. Rosalie, bien qu'encore provocante, semblait réellement prendre en compte les idées d'Auguste, et Auguste, malgré sa prudence naturelle, laissait un peu de place à l'audace de Rosalie. C'était une alliance précaire, mais c'était aussi leur seule chance.

La tension était palpable, presque écrasante, comme si l'air autour de Valentine s'était épaissi sous le poids de l'imminence. Les Gardiens, toujours figés à la périphérie, immuables et froids, semblaient attendre. Pas d'impatience, pas de mouvement superflu, juste cette observation glaciale, méthodique, qui creusait un fossé de terreur dans les esprits de Rosalie et Auguste. Pourtant, cette fois, la panique habituelle était absente. Quelque chose avait changé.

Rosalie, qui n'avait jamais été du genre à accepter la défaite, brisa le silence dans leur esprit partagé.

— Bon, écoute, Auguste. On sait qu'on n'est pas parfaits. Pas besoin de refaire la liste de nos défauts, elle est plus longue qu'une journée sans fin. Mais on peut leur montrer qu'on est... comment dire... une sorte de prototype. Une étape évolutive.

— Tu veux dire qu'on leur vend l'idée qu'on est une amélioration du système ?

Rosalie eut un sourire intérieur, empreint d'un mélange de malice et de résignation.

— Une amélioration, une variation, un potentiel. Appelle ça comme tu veux. Mais oui, on leur montre qu'on est plus qu'un problème à résoudre.

Auguste réfléchit un moment, sa prudence naturelle luttant contre cette audace soudaine. Mais il savait qu'elle avait raison. Ce n'était pas une question de vaincre les Gardiens – une idée aussi absurde que tenter de convaincre la gravité de cesser d'exister – mais de leur faire comprendre qu'ils n'étaient pas un danger, seulement une différence. Une opportunité, même. C'était le seul choix qui restait de leurs tergiversations et qui présentait une chance, même infime, de réussite.

— D'accord, si on peut leur prouver qu'on mérite de rester... qu'on peut être utiles... Alors peut-être qu'ils écouteront.

Ce simple échange marqua une avancée significative. Leur essence, habituellement déchirée par des conflits incessants, semblait s'accorder, même si cette harmonie était fragile. C'était comme une mélodie jouée sur un instrument désaccordé : imparfaite, mais reconnaissable. Valentine, quant à elle, ressentit cette légère synchronisation dans son propre corps. La douleur lancinante qui la parcourait depuis des heures s'atténua légèrement, comme si le chaos intérieur s'apaisait enfin.

— *On n'a pas le choix, ils nous jugent déjà, on le sait. Mais peut-être qu'on peut les convaincre que ce jugement n'est pas encore rendu. Qu'il reste une possibilité.*

— *Une possibilité... Pas une certitude. Juste une chance.*

À l'extérieur, les Gardiens restaient immobiles, mais leur présence semblait s'intensifier. Les ombres qu'ils projetaient, bien que subtiles, paraissaient s'étirer davantage, comme si elles engloutissaient le peu de lumière qui restait. Pourtant, Rosalie et Auguste, contre toute attente, ne cédèrent pas à la peur. Ils n'avaient pas de plan parfait, pas de garantie de succès, mais ils avaient une chose qu'ils n'avaient jamais eu auparavant : une détermination commune.

Rosalie, d'habitude si prompte à rire face au danger, sembla presque émue par cette soudaine entente.

— *Eh bien, Auguste. On dirait qu'on va affronter l'univers ensemble. Qui l'aurait cru ?*

— *Si on survit à ça, Rosalie, je te promets qu'on trouvera un moyen de faire mieux. Enfin, je veux dire... si ça existe.*

Pour la première fois, ils se sentaient prêts. Pas dans le sens traditionnel du terme, avec une stratégie en béton et une confiance absolue, mais prêts dans leur humanité imparfaite. Parce qu'au fond, c'est tout ce qu'ils avaient : leurs failles, leurs erreurs, et leur capacité à s'adapter. Peut-être que cela suffirait.

Les Gardiens, silencieux et implacables, continuaient de les observer, comme des statues d'un tribunal cosmique. Leur jugement approchait, ils le sentaient intérieurement, comme une vérité immuable et inéluctable. Mais Rosalie et Auguste, contre toute attente, n'étaient plus écrasés par la peur. Ils n'étaient pas parfaits, ni même proches de l'être. Mais ils étaient déterminés. Et parfois, une lueur d'espoir – aussi infime soit-elle – suffisait à illuminer l'obscurité.

***

La clairière, habituellement paisible, avait l'air d'un décor sorti d'un rêve malveillant. Le ciel semblait plus bas, chargé de nuages immobiles, d'une grisaille qui ne promettait ni pluie ni lumière. Les arbres encerclant l'espace se tenaient droits comme des spectateurs muets, leurs branches immobiles, figées par un respect terrifié pour ce qui s'apprêtait à se dérouler. L'herbe, d'un vert délavé, était couchée comme sous le poids d'une force invisible, et l'air vibrait d'une énergie sourde qui semblait murmurer des avertissements. C'était un lieu suspendu, un espace où le temps hésitait à avancer, craignant peut-être les conséquences.

Valentine avait réussi à fausser compagnie à la folie du monde, les fanatiques, les curieux, les journalistes, par ce qui aurait pu être qualifié d'un tour de magie, d'une chance inouïe… ou d'une intervention divine. Elle pénétra dans ce théâtre cosmique avec une hésitation qui n'appartenait pas qu'à son corps frêle. Chacun de ses pas semblait alourdi par le fardeau invisible des deux âmes en lutte perpétuelle en elle. Rosalie, d'ordinaire intrépide, gardait un silence inhabituel, observant avec une méfiance glacée les silhouettes spectrales qui formaient un demi-cercle au centre de la clairière. Les Gardiens étaient là, immobiles, drapés dans leurs capes d'énergie translucide qui flottaient autour d'eux comme si elles obéissaient à une gravité propre. Leur lumière froide, sans chaleur ni éclat, baignait l'espace d'un éclat spectral qui semblait aspirer toute vie autour d'eux.

— *Bon, eh bien… voilà. Les geôliers du cosmos en personne. Ils pourraient au moins nous offrir des petits fours.*

Auguste, quant à lui, n'était pas en état de plaisanter.

— *Ils… ils ne ressemblent à rien de ce que j'ai vu avant. C'est comme… comme si tout ce qu'ils sont nous écrase sans même bouger.*

Sa voix mentale tremblait légèrement, révélant une peur profonde et instinctive.

— *Et tu penses que je ne le sens pas ?* répliqua Rosalie, tentant de se redonner contenance. *On partage le même corps, je te rappelle. Mais écoute, Auguste. Ce ne sont que des fonctionnaires. Des bureaucrates cosmiques. Et tu sais ce qu'on fait avec les bureaucrates ? On parle leur langage.*

La lumière spectrale des Gardiens n'émettait aucun bruit, aucun signal perceptible, mais leur simple immobilité était une forme de communication plus brutale que n'importe quel cri. Ils ne bougeaient pas, mais leur présence seule semblait écraser l'air, rendant chaque respiration plus difficile. Le poids de leur jugement silencieux planait sur Valentine comme une enclume prête à s'abattre.

— *Ils ne vont pas parler, n'est-ce pas ?*

— *Bien sûr que non. Pourquoi parler quand ils peuvent te réduire à néant par leur simple présence ? C'est leur truc, non ? Les menaces silencieuses.*

Valentine fit un pas de plus, ses jambes vacillant légèrement sous la pression écrasante. Les Gardiens, toujours figés dans leur demi-cercle, semblaient taillés dans une substance autre que la matière. Ils n'étaient pas tout à fait là, mais pas absents non plus. Leur présence défiait la logique humaine, et c'était précisément cette incohérence qui rendait leur puissance si terrifiante.

— *D'accord, plan numéro un : éviter la désintégration immédiate !*

— *On doit leur parler... mais quoi leur dire ? Comment convaincre quelque chose qui n'a pas de visage, pas de cœur, pas de... de quoi que ce soit ?*

Valentine, tiraillée par la peur qui émanait des deux âmes en elle, s'arrêta enfin, plantée devant les Gardiens. L'air était si lourd qu'elle sentait chaque respiration comme un poids supplémentaire sur ses poumons. Le silence qui s'étendit alors n'avait rien de naturel. C'était un silence absolu, un vide sonore où même les battements de son cœur semblaient étouffés.

Rosalie, pour une fois, hésitait. Le sarcasme habituel qui l'animait s'était dissipé face à l'immensité de ce qu'elle affrontait. Mais dans cette hésitation, une lueur de défi brillait encore.

— *Bon,* pensa-t-elle, sa voix mentale se stabilisant. *Si c'est ici qu'on meurt, autant aller jusqu'au bout de notre idée.*

Auguste, lui, se contentait de murmurer intérieurement, presque pour lui-même :

— *Nous ne sommes pas prêts pour ça…*

Mais la vérité était là, implacable. Prêts ou pas, ils allaient devoir affronter ces entités qui transcendaient tout ce qu'ils avaient connu.

Rosalie prit le contrôle avec une détermination calculée, forçant Valentine à se redresser, son dos raidi par la tension oppressante des Gardiens. Chaque fibre du corps qu'elle animait semblait protester, écrasée par le poids intangible de leur présence. Mais Rosalie, fidèle à elle-même, s'en moquait. Si elle devait affronter des entités capables de la réduire en poussière d'un simple regard – ou ce qui tenait lieu de regard chez eux – elle le ferait en tenant la tête haute.

— *Alors, c'est ça ? Vous êtes venus juger l'anomalie, la détruire, faire comme si elle n'avait jamais existé ?* déclara-t-elle d'une voix claire, brisant le silence comme un éclat de verre. Chaque mot semblait résonner dans la clairière, amplifié par l'étrange acoustique de cet espace suspendu entre les mondes. *Mais vous êtes aveugles. Vous ne voyez pas ce que nous représentons. Vous ne voyez pas… le potentiel.*

Rosalie fit légèrement s'avancer Valentine, une bravoure feinte mais terriblement convaincante transpirant de ses gestes. Elle savait qu'elle marchait sur une corde raide, qu'un seul faux pas pourrait sceller leur sort. Mais elle s'accrochait à l'idée que même les Gardiens, avec leur neutralité froide et leur impartialité cosmique, devaient avoir des failles, des logiques sur lesquelles elle pouvait jouer.

— *Vous nous considérez comme une anomalie, et peut-être que vous avez raison. Mais regardez-nous. Regardez ce que nous sommes devenus. Deux âmes qui n'auraient jamais dû se croiser, encore moins coexister, et pourtant… nous sommes là. Nous existons. Et ce que nous avons accompli, ce que nous pourrions encore accomplir, dépasse vos simples équations d'ordre et de chaos.*

Auguste, dans leur esprit commun, était pétrifié.

— *Rosalie, qu'est-ce que tu fais ?* murmura-t-il, sa voix tremblante de peur. *Tu crois vraiment que tu peux les convaincre avec des mots ? Ce sont des Gardiens, pas des politiciens !*

Mais Rosalie, fidèle à elle-même, ignora son intervention.

— *Nous ne sommes pas un problème à corriger*, déclara-t-elle, son regard intérieur, au-delà des yeux de Valentine, fixant les Gardiens — ou plutôt l'espace où leurs visages indistincts semblaient se trouver. *Nous sommes une solution. Une opportunité. Une preuve que même les forces les plus opposées peuvent trouver un équilibre.*

Les Gardiens restaient immobiles, mais leur silence n'était pas vide. Il portait un poids, une densité qui écrasait l'air autour d'eux. Leur lumière spectrale, froide et implacable, vacilla légèrement, un détail que Rosalie ne manqua pas de remarquer. Était-ce un signe qu'ils l'écoutaient ? Ou juste un artefact de leur nature incompréhensible ? Elle n'en avait aucune idée, mais elle s'accrocha à ce mince espoir.

— *Vous êtes les gardiens de l'équilibre, n'est-ce pas ?* poursuivit-elle, sa voix gagnant en intensité. *Alors regardez-nous bien. Nous sommes l'incarnation même de cet équilibre. Deux âmes qui n'auraient jamais dû partager un corps, et pourtant, nous avons trouvé un moyen. Oui, c'est imparfait. Oui, c'est chaotique. Mais ce chaos… c'est ce qui crée la vie.*

À ces mots, Auguste sentit un mélange de panique et d'admiration monter en lui. Elle jouait gros, bien trop gros, mais il ne pouvait s'empêcher de reconnaître qu'elle avait raison sur un point : ils étaient une aberration, mais une aberration qui avait survécu, qui avait évolué. Une partie de lui voulait croire qu'ils pouvaient convaincre ces entités d'une autre nature.

— *Et si vous nous détruisez… vous ne faites pas que nous effacer. Vous effacez la possibilité d'un avenir différent. Vous fermez une porte avant même de voir où elle mène. Alors, je vous pose la question : êtes-vous vraiment prêts à sacrifier ce potentiel au nom d'un ordre rigide et inflexible ?*

Le silence qui suivit était lourd, presque insupportable. Les Gardiens ne bougeaient pas, ne répondaient pas, mais quelque chose dans l'air semblait changer. Peut-être que Rosalie les avait touchés. Peut-être que ses mots, aussi audacieux soient-ils, avaient trouvé une résonance dans leur logique cosmique. Ou peut-être qu'ils calculaient simplement la meilleure manière de les annihiler.

Dans leur esprit partagé, Auguste murmura :

— *C'était... impressionnant. Mais si ça ne marche pas, on est fichus.*

— *Que ça marche ou pas, on le sera probablement de toute façon. Autant sortir avec style.*

Auguste prit une grande inspiration – ou du moins, ce qui ressemblait à une inspiration dans cette étrange cohabitation d'âmes – et s'avança dans leur esprit commun. Sa voix était tremblante, presque hésitante, mais elle portait une sincérité qui transperçait l'atmosphère oppressante de la clairière.

— *Je... je sais que nous sommes une anomalie. Que ce que nous représentons est une erreur pour vous. Peut-être même une menace. Mais vous devez comprendre... ce n'est pas parce que quelque chose ne suit pas vos règles qu'il est forcément mauvais.*

Les Gardiens, toujours immobiles, semblaient absorber ses paroles comme on analyserait un souffle d'air dans un vide parfait. Leur silence, bien qu'intimidant, ne détourna pas Auguste de son chemin. Sa peur, bien qu'immense, semblait étrangement amplifiée par une nouvelle forme de courage qu'il puisait dans l'intervention précédente de Rosalie.

— *Tout dans ma vie*, continua-t-il, la voix teintée de regrets et de vulnérabilité, *a été une succession d'échecs. Une existence morne, sans couleur, sans éclat. Et même après ma mort, je n'étais rien. Invisible, oublié.*

Rosalie, dans un coin de leur conscience partagée, roula mentalement des yeux, mais elle resta silencieuse, sentant que ce moment lui échappait – et que, peut-être, ce n'était pas plus mal.

— *Mais aujourd'hui, je suis ici. Avec elle. Avec nous. Et pour la première fois, je comprends ce que c'est que de ressentir, de lutter, de vouloir... vivre.* Il hésita un instant, le poids de ses propres mots semblant l'étonner. *Oui, nous sommes différents. Oui, nous sommes opposés. Mais nous sommes stables. Et dans ce chaos, il y a quelque chose. Une possibilité. Une... renaissance.*

Il s'arrêta, levant les yeux – ou plutôt, forçant Valentine à lever les siens – vers les Gardiens. Leur présence était écrasante, déformant même les rayons du soleil, comme si la lumière elle-même s'inclinait devant eux. Pourtant, Auguste continua, sa voix gagnant une force inattendue.

— *Tout ce que nous demandons, c'est une chance. Une opportunité de prouver que même les anomalies peuvent avoir une place. Que même les fragments brisés peuvent être assemblés pour créer quelque chose de nouveau. Pas parfait, pas dans vos normes, mais valable.*

Rosalie, bien que surprise par cette déclaration, sentit une vague d'admiration poindre sous son sarcasme habituel.

— *Pas mal, Auguste, tu pourrais presque me faire croire que tu sais ce que tu fais.*

Mais Auguste, cette fois, ne mordit pas à l'hameçon. Il était concentré, focalisé sur les Gardiens, ces entités imposantes dont le silence semblait peser plus lourd que mille jugements.

— *Vous êtes les gardiens de l'ordre, mais l'ordre ne doit pas signifier la stagnation. L'ordre doit pouvoir évoluer, s'adapter. Et c'est ce que nous sommes. Une évolution.*

La clairière semblait retenir son souffle. Même les arbres, d'ordinaire indifférents à ces histoires d'âmes et de cosmos, semblaient se pencher légèrement pour écouter. Les Gardiens, eux, restaient figés, mais quelque chose dans leur lumière spectrale vacilla, un instant si fugace qu'Auguste se demanda s'il l'avait imaginé.

Rosalie, bien que sceptique de leur succès, ressentit un élan de fierté pour son compagnon d'infortune. Pour une fois, il avait parlé avec le cœur, et elle ne pouvait nier que ses mots avaient du poids.

— *Tu sais, Auguste, si on s'en sort, je pourrais peut-être arrêter de te considérer comme une cause perdue. Peut-être.*

Auguste, pour la première fois, ne répliqua pas. Il se contenta de fixer les Gardiens, ses pensées tournées vers cet espoir fragile qu'ils venaient de planter. Un espoir qu'il ne voulait pas voir s'éteindre, peu importe la nature froide et implacable de leurs juges.

Le silence des Gardiens était pire que leurs apparitions spectrales. Ils restaient figés, immobiles, comme s'ils délibéraient sans mot ni geste, des juges cosmiques dont le verdict n'était jamais annoncé à voix haute. Leur présence semblait peser encore plus lourd dans cet instant suspendu, mais soudain, l'atmosphère changea. Ce n'était pas un soulagement, ni une défaite, mais une transition, comme si le monde retenait son souffle.

Sans prévenir, les Gardiens disparurent. Pas dans une explosion de lumière ni dans un fracas cosmique – ils se dissipèrent simplement, leurs formes se décomposant comme une brume sous un vent invisible. En un battement de cœur, ils n'étaient plus là, laissant derrière eux un vide étrange, une absence qui était presque plus terrifiante que leur présence. La clairière, étouffée par leur emprise, sembla lentement retrouver une normalité fragile : le bruissement des feuilles, le chant timide d'un oiseau, comme si la nature elle-même attendait leur départ pour respirer à nouveau.

Valentine s'effondra à genoux, son corps tremblant sous l'effet du stress accumulé.

— Génial ! J'avais vraiment besoin de ce moment dramatique pour clore cette journée.

— Ils sont partis, mais ce n'est pas fini. Je suis sûr qu'ils reviendront. Je le sens.

Rosalie, pour une fois, ne trouva rien à répliquer. Elle savait qu'il avait raison. Les Gardiens n'avaient pas jugé, pas puni, mais ils n'avaient pas abandonné non plus. Leur disparition n'était pas un acquittement, mais une pause. Une suspension d'un jugement encore à venir. Ce répit était temporaire, un maigre sursis dans une bataille bien plus grande qu'eux.

Dans la clairière, le vent reprit doucement sa course, caressant les herbes ternes et les arbres figés. Rosalie força Valentine à se relever, son esprit partagé vibrant encore de l'étrange harmonie qu'ils avaient atteint pendant la confrontation.

— *Bon… on n'est pas morts. C'est toujours ça de pris.* Auguste répondit, dans un rare élan de légèreté :

— *Pas morts, mais pas vraiment en vie non plus. On est coincés entre les deux, comme d'habitude.*

Son ton, bien que teinté d'humour, portait un fond de vérité qui résonna dans leur essence partagée. Valentine se redressa difficilement, son corps ressentant encore les échos de la pression imposée par les Gardiens. Rosalie, regardant la clairière à travers ses yeux fatigués, ajouta avec un sourire mental sarcastique :

— *Si c'est ça une victoire, je n'ai pas hâte de voir ce que ressemble une défaite.*

Pourtant, sous cette couche de cynisme, même Rosalie sentait une étincelle d'espoir. Ils avaient survécu. Cela ne semblait pas grand-chose, mais dans leur situation, c'était un exploit. Les Gardiens n'étaient pas des entités que l'on affrontait à la légère, et encore moins des juges que l'on impressionnait. Pourtant, d'une manière ou d'une autre, ils avaient réussi à obtenir un répit.

Le silence cosmique laissé par les Gardiens était lourd, mais il portait une promesse implicite. Peut-être qu'ils avaient semé une graine d'incertitude dans l'esprit de ces entités parfaites et inébranlables. Peut-être que leur discours avait éveillé une curiosité, un doute, ou même une possibilité. Auguste, dans un rare élan de positivité, murmura :

— *Peut-être qu'on leur a donné une raison de réfléchir. Une raison de nous laisser une chance.*

— *Peut-être, Auguste. Mais une chose est sûre : on a du travail. Beaucoup de travail.*

Ils quittèrent la clairière, lentement, avec l'impression d'avoir accompli quelque chose d'à la fois minuscule et immense. Ce n'était pas une victoire définitive. Mais c'était une étape, un moment où ils avaient défié l'inévitable et obtenu quelques instants de plus pour prouver leur valeur. Et dans un univers où chaque instant comptait, c'était déjà un miracle en soi.

CHAPITRE 5

La disparition soudaine de Valentine avait agi comme une étincelle sur une poudrière d'angoisses, de croyances et de frustrations enfouies. Les ruelles poussiéreuses, qui autrefois accueillaient habituellement des discussions sur la météo ou les récoltes, résonnaient désormais de débats enflammés et de théories aussi farfelues que contradictoires.

Sur la place centrale, le cœur battant de cette agitation, les fanatiques étaient en pleine effervescence. Regroupés autour d'une croix de fortune plantée dans le sol, ils psalmodiaient des prières d'une ferveur presque effrayante. « Elle reviendra ! » hurlait une femme, les yeux exorbités, agitant frénétiquement un mouchoir blanc comme si elle saluait un avion invisible dans le ciel. À ses côtés, un homme s'était improvisé prophète, les bras tendus vers les nuages : « Les anges l'ont emportée ! Ils l'ont élevée pour accomplir une mission divine ! »

Non loin de là, les sceptiques faisaient entendre leurs voix avec une ironie tranchante. « Les anges, vraiment ? » ricana le boucher, ses mains encore tachées de sang. « Moi, je parie qu'elle a trouvé un meilleur coin pour se cacher des dingues comme vous. » Un cercle de villageois sceptiques éclata de rire à cette remarque, mais leur moquerie n'avait rien de joyeux. Ils semblaient eux-mêmes nerveux, cherchant dans leur cynisme une armure contre l'incompréhensible.

Les cafés du village, habituellement lieux de rencontres paisibles, s'étaient transformés en véritables rings verbaux. D'un côté, ceux qui prenaient la disparition de Valentine pour un miracle. De l'autre, ceux qui pensaient que c'était une fraude, une supercherie montée de toutes pièces. « Si c'est un miracle, pourquoi elle ne nous a pas prévenus ? » demandait une voix furieuse, tandis qu'un autre répliquait : « Peut-être que vous êtes trop obtus pour comprendre ! » Les disputes montaient en intensité, et parfois, une chaise était renversée dans l'élan.

Même les enfants du village, d'ordinaire si prompts à profiter de la moindre occasion pour jouer, restaient en retrait, curieux et un peu effrayés. Ils regardaient les adultes s'écharper, fascinés par cette frénésie qui semblait transformer leurs parents en étrangers. « Elle est partie dans le ciel ? » murmura un garçonnet à sa sœur, qui haussa les épaules avec une gravité incongrue pour son âge. « Peut-être. Ou alors elle s'est juste cachée pour qu'on arrête de la regarder. »

Dans cette marée de confusion et d'agitation, il était évident que Valentine avait laissé un vide impossible à combler. Chaque habitant, fanatique ou sceptique, croyant ou moqueur, projetait ses propres peurs et espoirs sur cette femme mystérieusement disparue. Le chaos, une fois déclenché, semblait s'auto-alimenter.

Chaque nouvelle théorie, chaque nouvelle dispute, ajoutait une brique à cet édifice de désordre social.

Sa disparition n'avait pas seulement semé le chaos. Elle avait révélé la fragilité des liens humains, leur propension à combler le vide par le conflit et la confusion. Tandis que le village montait en ébullition, une seule certitude subsistait pour Auguste et Rosalie : ils ne pouvaient plus revenir en arrière.

Cela donna cependant aux journalistes une nouvelle raison de s'emballer, comme si on venait de jeter un os saignant dans une meute de loups affamés. Ils sillonnaient le village avec leurs micros, leurs caméras, et surtout leurs théories rocambolesques. « Nous vivons un moment historique » déclara un jeune reporter au brushing impeccable, face à une caméra, le regard dramatique rivé sur l'église du village. « Valentine, la femme ressuscitée, aurait disparu de manière inexplicable, laissant derrière elle des questions troublantes. Était-elle vraiment humaine ? Était-elle un ange ? Un phénomène surnaturel ? Ou simplement… une illusion collective ? »

La frénésie journalistique atteignit son paroxysme lorsqu'une chaîne nationale diffusa une prétendue « preuve irréfutable » de sa disparition miraculeuse : une vidéo granuleuse montrant un flash de lumière à proximité de la maison des fanatiques. « Regardez, c'est indéniable, elle a été emportée par une puissance supérieure » déclara une présentatrice avec un sourire satisfait, alors qu'un expert auto-proclamé en phénomènes paranormaux acquiesçait vigoureusement à l'écran. Pendant ce temps, sur un autre plateau, un sceptique en costume austère qualifiait ces affirmations de « pure absurdité » et accusait les médias d'alimenter une hystérie collective. Bref, tout le monde avait une opinion, et personne ne se gênait pour la hurler à la face du monde.

Mais ce n'est pas seulement la télévision qui s'enflamma : Internet devint une véritable arène de complots et de spéculations. Les hashtags #ValentineMiracle et #AngeOuFraude explosèrent sur les réseaux sociaux. Des mèmes apparurent, mettant en scène Valentine en train de monter au ciel sur un escalier doré ou, à l'inverse, enlevée par des extraterrestres sur fond de soucoupe volante clignotante. Les théories foisonnaient : certains parlaient d'une intervention divine, d'autres d'une expérimentation gouvernementale, et un groupe particulièrement actif prétendait que Valentine n'avait jamais existé et que tout cela était une vaste mise en scène orchestrée au choix par les médias eux-mêmes, par les gouvernements ou encore par tout un tas de sociétés secrètes.

— *C'est fascinant, tu ne trouves pas ?* lança Rosalie avec un rire moqueur, observant la situation depuis leur cachette temporaire. *Ils transforment un flash de lumière et une chaise renversée en preuve d'un complot cosmique. Si on leur disait qu'on a simplement marché dans la forêt, ils ne nous croiraient même pas.*

— *Fascinant ? Non. Effrayant, oui. Ils ne cherchent pas la vérité, ils veulent juste une histoire qui les excite. Même disparus, ils ne nous lâchent pas.*

Au cœur de ce chaos médiatique, les journalistes ne reculaient devant rien pour obtenir leur scoop. Ils harcelaient les habitants du village, cognant aux portes, posant des questions intrusives. « Avez-vous vu des anges ? » demanda une journaliste à une vieille dame qui secouait la tête en marmonnant. Un autre s'adressa à un enfant avec un air conspirateur : « As-tu remarqué quelque chose d'étrange dans le ciel ? » Les réponses étaient confuses, parfois absurdes, mais cela n'avait aucune importance : tout était bon pour nourrir la machine.

Les habitants, eux, oscillaient entre exaspération et excitation. Certains en profitaient pour attirer l'attention. « Je l'ai vue monter au ciel. » affirma un homme qui n'avait rien vu du tout mais espérait une minute de gloire. D'autres, plus discrets, fermaient leurs volets et refusaient de parler, irrités par cette invasion de leur tranquillité.

Rosalie et Auguste, quant à eux, regardaient de loin cette cacophonie avec un mélange d'amusement et d'angoisse. Pour Rosalie, tout cela était une démonstration éclatante de la stupidité humaine.

— *Tu vois, Auguste ? Donne-leur un peu de mystère, et ils construisent des montagnes de délires. Ils n'ont pas besoin de vérité, juste d'un spectacle.*

— *Ce n'est pas juste un spectacle, Rosalie. Ils cherchent quelque chose à croire… et on les a laissés dans ce chaos. C'est de notre faute.*

— *Tu ne peux pas t'en empêcher hein. Faut toujours que tu joues les rabat-joie !*

Le chaos médiatique, amplifié par l'écho déformant d'Internet, transforma l'affaire Valentine en une tempête mondiale. Et dans cet ouragan de spéculations et de mensonges, Rosalie et Auguste savaient que leur répit ne durerait pas. Plus les projecteurs restaient braqués sur le village, plus les risques grandissaient. Les Gardiens n'étaient sûrement pas loin, et ils ne se laisseraient pas distraire par les théories d'un journaliste ou les délires d'un internaute.

Le bus, aux sièges usés et à l'odeur tenace de vieux plastique, les avait déposés à la périphérie de la petite ville. Valentine avançait la tête penchée vers le sol, vêtue d'un banal imperméable par-dessus un gilet dont la capuche relevée masquait son visage. Fatiguée par la tension constante, elle avançait d'un pas hésitant dans les ruelles faiblement éclairées. Rosalie, toujours aussi pragmatique, tenta de briser le silence dans leur esprit commun.

— *Bon, au moins, on n'a plus de fanatiques qui hurlent à l'ange déchu. Une ville, c'est l'anonymat parfait. Les gens ici se fichent bien des miracles, tant qu'on ne leur vole pas leur café du matin.*

Mais à peine avaient-ils franchi les premières rues que la réalité s'imposa brutalement : une affiche placardée sur un kiosque montrait une photo granuleuse de Valentine avec le titre sensationnaliste : « La femme miraculeusement disparue – Vue pour la dernière fois dans un bus ! » Une femme passa près d'eux, ses yeux s'élargissant de stupeur en reconnaissant le visage de Valentine. « C'est elle ! » cria-t-elle, pointant un doigt désignateur.

— *Génial, on n'a même pas tenu deux minutes !*

— *Bienvenue dans le monde moderne, Auguste. Internet n'oublie jamais, et nous sommes la dernière sensation virale.*

Une course effrénée s'ensuivit. Valentine, poussée par l'urgence des deux âmes qu'elle portait, dévala les ruelles sombres, bousculant des passants confus et évitant de justesse un cycliste furieux.

— *Tourne là !* hurla Auguste.

— *Non, pas là ! Il y a des lumières !* rétorqua Rosalie, sa voix oscillant entre irritation et sarcasme. *Super plan, Auguste. Pourquoi pas une pancarte qui dit : 'Attrapez-nous !' pendant qu'on y est ?*

Ils parvinrent enfin à semer leurs poursuivants, leur souffle court, dans une ruelle déserte où les lampadaires grésillaient de manière inquiétante. À bout de forces, Valentine poussa la porte d'un motel à l'enseigne clignotante. Le réceptionniste, un homme au visage aussi fatigué que son mobilier, leur jeta un coup d'œil indifférent.

« Chambre pour une heure ? » demanda-t-il, le ton morne. Rosalie haussa un sourcil mental.

— *Charmant. On dirait qu'on a trouvé le seul endroit où personne ne nous posera de questions.*

La chambre, évidemment, était aussi accueillante qu'un placard à balais. Les murs jaunis portaient les stigmates d'une vie difficile – des taches suspectes et des fissures qui semblaient raconter une histoire de désespoir. Une ampoule pendait du plafond, émettant une lumière vacillante qui rendait l'ambiance encore plus lugubre.

— *C'est parfait ! Rien de mieux qu'une ambiance sordide pour planifier notre survie. Bienvenue en enfer !*

Auguste, malgré sa réticence habituelle à critiquer, ne put s'empêcher de marmonner :

— *Je crois que l'Enfer avait des chambres plus accueillantes.*

Alors qu'ils tentaient de reprendre leur souffle, leur attention fut attirée par un tableau d'affichage poussiéreux près du lit. Parmi les annonces de chiens perdus et les offres douteuses de « massage à domicile », un papier jaune vif se détachait. Le texte était écrit en lettres majuscules et criardes :

« TANCRÈDE PLUSQUEVAILLE - SPÉCIALISTE EN QUESTIONS MYSTIQUES, PHILOSOPHICO-RELIGIEUSES ET, OUI, LIÉES À LA GARE DE TRIAGE ! VOUS CHERCHEZ DES RÉPONSES ? JE LES AI. » En bas, un numéro de téléphone et une adresse.

Rosalie éclata de rire.

— *Tancrède Plusquevaille ? Ce nom est une anomalie à lui seul. C'est quoi cette plaisanterie ?*

— *Il mentionne la gare de triage, Rosalie. Ce n'est peut-être pas une coïncidence.*

— *Oh, bien sûr, allons demander conseil à un illuminé. Qu'est-ce qu'il va nous dire ? Que l'univers a un plan et que nous sommes ses joyeux petits dysfonctionnements ?*

Mais malgré son sarcasme, elle ne pouvait ignorer la sensation étrange qui émanait de cette annonce. Quelque chose dans ce nom ridicule, dans ce timing improbable, semblait les appeler. Auguste insista :

— *Écoute, on n'a pas d'autres pistes. Si ce type sait quoi que ce soit sur la gare de triage, ça vaut le coup d'essayer.*

— *Très bien. Allons voir ce Tancrède Plusquevaille et découvrons quelle autre absurdité l'univers nous réserve.*

Alors qu'ils s'installaient pour la nuit, chacun perdu dans ses pensées, une chose était claire : ce Tancrède représentait une lueur d'espoir – ou un désastre annoncé. Dans leur situation ils n'avaient de toutes manières plus grand-chose à perdre.

***

Rosalie fit un pas en arrière à l'apparition soudaine de Tancrède, tout en forçant Valentine à garder une posture qui se voulait confiante.

— *Eh bien, il ne manque plus que la musique dramatique et la machine à fumée*, marmonna-t-elle intérieurement. Auguste, quant à lui, semblait partagé entre la fascination et l'inquiétude.

— *C'est quoi, ce type ?*

Tancrède Plusquevaille était une énigme incarnée. Son long manteau, bien que visiblement d'une époque révolue, avait un certain panache, et il semblait porter chaque pli et chaque accroc comme s'ils faisaient partie d'un uniforme symbolique. Ses lunettes rondes, légèrement de travers, reflétaient la faible lumière de la bibliothèque, et son regard, d'un vert perçant, brillait d'une intelligence affûtée, doublée d'une curiosité presque enfantine.

— *Vous avez une entrée très... théâtrale,* lança Rosalie, sa voix teintée de sarcasme. *Vous devriez peut-être envisager une carrière sur scène.*

Tancrède ne se démonta pas, bien au contraire. Il posa le livre qu'il tenait sur une table bancale, souffla sur la couverture pour en chasser la poussière et répondit avec un sourire narquois :

« Et vous, vous avez un humour mordant pour une âme qui partage son espace vital. Fascinant. Vraiment fascinant. »

Il s'approcha lentement, examinant Valentine comme un bijoutier scrutant une pierre précieuse. Rosalie sentit son irritation monter.

— *C'est quoi, cette façon de nous fixer ? On est une curiosité de foire, maintenant ?* Auguste, bien que plus discret, partageait son malaise.

— *Peut-être qu'on devrait partir.*

Mais Rosalie, piquée au vif, décida de rester.

— *Non, ce type semble savoir des choses. Et je veux savoir quoi et pourquoi.*

— *Alors, dites-nous, monsieur l'expert en bizarreries, qui êtes-vous exactement, et pourquoi nous traquez-vous comme des paparazzis cosmiques ?*

Tancrède éclata de rire, un son chaleureux mais légèrement décalé, comme s'il n'était pas habitué à une telle confrontation.

« Tancrède Plusquevaille, à votre service. Chercheur indépendant, explorateur des mystères de l'au-delà, et, disons… un passionné des anomalies. Et vous, mes chers amis, êtes l'anomalie la plus fascinante que j'aie rencontrée depuis… eh bien, depuis toujours. »

Rosalie haussa un sourcil.

— *Fascinante, vraiment ? Je ne savais pas qu'être une erreur cosmique pouvait susciter autant d'intérêt.*

Tancrède leva un doigt comme pour corriger une élève.

« Pas une erreur. Une exception. Ce sont deux choses très différentes. Et les exceptions, voyez-vous, sont ce qui rend l'univers intéressant. »

Auguste, malgré sa méfiance, ne put s'empêcher de poser la question qui lui brûlait les lèvres.

— *Si vous savez ce que nous sommes, alors dites-nous pourquoi nous sommes… comme ça. Pourquoi les Gardiens nous traquent ? Pourquoi tout ça ?*

Tancrède sourit, mais cette fois, son expression était plus grave, presque compatissante.

« Ah, les Gardiens. De bons bureaucrates, mais dépourvus d'imagination. Ils ne voient en vous qu'une anomalie à corriger, une perturbation dans leur système bien huilé. Mais moi… moi, je vois un potentiel. Une révolution, peut-être. »

Rosalie fit éclater de rire Valentine, mais il y avait une nervosité sous-jacente.

— *Une révolution ? Vous vous entendez parler ? On essaie juste de ne pas se faire pulvériser par ces entités cosmiques, et vous nous parlez de bouleverser l'univers.*

Tancrède posa une main sur son cœur, simulant une blessure dramatique.

« Vous manquez de vision, ma chère. Et c'est précisément pour ça que je suis là. »

Il fit un geste invitant vers une table poussiéreuse, sur laquelle trônait un antique globe terrestre et un tas de parchemins en désordre.

« Asseyez-vous. Laissez-moi vous montrer pourquoi vous êtes bien plus qu'une simple fusion d'âmes. Vous êtes la preuve que même un système supposément parfait peut faillir. Et peut-être, juste peut-être, vous êtes la clé pour réparer ce qui est brisé. »

Rosalie et Auguste échangèrent un regard mental.

— *Ce gars est complètement dingue,* murmura Auguste. *Peut-être,* admit Rosalie. *Mais il est peut-être notre meilleure chance.*

Et, pour une fois, ils étaient d'accord.

— *Explorateur indépendant ça ne veut rien dire. Tu veux qu'on croie que tu traînes dans des bibliothèques poussiéreuses pour le plaisir ?*

Tancrède esquissa un sourire, un mélange d'amusement et de mystère.

« Disons que je me suis fait une spécialité de m'intéresser à ce que le reste de l'univers préfère ignorer. » Il sortit un carnet de cuir râpé de la poche intérieure de son manteau et le posa sur la table avec précaution, comme si c'était un trésor. « Ce que vous êtes n'a jamais existé avant. Deux âmes, fusionnées mais distinctes, qui échappent à la logique rigide de la gare de triage. Un accident, peut-être. Une aberration. Mais, pour moi, vous êtes bien plus. Vous êtes une opportunité. »

Rosalie ne put s'empêcher de lever les yeux au ciel, son ton dégoulinant de sarcasme.

— *Une opportunité pour quoi, au juste ? De te fournir un sujet de thèse ? Parce que franchement, entre les Gardiens qui veulent nous effacer et cette sensation constante d'être sur le point d'exploser, je ne vois pas bien le potentiel.*

Tancrède, imperturbable, fit glisser ses doigts sur la couverture de son carnet.

« Le système de la gare de triage, malgré ses prétentions de perfection, n'est pas sans faille. Vous le savez mieux que quiconque, non ? Il ne tolère aucune déviation, aucune nuance. Pourtant, vous existez. Vous êtes une erreur qui persiste, une faille qui refuse d'être colmatée. Et parfois, les failles révèlent des vérités qu'aucun système, aussi parfait soit-il, ne veut admettre. »

Auguste, qui avait écouté en silence, osa une question.

— *Et quelles vérités, exactement ?*

Tancrède plongea son regard dans celui de Valentine, avec une intensité qui fit vaciller le calme d'Auguste.

« Que le système n'est pas toujours juste. Que des âmes sont condamnées à tort, que des vies sont brisées par une machine qui ne sait pas s'adapter. Vous êtes la preuve qu'un équilibre différent est possible. »

Rosalie haussa un sourcil, sceptique.

— C'est beau sur le papier, mais tu te rends compte qu'on est à deux doigts de finir désintégrés ? Ces Gardiens ne rigolent pas. Leur idée d'un débat, c'est de nous transformer en poussière cosmique. Alors ton grand discours sur l'équilibre, tu peux le garder pour les prochains.

Tancrède éclata de rire, un son incongru dans l'atmosphère lourde de la bibliothèque.

« Oh, je ne sous-estime pas les Gardiens. Ils sont redoutables, oui. Mais ils sont aussi prévisibles. Ils ne comprennent pas ce qu'ils ne peuvent pas cataloguer. Et vous, vous êtes la plus grande énigme qu'ils aient jamais rencontrée. Auguste semblait toujours inquiet. »

— Tu parles comme si c'était une bonne chose. Mais s'ils finissent par nous effacer, tout ça n'aura servi à rien.

Tancrède pencha légèrement la tête, son sourire devenant presque paternel.

« C'est précisément pour ça que je suis ici. Vous avez un rôle à jouer, que vous le vouliez ou non. Et je suis là pour m'assurer que vous ayez les outils pour survivre... et pour réécrire les règles. »

Rosalie le fixa, incrédule.

— *Réécrire les règles ? Tu es sérieux ? On essaie juste de ne pas mourir, et toi, tu parles de révolution cosmique.*

« Toute révolution commence par une simple étincelle. Et vous, mes chers amis, êtes cette étincelle. »

Pour la première fois depuis longtemps, Rosalie et Auguste restèrent sans voix. Leurs pensées, si souvent en conflit, semblaient s'entrelacer dans une confusion partagée.

— *Il est complètement fou*, murmura Rosalie.

— *Peut-être*, admit Auguste. *Mais il semble savoir ce qu'il fait.*

Tancrède leur tendit son carnet, comme un pacte silencieux.

« Ce n'est pas une tâche facile, et je ne vous demande pas de me faire confiance tout de suite. Mais si vous voulez comprendre ce que vous êtes, pourquoi vous existez… alors suivez-moi. »

Rosalie prit un instant, se sentant coincée entre son instinct de méfiance et une curiosité qu'elle ne pouvait nier.

— *Très bien, Plusquevaille. Mais si tu nous fais perdre notre temps, je te jure que même les Gardiens auront l'air d'amateurs comparés à moi.*

Tancrède rit de nouveau, mais cette fois, son sourire était plus doux, presque bienveillant.

« Je n'en doute pas une seconde, ma chère. Maintenant, asseyez-vous. Nous avons tant à discuter. »

— Au fait, vous ne m'avez pas donné vos prénoms. Je sais que celle qui vous héberge s'appelle Valentine mais... vous à l'intérieur ?

Ils firent les présentations d'usage, à travers Valentine. La scène était aussi étrange qu'elle présentait un côté ubuesque. Mais Tancrède saisit rapidement à qui il avait affaire en fonction des réponses qui lui étaient fournies. Les deux âmes en colocation étaient aussi différentes qu'il était possible qu'elles le soient : Rosalie la frondeuse, l'audacieuse et Auguste le timide, le coincé. Leurs propos reflétaient systématiquement ces deux personnalités. Tancrède avait cependant trouvé chez eux un point commun : les doutes, les questions et l'envie de comprendre.

Rosalie croisa alors les bras (enfin Valentine, mue par Rosalie), son expression sceptique masquant une lueur de curiosité.

— Donc ton idée c'est de réparer un mécanisme brisé ? Excuse-moi, Tancrède, mais on est plus occupés à ne pas mourir qu'à mener une révolution cosmique. Et si on est une solution, ça reste à prouver.

Auguste, assis dans leur esprit partagé, restait silencieux, ses pensées une cacophonie d'inquiétude et de fascination. Enfin, il murmura :

— S'il dit vrai... alors c'est encore plus dangereux qu'on ne le pensait.

Tancrède, imperturbable, poursuivit.

« Le système, comme tout ce qui se prétend parfait, est régi par des règles immuables. Mais ces règles ne tiennent que tant qu'aucune anomalie ne les remet en question. Vous, Rosalie et Auguste, êtes un défi vivant. Deux âmes qui auraient dû être séparées mais qui coexistent, qui se confrontent, qui évoluent ensemble. Cela n'aurait jamais dû arriver, mais ça s'est produit. Pourquoi ? »

— *Parce que quelqu'un là-haut ou là-bas a fait une belle bourde. Et maintenant, on en paie le prix.*

Mais Tancrède secoua doucement la tête, son sourire énigmatique toujours planté sur son visage.

« Peut-être. Ou peut-être que c'est précisément ce qu'il fallait pour mettre en lumière les failles d'un système qui n'a jamais été aussi parfait qu'il le prétend. »

Il se leva, commençant à arpenter la pièce, ses mains s'agitant comme pour appuyer ses paroles.

« Pensez-y. Combien d'âmes ont été envoyées en Enfer pour des fautes mineures ? Combien sont piégées dans le Purgatoire, oubliées, sans espoir de rédemption ni de damnation ? Et combien de vies brisées, comme les vôtres, auraient pu suivre un autre chemin si le système avait été capable de nuance, de compassion ? Vous êtes l'exemple vivant que tout cela peut changer. »

Auguste, qui d'ordinaire peinait à se positionner, sentit une étrange étincelle s'allumer en lui.

— *Alors, si on prouve qu'on peut coexister, qu'on peut... fonctionner, ça pourrait remettre en question leurs règles ?*

Tancrède s'arrêta, se tournant vers eux avec un éclat de malice dans le regard.

« Exactement. Votre simple existence est une question posée à l'univers. Et si vous réussissez à survivre, à prouver que cette fusion, cette anomalie, n'est pas une erreur mais une évolution, alors vous forcez le système à changer. »

Rosalie, bien que toujours méfiante, ne put s'empêcher de sentir un frisson d'excitation à cette idée. Elle aimait les défis, et remettre en cause un système entier avait quelque chose de séduisant.

— *Alors quoi ? On devient les héros d'une réforme cosmique ? Désolée, mais on n'a pas signé pour ça. On veut juste vivre.*

« Et c'est là toute la beauté de votre situation. En cherchant à vivre, à simplement exister, vous êtes déjà en train de changer les choses. »

Le silence qui suivit fut lourd de réflexion. Rosalie regarda autour d'elle, cherchant un point d'ancrage dans cette réalité qui semblait de plus en plus intangible.

— *Et toi, Plusquevaille ? Pourquoi t'intéresser à tout ça ? Tu veux quoi, au juste ?*

« La vérité, chère Rosalie. Tout ce que je veux, c'est comprendre les rouages de l'univers. Et vous êtes, sans aucun doute, le plus fascinant de ces rouages défectueux. »

Incapable de retenir sa curiosité Auguste posa la question qui flottait dans son esprit depuis le début.

— *Et si on échoue ? Si les Gardiens nous rattrapent, si on disparaît ?*

Tancrède s'arrêta, plongeant son regard perçant dans celui de Valentine.

« Alors, mes chers amis, ce serait une tragédie. Mais même dans l'échec, vous aurez laissé une trace. Une idée. Et parfois, une idée suffit à faire trembler les fondations d'un système. »

Rosalie éclata de rire, un son teinté d'ironie et de résignation.

— *Génial. Une idée révolutionnaire qui finit en poussière cosmique. Si c'est pas glorieux, ça.*

Mais même elle ne pouvait ignorer la petite flamme qui s'était allumée en elle, une flamme alimentée par la possibilité qu'ils soient bien plus que deux âmes perdues. Peut-être, juste peut-être, avaient-ils un rôle à jouer. Et si c'était le cas, ils n'avaient pas encore dit leur dernier mot.

Rosalie haussa un sourcil sceptique, dirigeant un regard mi-méprisant, mi-amusé vers Tancrède.

— *Les causes perdues donc ? C'est censé être motivant, ça ? Si c'est ton pitch pour nous recruter, on a vu mieux.*

Elle fit pivoter Valentine sur ses talons, scrutant l'obscurité de la bibliothèque comme si elle cherchait une issue invisible. Mais malgré son sarcasme, une lueur de curiosité flottait derrière son masque de défi. Elle n'aimait pas l'idée d'avoir besoin d'aide, encore moins de celle d'un parfait inconnu avec un penchant pour les entrées dramatiques. Mais elle savait aussi reconnaître une opportunité quand elle en voyait une.

— *Et pourquoi, exactement, devrions-nous te faire confiance ?* poursuivit-elle, croisant mentalement les bras, une posture qu'Auguste ressentit aussitôt dans leur esprit partagé. *Peut-être que t'es juste un autre manipulateur cosmique, une version discount des Gardiens, déguisée en bibliothécaire.*

« Oh, Rosalie, tu es un régal. Toujours sur la défensive, toujours prête à mordre la main tendue. Mais je ne te blâme pas. Dans votre position, je serais probablement pire. »

Il se pencha légèrement en avant, réduisant la distance entre eux, ses yeux pétillant d'une malice presque enfantine.

« Mais vois-tu, ma chère, je ne suis ni un ange ni un démon. Juste un homme qui trouve les règles insupportablement ennuyeuses. Et votre existence… disons qu'elle est l'exception la plus délicieuse que j'aie jamais rencontrée. »

— *D'accord, tu n'es pas un Gardien, et tu dis que tu veux nous aider. Mais pourquoi ? Pourquoi risquer autant pour nous ?*

« Parce que, cher Auguste, j'ai passé ma vie à chercher des fissures dans l'ordre des choses. Et vous êtes bien plus qu'une fissure. Vous êtes une brèche, une possibilité. Et ça, c'est quelque chose qu'aucun esprit curieux ne pourrait ignorer. »

— *Oh, génial. On est des cobayes. Il nous aide parce qu'on est intéressants. Super motivant.*

Mais avant qu'elle ne puisse verbaliser davantage son agacement, Auguste répondit calmement :

— *Et si on te suit ? Qu'est-ce que ça implique pour nous ?*

Tancrède, satisfait de leur attention, s'assit à nouveau, posant ses mains sur ses genoux comme un professeur sur le point de donner un cours captivant.

« Cela implique d'apprendre à maîtriser votre singularité. De comprendre ce que vous êtes, pourquoi vous êtes, et comment utiliser cela à votre avantage. Cela implique de défier les Gardiens non pas par la force, mais par la logique. Parce que si le système est imparfait, alors vous, mes amis, êtes la preuve vivante qu'il peut et doit changer. »

Rosalie fronça les sourcils, pesant ses options. Elle savait qu'Auguste penchait déjà pour accepter l'offre de Tancrède – son optimisme naïf était presque insupportable. Mais elle, elle n'aimait pas être redevable, encore moins à un inconnu au sourire un peu trop assuré.

— *Et si on refuse ?* demanda-t-elle finalement, sa voix un mélange d'arrogance et de défi.

Tancrède haussa légèrement les épaules, comme si la question était triviale.

« Si vous refusez, vous continuez à courir, à vous cacher, jusqu'à ce que les Gardiens vous rattrapent. Et alors… eh bien, disons que l'éternité risque d'être longue. Très longue. »

Un silence tendu s'installa dans la bibliothèque. Rosalie croisa mentalement le regard d'Auguste, échangeant une conversation silencieuse. Lui, avec sa volonté d'espérer, elle, avec son instinct de survie.

— *Très bien*, finit-elle par dire, son ton sec comme une lame. *Mais si tu te retournes contre nous, sache que je ne suis pas du genre à pardonner.*

Tancrède inclina légèrement la tête, tel un gentleman acceptant un marché.

« Rosalie, crois-moi, je n'ai aucun intérêt à vous trahir. Vous êtes bien trop précieux pour cela. » Il tendit alors un parchemin jauni à Valentine, son sourire malicieux s'élargissant. « Bienvenue dans le monde des causes perdues, mes amis. Préparez-vous, car vous venez de franchir une porte qui ne se refermera jamais. »

Rosalie, bien qu'encore méfiante, sentit une pointe d'excitation monter en elle. Auguste, de son côté, se surprit à espérer que cette porte, pour une fois, les mènerait quelque part où ils pourraient enfin trouver des réponses.

***

Tout avait commencé par une simple erreur. Ou peut-être que c'était un calcul maladroit. Dans le cas de Rosalie, c'était sûrement les deux.

— *Écoute, Auguste, parfois pour survivre, il faut… disons… tester les limites.*

Voilà comment elle avait justifié ce qui, en réalité, était une provocation parfaitement inutile.

Ils s'étaient rendus dans une petite librairie miteuse pour retrouver Tancrède qui les avait quittés avant l'aube de la bibliothèque. Une planque provisoire, selon ses instructions, et censément discrète. Mais Rosalie, agacée par l'atmosphère étouffante et l'air moisi des lieux, n'avait pas pu s'empêcher d'essayer quelque chose.

— *Si on veut comprendre ces Gardiens, il faut savoir jusqu'où ils sont prêts à aller*, avait-elle annoncé, comme si elle venait de résoudre un problème mathématique complexe. Auguste avait protesté, évidemment.

— *Rosalie, c'est une idée complètement débile.*

Et comme de bien entendu elle avait totalement ignoré son avertissement.

Elle s'était postée devant une vieille fenêtre, dominant une rue quasi déserte, et avait murmuré quelque chose. Juste quelques mots. Une sorte de défi lancé dans l'éther, un message subtil destiné aux Gardiens, qu'elle était sûre d'avoir formulé avec intelligence.

— *Allez, montrez-moi ce que vous savez faire. Vous voulez nous traquer ? Faites-le correctement.*

C'était, bien sûr, une erreur monumentale.

Au début, rien ne s'était passé. Rosalie, triomphante, avait levé les bras comme une championne olympique.

— Tu vois ? Ils sont trop occupés à suivre leurs règles pour réagir à une provocation. Des bureaucrates cosmiques, je te dis !

Mais Auguste, moins convaincu, sentait déjà une tension dans l'air, une sorte de vibration qui lui donnait des frissons dans le dos.

— Rosalie, arrête. Je crois qu'ils t'ont entendue.

Et puis, cela avait commencé.

Une odeur étrange, métallique, avait envahi la pièce, comme si l'air était saturé d'électricité. Les lumières vacillèrent, même celles qui semblaient débranchées depuis des années. Un livre, posé innocemment sur une étagère poussiéreuse, tomba au sol avec un bruit sourd. Rosalie, surprise, tenta de plaisanter.

— Oh, super, maintenant ils jouent aux poltergeists. Effrayant.

Mais ce n'était pas fini. Une ombre se dessina sur le mur face à eux, bien qu'il n'y ait rien derrière pour la projeter. Elle se déforma, s'étira, prenant une forme vaguement humanoïde mais profondément dérangeante, comme si elle avait été esquissée par un artiste sous LSD. Auguste, à cet instant, sentit son cœur manquer un battement.

— Rosalie… on doit partir. Maintenant !

Elle hésita, probablement parce que son ego refusait d'admettre qu'elle avait peut-être fait une erreur. Mais la pièce se mit alors à vibrer légèrement, et une fissure apparut dans le plafond, s'élargissant lentement mais sûrement.

— Bon, d'accord… Peut-être qu'on devrait bouger.

Ce n'était pas une fuite organisée. C'était une débâcle. Ils avaient quitté la librairie en trombe, Tancrède les rejoignant juste à temps, son calme irritant intact.

— *Qu'avez-vous fait cette fois-ci ?* demanda-t-il en les suivant dans la ruelle adjacente.

Rosalie ne répondit pas, mais le regard coupable de Valentine en disait long. Les Gardiens n'étaient pas encore visibles, mais leur présence était indéniable. Les ombres mouvantes semblaient les suivre, glissant sur les murs comme des prédateurs invisibles. Les sons étranges, comme des échos de pas venant de nulle part, résonnaient autour d'eux.

— *Ils sont furieux. Rosalie, qu'est-ce que tu leur as dit ?*

Elle haussa les épaules, essayant de paraître nonchalante, bien qu'elle transpirât une nervosité palpable.

— *Juste un petit... bonjour. Rien de bien méchant.*

Tancrède, marchant devant eux, se retourna légèrement, son expression à mi-chemin entre l'amusement et l'agacement.

« Un bonjour cosmique, hein ? Vous semblez avoir le chic pour compliquer les choses. »

Et voilà comment ils s'étaient retrouvés à fuir, encore une fois. Mais cette fois, ce n'était pas simplement pour échapper aux journalistes ou aux fanatiques. Non, cette fois, c'était une véritable chasse. Les Gardiens étaient sur leurs traces, et ils n'étaient pas d'humeur à jouer. La traque était silencieuse mais implacable, et Rosalie, bien qu'elle n'en montrât rien, savait qu'elle avait peut-être franchi une ligne qu'elle n'aurait jamais dû approcher.

Les phénomènes étranges s'intensifièrent à chaque pas, transformant leur fuite en une épreuve cauchemardesque. Les lampadaires vacillaient au-dessus de leurs têtes comme des flammes prêtes à s'éteindre, plongeant les rues dans une obscurité oppressante. Les ombres semblaient danser sur les murs, se tordant et se déformant en formes grotesques, comme des spectres se moquant de leur désespoir. À chaque tournant, des bruits de pas lourds, réguliers, résonnaient derrière eux, bien qu'aucune présence humaine ne fût visible. Même le vent semblait complice des Gardiens, sifflant dans leurs oreilles comme un murmure de condamnation.

Rosalie, crispée, força Valentine à accélérer, son corps tremblant sous l'effort.

— *Ils s'amusent avec nous, ces salopards. Ils nous laissent croire qu'on a une chance, alors qu'ils nous poussent droit dans un piège.*

— *Non, ils ne jouent pas. Ils savent exactement où nous sommes. Ils nous guident.*

— *Merci pour l'analyse, Sherlock. Tu veux peut-être qu'on s'arrête pour leur demander leurs intentions ?*

Devant eux, Tancrède avançait à un rythme étonnamment détendu, comme s'il faisait une promenade de santé dans un parc. Sa silhouette élancée, drapée dans son manteau élimé, semblait flotter au-dessus du sol, insensible à l'atmosphère étouffante qui pesait sur eux. De temps en temps, il jetait un coup d'œil par-dessus son épaule et leur adressait un sourire presque paternel.

— *Respirez profondément, mes amis. Gardez vos forces. Nous sommes presque arrivés.*

— *Presque arrivés où, exactement ?* siffla Rosalie à voix basse. *Et ne me dis pas de respirer, parce que là, je suis à deux doigts de m'étrangler toute seule.*

Tancrède se contenta de répondre, énigmatique :

« La sécurité est rarement là où on l'attend. Rosalie serra les dents. Génial. J'adore les devinettes quand ma vie est en jeu. »

La pression des Gardiens continuait de croître. L'air semblait s'épaissir, chaque respiration devenant une lutte. Le poids invisible de leur présence écrasait leurs épaules, les ralentissant malgré eux. Même les animaux du quartier semblaient ressentir cette menace surnaturelle : des chiens hurlaient à la mort dans le lointain, tandis que des chats, nerveux, disparaissaient dans des recoins sombres. Une chouette perchée sur un poteau les fixa un instant avec des yeux ronds et pleins d'une sagesse terrifiante, avant de s'envoler silencieusement comme si elle fuyait une catastrophe imminente.

Rosalie, bien qu'habituée à se moquer du danger, sentit son sang bouillir de frustration.

— *Écoute-moi bien, Tancrède*, dit-elle entre ses dents serrées. *Si ton fameux plan nous mène à un cul-de-sac, je te jure que tu regretteras chaque syllabe de tes petits discours.*

Auguste, pour une fois, ne tenta même pas de calmer le jeu. Il était trop occupé à surveiller les ombres mouvantes qui semblaient se rapprocher, se resserrant autour d'eux comme un filet invisible.

Le sentiment d'urgence atteignit son apogée lorsqu'un lampadaire s'effondra derrière eux, dans un grincement métallique strident. Le bruit résonna dans la rue déserte comme un coup de tonnerre, et Rosalie, d'instinct, fit accélérer Valentine.

— *Plus vite !* hurla-t-elle dans leur esprit partagé. *On est les lapins et ils sont les chasseurs. Et je n'ai pas l'intention de finir dans leur marmite cosmique.*

Tancrède, étrangement imperturbable, tourna un dernier coin avant de s'arrêter devant une porte anonyme, ses mouvements précis et fluides, comme s'il avait déjà fait ce trajet mille fois. Il posa une main sur la poignée et, dans un murmure presque solennel, dit :

« Nous sommes arrivés. Maintenant, entrez, avant qu'ils ne décident de se montrer réellement. »

Sans poser de questions, Rosalie poussa le corps de Valentine à franchir le seuil, suivie de près par Auguste, toujours sur le qui-vive. Derrière eux, le silence pesant des rues semblait soudain chargé d'une promesse sombre, comme si les Gardiens les observaient encore, invisibles mais omniprésents. Ils étaient peut-être entrés, mais la traque n'était pas terminée. Elle ne faisait que commencer.

La course effrénée à travers les ruelles pavées du quartier français avait prit fin devant une porte en bois usée au fond d'un couloir, ornée de symboles gravés à même la surface, des lignes et des motifs complexes que même Rosalie hésita à qualifier de purement décoratifs. De petites poupées de tissu et de corde pendaient des fils autour de la porte, leurs formes grotesques se balançant doucement sous une brise absente. Le quartier, habituellement vivant de jour, semblait transformé par l'obscurité en un labyrinthe d'ombres et de mystères. L'air portait une odeur lourde d'encens, mêlée à celle plus subtile mais non moins marquante de plantes exotiques et de cire fondue.

Tancrède, toujours imperturbable malgré les grondements invisibles des Gardiens qu'ils sentaient à leur suite, s'avança et frappa trois fois sur la porte, suivant un rythme précis. Les coups résonnèrent étrangement, comme si le bois lui-même absorbait le son pour le transmettre dans un autre espace, une autre dimension. Rosalie, fatiguée mais toujours sarcastique, marmonna dans leur esprit partagé :

— Trois coups rituels ? Sérieusement, Tancrède ? Tu ne veux pas ajouter une incantation pendant que tu y es ?

Avant qu'Auguste n'ait le temps de lui répondre, la porte s'ouvrit lentement, dévoilant une silhouette qui imposait à la fois respect et prudence. Francine, une femme à la peau cuivrée et au visage marqué par les rides d'un temps bien vécu, mais surtout par une sagesse inébranlable, se tenait là, ses yeux perçants semblant sonder plus que leur simple apparence physique. Elle portait une robe fluide aux motifs vibrants, et ses poignets étaient ornés de multiples bracelets qui tintaient doucement lorsqu'elle croisa les bras pour les observer.

« Alors, c'est vous, les âmes perdues dont Tancrède m'a parlé » déclara-t-elle d'une voix ferme, autoritaire, empreinte d'une sérénité qui ne laissait aucune place à la contestation. Elle inclina légèrement la tête en direction de Tancrède avant de planter son regard dans celui de Valentine – ou plutôt, dans l'essence de Rosalie et Auguste qu'elle semblait voir au-delà des apparences. « Vous jouez avec des forces qui vous dépassent. Mais entrez. Je ne veux pas que vous traîniez sur mon seuil. »

Rosalie, fidèle à son esprit rebelle, ne put s'empêcher de riposter, bien que son ton portât une nuance de respect mal dissimulé.

— *On a joué avec bien pire. Mais si tu peux nous aider, je promets d'être gentille.*

Francine haussa un sourcil, et son silence glacial sembla lui répondre bien mieux que n'importe quelle parole.

Elle les fit entrer dans une pièce étonnamment vaste, baignée d'une lumière chaude et vacillante produite par des dizaines de bougies disposées avec une précision quasi mathématique. Des symboles vaudous peints à la main sur les murs semblaient danser au gré des ombres projetées, et un autel trônait au centre, décoré de plumes, de crânes d'animaux, et de bols remplis de liquides mystérieux. L'atmosphère y était dense, presque tangible, comme si l'air lui-même contenait une charge électrique.

Francine s'installa derrière une table en bois usée mais robuste, posant lentement ses mains à plat dessus. Ses bracelets tintèrent légèrement, un son presque apaisant dans cette ambiance tendue.

« Si je vous protège, ce sera temporaire » annonça-t-elle avec une froideur pragmatique « Je ne veux pas attirer leur attention plus que nécessaire. Mais sachez une chose : ils finiront par vous retrouver. Rien ne peut échapper éternellement à leur regard. »

Auguste, toujours sur la défensive, osa poser la question que Rosalie n'aurait jamais daigné formuler.

— *Pourquoi accepter de nous aider alors ? Vous semblez savoir dans quoi vous vous embarquez.*

Francine le fixa un instant, et un sourire à peine perceptible effleura ses lèvres.

— *Parce que je vois au-delà de ce que vous êtes. Vous êtes une anomalie, oui. Mais les anomalies peuvent parfois contenir la vérité. Ou la destruction. Mon rôle, pour l'instant, est de m'assurer que vous arriviez à choisir laquelle des deux vous souhaitez devenir.*

Rosalie grogna intérieurement, détestant être décryptée avec autant de facilité. Mais même elle devait admettre qu'il y avait quelque chose chez Francine, une force tranquille, un mysticisme authentique, qui la déstabilisait. Quant à Auguste, il ressentit un étrange soulagement, comme si, pour la première fois depuis leur fusion, ils n'étaient pas seuls dans ce chaos.

— *Peut-être qu'elle peut vraiment nous aider ?*

— *Oui, ou peut-être qu'elle nous prépare à devenir des poupées vaudou.*

Francine, ignorant leurs échanges invisibles, se leva et commença à disposer des bougies supplémentaires sur l'autel.

« Si vous voulez survivre, vous devrez décider ce que vous voulez vraiment. Aucun rituel, aucune protection ne vous sauvera si vous continuez à vous battre contre vous-mêmes. »

Les mots flottèrent dans l'air, lourds de sens, tandis que Rosalie et Auguste réalisaient qu'ils étaient peut-être au seuil d'un choix qu'ils n'avaient plus le luxe de repousser.

La maison de Francine était un îlot de mystère dans un océan de menace. Bien que protégée par ses rituels vaudous, chaque mur, chaque symbole peint, chaque bougie vacillante semblaient insuffisants face à la puissance implacable des Gardiens. Pourtant, pour Rosalie et Auguste, c'était le premier semblant de répit depuis des jours. Un répit fragile, certes, mais un répit tout de même.

Francine, concentrée comme une chirurgienne opérant sous une pression extrême, traçait des symboles complexes sur le sol avec une dextérité presque hypnotique. Ses doigts effleuraient la craie comme si elle insufflait une énergie invisible dans chaque ligne, chaque courbe. Elle chantonnait doucement des paroles incompréhensibles, une mélodie qui semblait résonner dans un langage aussi ancien que le monde lui-même. Autour d'elle, des objets suspendus – plumes, crânes d'animaux, petites fioles – se balançaient doucement, projetant des ombres étranges et mouvantes sur les murs. L'air était lourd, chargé d'une énergie indéfinissable qui oscillait entre réconfort et malaise.

Rosalie, toujours méfiante malgré les circonstances, observa Francine avec une moue sceptique.

— *Elle a l'air de savoir ce qu'elle fait... pourvu que ce soit vrai.*

Auguste, plus impressionnable, se laissait imprégner par l'atmosphère mystique de la pièce, bien qu'une part de lui restât tendue, comme une corde prête à céder.

— *Si elle nous trahit, on est finis*, répondit-il d'une voix mentale empreinte d'inquiétude.

— *Si elle voulait nous trahir, on le serait déjà. Elle n'a pas besoin de tout ce spectacle pour nous livrer aux Gardiens.*

Lorsque Francine acheva son rituel, elle se releva avec une lenteur calculée, son regard perçant se posant sur Valentine – ou plutôt sur les deux âmes qu'elle contenait. Elle s'essuya les mains sur sa robe, puis croisa les bras.

« Voilà, » dit-elle d'un ton neutre mais ferme. « Pour l'instant, ils ne peuvent pas entrer ici. Mais cette protection ne durera pas éternellement. Si vous voulez survivre, il va falloir agir. »

Rosalie leva un sourcil sceptique, sa méfiance naturelle ne faiblissant pas.

— *Agir comment ? Danser autour de ces symboles en chantant des prières mystiques ?*

Francine ne sembla pas s'offusquer de l'insolence de Rosalie. Au contraire, elle planta un regard glacial dans le sien.

« Votre problème, ce ne sont pas ces Gardiens. Votre problème, c'est vous. Vous êtes perdus parce que vous ne savez même pas ce que vous voulez. Tant que vous n'aurez pas décidé, vous serez des proies faciles. »

La remarque fit l'effet d'une gifle. Rosalie, d'habitude prompte à répondre avec un sarcasme cinglant, resta silencieuse un moment, surprise par la justesse des mots de Francine. Auguste, quant à lui, sentit une lourdeur s'installer dans leur essence partagée.

— *Elle n'a pas tort*, admit-il doucement. *On fuit sans savoir pourquoi. On est des anomalies, mais qu'est-ce qu'on veut vraiment ? Rester ici ? Partir ? Trouver un sens à tout ça ?*

Francine, voyant leur désarroi, poursuivit avec une voix plus douce mais non moins ferme.

« La décision ne viendra pas des Gardiens. Elle ne viendra pas de moi non plus. C'est vous qui devez choisir. Si vous voulez rester, vous battre pour cette vie, ou si vous voulez vous soumettre et disparaître. Mais tant que vous vous battrez l'un contre l'autre, vous ne serez rien d'autre que des cibles faciles. »

Rosalie sentit un mélange de colère et d'acceptation dans ses pensées.

— *Elle a peut-être raison, Auguste. On ne peut pas courir éternellement. Pas comme ça, en tout cas.*

— *Si on doit rester, alors il faut qu'on décide ensemble. Sinon, ça ne marchera jamais.*

Francine les observait en silence, ses yeux semblant capter bien plus que ce qui était visible. Après un moment, elle leur adressa un sourire énigmatique.

— *Bien. Vous avez du potentiel, je vous l'accorde. Mais ne vous y trompez pas : le temps joue contre vous. Et le choix que vous faites maintenant déterminera si vous survivez… ou si vous serez effacés.*

Le silence qui suivit fut plus lourd que n'importe quelle menace cosmique. Rosalie et Auguste échangèrent un regard mental, comprenant qu'ils étaient à un tournant crucial. Pour la première fois, ils n'avaient pas simplement à survivre – ils devaient choisir leur destin. Et ce choix, fragile et incertain, pesait déjà sur leurs épaules comme une montagne prête à s'effondrer.

Francine traçait encore des symboles sur le sol, ses mains se mouvant avec une précision presque rituelle, tandis que l'air autour d'elle semblait s'alourdir. Rosalie et Auguste, eux, s'étaient retirés dans leur espace mental partagé, plongés dans une discussion plus intense que jamais. C'était comme si, pour la première fois, ils se rendaient compte de l'urgence de leur situation. Chaque mot pesait, chaque silence résonnait.

— *Elle pense qu'on doit décider maintenant*, dit Auguste, sa voix tremblant légèrement. *Mais si on se trompe ? Si on choisit mal et que tout ça finit encore plus mal qu'avant ?*

Il y avait dans ses pensées une peur palpable, celle de l'échec, celle d'être écrasé par les forces qui les poursuivaient.

Rosalie, toujours prompte à masquer ses propres failles par un sarcasme mordant, répondit d'un ton étonnamment calme.

— *Écoute, Auguste, regarde où on en est. Entre les Gardiens, les fanatiques, et maintenant cette prêtresse vaudou qui nous met au pied du mur, tu crois qu'il y a encore une bonne ou une mauvaise décision ? On est déjà dans un trou. Je pense qu'on ne peut pas creuser plus profond.* Elle marqua une pause, un soupir mental accompagnant ses mots. *Mais elle a raison sur un point : on doit arrêter de se tirer dans les pattes. Sinon, on n'a aucune chance.*

Pour une fois, Auguste ne rétorqua pas. Le silence qui suivit fut presque assourdissant, comme si même l'univers retenait son souffle. Il finit par murmurer, hésitant mais sincère :

— *Alors, on fait quoi ? On reste... ou on se sacrifie ?*

Rosalie serra mentalement les poings, son esprit bouillonnant d'une détermination farouche.

— *On reste. Pas question de leur donner la satisfaction de nous voir disparaître. Si on est une anomalie, alors autant qu'on en tire quelque chose.*

Sa voix était ferme, mais sous-jacente, il y avait une pointe d'émotion qu'elle peinait à cacher, un mélange de colère, de peur et d'espoir.

Auguste hésitait. Mais c'était la peur de l'inconnu qui l'empêchait de prendre réellement une décision. Il admirait – tout autant qu'il les craignait – la certitude et la confiance qui animaient Rosalie.

Quand Francine revint dans la pièce, elle les fixa avec ce regard perçant qui semblait sonder jusqu'au fond de leur âme. Son aura imposante remplissait l'espace, rendant la pièce encore plus étouffante.

« Vous avez pris une décision ? »

Rosalie, dirigeant le corps de Valentine, hocha lentement la tête.

— *Oui. On va rester. On va se battre. Mais pour ça, on a besoin de ton aide.*

Sa voix était ferme, mais pas arrogante. Pour une fois, elle laissait entrevoir une fragilité, une reconnaissance implicite que, cette fois, elle ne pouvait pas tout faire seule.

Francine esquissa un sourire énigmatique, un mélange de satisfaction et d'amusement.

« Très bien. Mais souvenez-vous, cette aide a un prix. Rien de ce que je fais ici ne vient sans conséquences. »

Rosalie répondit avec un sourire en coin, fidèle à son style.

— *Ajoute-le à notre ardoise cosmique. On n'est plus à ça près.*

Son ton était léger, presque désinvolte, mais il y avait dans ses mots une résignation calculée, un aveu tacite que cette décision, bien qu'impérieuse, les engageait dans une voie incertaine.

Francine, croisant les bras, observa le trio avec un mélange d'admiration et de gravité.

« Très bien, » dit-elle enfin. « Alors écoutez-moi bien. Ce chemin que vous avez choisi ne sera pas facile. Les Gardiens ne reculeront pas. Mais si vous voulez rester, si vous voulez défier leur ordre... vous devrez devenir plus que ce que vous êtes. Vous devrez devenir un. »

Ses mots résonnèrent dans la pièce comme une sentence, lourds de mystère et de défis.

— *Un... quoi ?* hésita Auguste.

— *Pas un quoi. Un. Un seul, unique. Toi plus moi égale quelqu'un de nouveau. Ou quelque chose.*

Rosalie et Auguste échangèrent un regard mental, cette fois non pas de conflit, mais d'un début de compréhension mutuelle. Ils savaient que Francine avait raison. Si leur existence devait avoir un sens, alors ils devaient cesser d'être deux âmes opposées. Ils devaient trouver un équilibre, une unité, une nouvelle lumière dans le chaos qu'était leur existence. Et pour la première fois, cette idée ne leur semblait pas si impossible. Effrayante, oui, mais pas impossible.

***

Dans la pénombre de la maison de Francine, le silence semblait absorber chaque pensée, chaque hésitation. Rosalie, habituellement si bruyante dans leur esprit partagé, était étrangement calme, presque méditative. Auguste, de son côté, n'osait rien dire, préférant éviter de réveiller le dragon qui sommeillait en elle. Mais cette fois, ce fut elle qui brisa le silence.

— *Bon, écoute. On est coincés ici. Pas d'escapade dramatique, pas de grand discours à sortir devant des Gardiens cosmiques. Juste toi et moi. Alors, parlons.*

La simplicité de sa déclaration surprit Auguste.

— *Parler ?* répéta-t-il, presque incrédule. *Toi, tu veux parler ? Pour de vrai ? Pas juste balancer une tirade pour me faire taire ?*

Rosalie répliqua avec un soupir mental, à mi-chemin entre l'exaspération et un début d'amusement.

— *Oui, pour de vrai. Et arrête de me prendre pour une machine à sarcasmes. Je peux être sérieuse, tu sais.*

Auguste hésita. Il n'avait jamais vu cette facette de Rosalie, et il n'était pas sûr de savoir comment réagir.

— *Alors, vas-y,* murmura-t-il finalement. *De quoi veux-tu parler ?*

Rosalie prit un instant pour rassembler ses pensées, puis lâcha une vérité qu'elle avait longtemps étouffée :

— *De pourquoi on est encore là. Pourquoi on continue à lutter, même quand tout semble perdu.* Elle parlait d'une voix différente cette fois, sans défi, sans masque. Une voix plus basse, plus vulnérable. *Tu sais, Auguste, l'Enfer… ce n'est pas juste de la souffrance physique. C'est une guerre constante contre toi-même. Tu perds des morceaux de ton âme à chaque instant, et tu te bats pour en sauver ce que tu peux. Pendant des années, je me suis battue pour ne pas devenir comme eux, pour ne pas perdre ce qui me restait d'humanité. Et quand j'ai enfin trouvé un moyen de m'en sortir, quand j'ai commencé à me racheter… ils ont voulu tout effacer. Comme si rien de ça n'avait compté. Comme si j'étais juste une erreur de plus dans leur fichu système.*

Ses mots résonnèrent dans l'espace mental qu'ils partageaient. Auguste, d'ordinaire si prompt à se replier face à sa force, sentit quelque chose de différent cette fois. Elle n'était pas en train de se plaindre ou de manipuler. Elle se confiait. Et cela lui donna le courage de parler à son tour.

— *Je comprends*, dit-il doucement.

Rosalie, sceptique, émit un léger ricanement.

— *Vraiment ? Toi, tu comprends l'Enfer ?*

Mais Auguste ne se laissa pas démonter.

— *Non, pas l'Enfer. Mais je comprends ce que ça fait d'être invisible. D'avoir l'impression que ta vie ne vaut rien. Avant tout ça, j'étais… rien. Juste un type ordinaire qui vivait une vie ordinaire. Même ma mort était ridicule. J'ai glissé dans la salle de bains, Rosalie. La tête éclatée sur le bord de la baignoire ! Et personne n'a pleuré. Personne n'a remarqué.* Il s'interrompit, sa voix tremblante sous le poids de ses souvenirs. *Alors oui, cette anomalie, cette fusion étrange entre toi et moi… c'est peut-être la première fois que j'ai l'impression d'exister vraiment. Et je ne veux pas perdre ça. Pas maintenant.*

Un silence s'installa, mais cette fois, il n'était ni tendu ni gênant. C'était un silence de compréhension, un moment où leurs deux âmes, si différentes, semblaient se rapprocher. Rosalie finit par répondre, mais son ton était différent. Moins acéré, plus doux.

— *Tu sais, Auguste… t'es peut-être pas aussi inutile que je le pensais.*

— *Merci, je crois ?*

Rosalie soupira, mais il y avait une trace de chaleur dans ce soupir.

— *Ne t'habitue pas trop à ça. Mais si on doit survivre, alors il faut qu'on arrête de jouer chacun pour soi. Toi et moi, on doit trouver un moyen de devenir... plus.*

— *Plus ?* répéta Auguste. *Plus quoi ?*

— *Plus qu'une anomalie. Plus que deux âmes coincées ensemble. Quelque chose de nouveau, quelque chose qui puisse leur prouver qu'ils ont tort.*

Et pour la première fois, Auguste sentit une véritable lueur d'espoir. Pas une grande flamme, mais une étincelle. Et cette étincelle, dans leur obscurité partagée, était déjà un miracle.

Dans l'atmosphère feutrée de leur esprit partagé, Auguste trouva enfin le courage de parler, sa voix d'abord tremblante, comme un frêle courant tentant de s'imposer dans une mer tumultueuse.

— *Tu veux savoir pourquoi je m'accroche ?* commença-t-il, ses mots hésitants, mais portés par une conviction nouvelle. *Parce que, pour la première fois de ma vie, j'ai l'impression que tout ça... que ça a un sens.*

Rosalie, bien qu'elle n'en montrât rien, sentit un pincement d'intérêt. Ce n'était pas souvent qu'Auguste se lançait ainsi, et encore moins avec une sincérité aussi brute. Elle ne l'interrompit pas, pour une fois. Peut-être par curiosité, peut-être par respect –

bien qu'elle n'aurait jamais utilisé ce mot. Il continua, sa voix gagnant en assurance à mesure qu'il ouvrait son cœur.

— *Avant tout ça, j'étais… invisible. Ma vie était un long fil gris, sans éclat, sans relief. Même ma mort était un non-événement, Rosalie. Une fin aussi médiocre que tout le reste. Et tu sais quoi ? Personne ne s'en est souvenu. Personne.*

Rosalie, malgré elle, sentit un frisson la parcourir. Pas de moquerie, pas de sarcasme cette fois. Juste un étrange mélange d'empathie et de malaise face à cette confession. Elle voulait répondre, mais elle se retint, sentant qu'il avait encore des choses à dire.

— *Mais depuis qu'on est coincés ensemble, je commence à comprendre que cette anomalie, aussi absurde qu'elle soit, pourrait être ma chance. Une chance de devenir quelqu'un. De faire quelque chose qui compte. Alors oui, c'est compliqué. Oui, tu me fais peur la moitié du temps, Rosalie. Mais malgré tout, je veux vivre. Et pas juste survivre, comme je l'ai fait jusqu'ici. Vivre vraiment. Ressentir. Être quelqu'un. Et si cette fusion étrange est le prix à payer, alors… alors je suis prêt.*

Le silence qui suivit ses mots fut presque tangible, lourd d'une gravité qu'aucun des deux n'osait briser. Rosalie, qui aurait normalement balayé ses paroles d'un commentaire cinglant ou d'un rire sarcastique, resta figée. Elle sentit quelque chose changer en elle, un léger déplacement dans l'armure qu'elle avait forgée autour de son âme. Ce n'était pas une transformation spectaculaire, mais une brèche. Une petite fissure qui laissait filtrer quelque chose qu'elle n'avait pas ressenti depuis longtemps : une véritable considération.

Elle ne répondit pas tout de suite. Ses pensées, d'ordinaire si tranchantes et rapides, semblaient embourbées dans une réflexion qu'elle ne maîtrisait pas totalement. Auguste, cet homme qu'elle avait si souvent méprisé pour sa passivité, venait de dire quelque chose qui résonnait en elle d'une manière qu'elle ne pouvait ignorer. Lorsqu'elle parla enfin, sa voix était étrangement douce, presque murmurée.

— *Tu sais, Auguste, je t'ai pris pour un poids mort depuis le début. Une ancre qui me tirerait vers le fond. Mais peut-être que je me suis trompée. Peut-être que tu es…* Elle s'interrompit, hésitant à formuler ce qu'elle pensait réellement. *…plus fort que je ne le pensais.*

C'était un aveu rare, et elle le savait. Mais dans cet instant, elle comprit qu'Auguste, malgré ses faiblesses apparentes, était peut-être la seule chose qui lui donnait une raison de continuer à se battre. Et pour la première fois, elle sentit qu'ils n'étaient pas simplement deux âmes forcées de coexister, mais deux fragments d'un tout encore à construire. Auguste, surpris par cet étrange compliment, sentit une vague de chaleur l'envahir.

— *Merci, Rosalie*, dit-il simplement.

Pas de sarcasme, pas de pique. Juste une reconnaissance sincère. Et dans cet échange fragile, quelque chose d'inédit naquit entre eux : un début de véritable complicité, une union naissante forgée dans l'adversité. Une promesse silencieuse qu'ils affronteraient ce qui venait, ensemble. C'était, ils le sentaient tous les deux sans se l'avouer, une forme d'amour.

Un silence s'installa, dense mais étrangement serein. Rosalie et Auguste, deux âmes si différentes, semblaient enfin marcher dans la même direction, même si cette route était pavée d'incertitudes.

— *Devenir un*, murmura Auguste dans leur esprit partagé, *ça sonne presque mystique. Comme si on était censés résoudre l'énigme cosmique de notre existence.*

Rosalie éclata de rire, un rire mental chargé de sarcasme mais aussi, pour une fois, de légèreté.

— *Mystique ? Non, Auguste. C'est juste une question de survie. Mais si ça te fait te sentir mieux, penses-y comme à une quête héroïque.*

Pour la première fois, Auguste trouva dans les mots de Rosalie non pas une moquerie, mais une étrange forme de soutien. Elle ne rejetait pas son optimisme maladroit, ni son besoin de trouver un sens à leur situation.

— *Tu crois vraiment qu'on peut y arriver ?* demanda-t-il, une hésitation encore présente dans sa voix. Rosalie ne répondit pas immédiatement. Elle prit le temps de réfléchir, un luxe qu'elle s'accordait rarement.

— *Je crois surtout que ce n'est pas vraiment un choix. Et que tant qu'on respire – ou, peu importe ce qu'on fait dans ce corps – on a une chance.*

Cette déclaration simple, presque brute, alluma une lueur dans l'obscurité de leur situation. Pour la première fois, Auguste sentit que Rosalie ne jouait pas un rôle, qu'elle ne cherchait pas à dominer ou à manipuler. Elle parlait comme une alliée, une partenaire. Et cela changea tout.

— *Alors, on le fait*, conclut-il. *On devient... quelque chose, ou quelqu'un d'autre.*

Le mot « fusion » flottait entre eux, mais aucun ne le prononça. C'était trop final, trop effrayant. Pourtant, ils savaient tous les deux qu'il n'y avait pas d'autre chemin.

— *Mais si on le fait*, ajouta Rosalie, reprenant un ton légèrement moqueur pour alléger la tension, *pas de discours émotionnel dégoulinant, Auguste. On garde ça classe.*

Auguste sourit intérieurement, un sourire timide mais sincère.

— *D'accord. Mais toi non plus, pas de crise de mégalomanie.*

Ils étaient d'accord. Pas seulement sur le choix de leur destin, mais sur la manière de l'affronter. Une décision partagée, fragile mais solide à la fois, un équilibre étrange entre deux forces qui n'auraient jamais dû coexister. Et pourtant, dans ce chaos cosmique, elles s'étaient trouvées.

Francine les regarda avec une intensité presque surnaturelle, comme si elle scrutait au-delà de leurs mots, dans les profondeurs de leur essence.

« Très bien, » dit-elle finalement, sa voix étrangement douce. « Mais sachez ceci : ce que vous vous apprêtez à faire n'est pas simplement rare, c'est inédit. Les forces qui vous traquent ne vous laisseront pas accomplir cette transformation sans résistance. Vous devrez être plus forts que vos peurs. Plus forts que vos doutes. Et surtout, plus forts que vos égos. »

Rosalie, fidèle à son tempérament, ne put s'empêcher de lâcher un commentaire acéré.

— *Super, encore un discours mystique. Vous faites des réductions sur les conseils énigmatiques ou c'est à la carte ?*

Mais derrière sa façade bravache, elle sentait le poids des mots de Francine. Elle savait que l'union qu'ils envisageaient ne serait pas qu'un simple rapprochement. C'était un saut dans l'inconnu, une redéfinition totale de ce qu'ils étaient.

Auguste, de son côté, répondit avec une gravité qui surprit même Rosalie.

— *On sait que ça ne sera pas facile. Mais... ce que nous avons maintenant, ce n'est pas une vie. C'est une lutte permanente. Si devenir un seul être peut nous donner une vraie existence, alors oui, nous sommes prêts.*

Francine sembla satisfaite, mais elle garda un ton sérieux.

« Ce n'est pas qu'une question de volonté. Vous devrez laisser derrière vous les parties de vous-même qui ne peuvent pas coexister. Des choses que vous tenez pour acquises, des choses qui vous définissent, mais qui ne peuvent pas survivre à cette fusion. » Elle fit une pause, son regard perçant chacun d'eux à travers les yeux de Valentine, fenêtres ouvertes sur leurs âmes. « *Cela inclut vos peurs, vos rancunes, et vos illusions.* »

— *Abandonner nos peurs et nos rancunes, facile à dire. Mais mes 'illusions', comme tu dis, sont ce qui m'a permis de survivre. Tu veux que je renonce à ça ?*

Francine haussa légèrement les épaules, un geste à la fois fataliste et compréhensif.

« Ce n'est pas à moi de décider ce que vous devez lâcher. Mais si vous voulez que cette union fonctionne, il faudra lâcher prise sur quelque chose. »

— *Peut-être que ce n'est pas une question de renoncer à qui nous sommes, mais de choisir ce que nous voulons devenir.*

Francine sourit légèrement.

« Bien dit. Mais le choix que vous faites devra être sincère. Et surtout, il devra être partagé. »

Pour la première fois, Rosalie sentit qu'Auguste avait raison. Ce n'était pas une question de perdre ce qu'ils étaient, mais de redéfinir ce qu'ils voulaient être ensemble. Une partie d'elle bouillonnait à l'idée de devoir céder du terrain, mais une autre partie, plus profonde, savait que c'était nécessaire.

— *Très bien*, finit-elle par dire. *Alors allons-y.*

Francine posa une main légère sur l'épaule de Valentine, ou plutôt sur les deux âmes qui se débattaient encore en elle.

« Ce n'est pas un rituel, dit-elle doucement. C'est une intention. Vous seuls pouvez le faire. Je ne suis qu'une guide. Mais je peux vous aider à traverser le seuil. »

Rosalie et Auguste sentirent un frisson les traverser. L'union qu'ils envisageaient n'était pas un simple rapprochement. C'était une renaissance. Un acte de foi. Et pour la première fois, ils étaient prêts à le faire ensemble.

***

Francine, droite et immobile au centre de sa salle de rituels, ressemblait à une figure sculptée dans l'ombre mouvante des bougies. Ses gestes précis, presque cérémonieux, traçaient des lignes de craie blanche autour de Valentine, enfermant le corps dans un entrelacs complexe de cercles, de runes et de symboles si anciens qu'ils semblaient respirer l'écho d'un autre monde. L'air était saturé d'encens, un mélange puissant de bois brûlé, de plantes séchées, et d'un parfum métallique difficile à identifier. Chaque respiration semblait alourdie par cette atmosphère, comme si la pièce elle-même retenait son souffle.

« Une fois que ce rituel commencera, » dit Francine, sa voix rauque mais ferme, un contraste frappant avec le chuchotement des flammes, « il n'y aura pas de retour en arrière. Ce n'est pas un simple rapprochement. C'est une métamorphose. Vous devez comprendre que ce que vous étiez sera détruit. Ce que vous deviendrez, je ne peux pas le prévoir. »

Rosalie, fidèle à elle-même, haussa mentalement les épaules et afficha un sourire ironique à travers le visage de Valentine.

— *Sérieusement, entre être effacée comme un brouillon raté et devenir un monstre cosmique stylé, le choix est vite fait. Allez, Francine, fais ce que tu as à faire.*

Auguste, en revanche, ne plaisantait pas. Sa voix intérieure trahissait une angoisse qu'il ne cherchait même pas à cacher.

— *Rosalie, c'est sérieux. On parle de… de perdre ce qu'on est.* Il marqua une pause, avant d'ajouter, plus résolue que déterminé : *Mais si c'est notre seule chance… alors oui. On est prêts.*

Francine esquissa un sourire discret, un mélange d'amusement et de respect pour ce duo improbable.

« Vous êtes courageux, je vous l'accorde. Ou peut-être juste désespérés. »

Elle se redressa, tenant dans ses mains une poignée d'herbes qu'elle parsema lentement sur le sol. Puis elle commença à psalmodier.

Sa voix, d'abord basse et presque inaudible, monta en intensité, prenant des inflexions hypnotiques. Les mots qu'elle prononçait n'étaient pas faits pour des oreilles humaines. C'étaient des sons qui semblaient défier les lois de la logique, une langue perdue, un murmure venu d'au-delà des voiles du monde tangible. Ses mains dansaient dans l'air comme des oiseaux en vol, traçant des formes qui semblaient capturer la lumière des bougies et la transformer en un halo ondulant.

Valentine, immobile au centre du cercle, ressentit un changement presque immédiat. Ce n'était pas une force qui tirait ou poussait, mais plutôt une pression, comme si l'espace autour d'elle se contractait doucement. Rosalie, dans leur esprit commun, grogna :

— *Oh super, maintenant on est une pâte à modeler cosmique. Ça promet.*

Mais Auguste ressentait autre chose. Une chaleur, une énergie qui pulsait dans leur essence.

— *Ce n'est pas juste une force extérieure*, murmura-t-il. *C'est nous. Francine utilise ce qu'on est déjà.*

La pièce elle-même sembla répondre au chant de Francine. Les bougies vacillèrent, projetant des ombres qui dansaient sur les murs, des silhouettes indéfinies qui semblaient avoir une vie propre. Le sol vibra légèrement sous Valentine, et une lumière pâle, presque éthérée, commença à émaner des cercles de craie. Francine, toujours concentrée, lança une poignée de poudre dorée dans l'air, et les particules brillèrent comme des étoiles miniatures avant de disparaître.

« Ressentez, » dit Francine sans interrompre son rituel, sa voix résonnant comme un écho. « Ressentez ce qui vous lie. C'est là votre force. Mais c'est aussi là votre fardeau. »

Rosalie et Auguste, pour une fois, restèrent silencieux. Ils sentaient cette énergie, ce fil invisible qui les connectait, devenir tangible, comme une corde tendue prête à se rompre... ou à se renforcer. Le rituel venait à peine de commencer, mais ils comprenaient déjà que leur existence ne serait plus jamais la même.

Le rituel atteignait son apogée, et la pièce semblait vibrer d'une énergie que même les murs ne pouvaient contenir. Francine, entourée de cette lumière aveuglante, continuait ses chants, sa voix rauque et puissante traversant les vagues d'énergie comme un fil conducteur. Elle lançait des poudres et des herbes dans les flammes des bougies, qui crépitaient et projetaient des étincelles comme si elles répondaient à un appel venu d'un autre monde.

Au centre du cercle, Valentine était figée, son corps tremblant sous l'intensité du rituel. Mais ce n'était pas son corps qui subissait le plus : c'étaient Rosalie et Auguste, pris dans une tempête intérieure qu'ils n'avaient pas prévue. Une douleur fulgurante traversait leur essence, un déchirement brutal qui semblait ne jamais finir.

— *C'est quoi, ce bordel ?!* hurla Rosalie, sa voix mentale emplie de panique et de colère. *On devait fusionner, pas se faire passer au mixer cosmique !*

Mais Auguste, bien que souffrant autant qu'elle, demeurait étrangement calme.

— *C'est peut-être ça, fusionner*, murmura-t-il, chaque mot porté par une douleur qu'il acceptait malgré tout. *Peut-être qu'on doit d'abord être brisés pour être reconstruits.*

Rosalie, d'habitude si rapide à répondre par le sarcasme, resta un instant silencieuse. La douleur était insoutenable, mais dans cette douleur, elle ressentait quelque chose de nouveau, quelque chose qu'elle ne comprenait pas encore. Ce n'était pas une destruction. C'était… une transformation.

Les fragments de leurs âmes, si longtemps en opposition, s'entrechoquaient, se heurtaient, mais ils ne se repoussaient plus. Au lieu de cela, ils s'imbriquaient lentement, douloureusement, comme les pièces d'un puzzle complexe. Des souvenirs oubliés resurgissaient : la force de Rosalie, forgée dans les flammes de l'Enfer ; la douceur et la réflexion d'Auguste, nées de son existence effacée. Ces souvenirs ne se juxtaposaient pas seulement, ils se mêlaient, créant un tout qui était à la fois eux deux et quelque chose de totalement nouveau.

Francine, immobile au bord du cercle, les observait avec une intensité presque effrayante. Ses mains étaient tendues, comme si elle guidait les forces qui tourbillonnaient autour d'eux. Sa voix, bien que plus douce maintenant, restait ferme :

« Lâchez prise. Arrêtez de vous accrocher à ce que vous pensez être. Abandonnez vos chaînes. Ce n'est qu'en acceptant ce que vous devez devenir que vous pourrez avancer. »

Mais lâcher prise n'était pas facile. Rosalie luttait toujours, son instinct de survie profondément ancré en elle.

— *Lâcher prise ?* grogna-t-elle. *Si je lâche prise, je disparais.*

— *Non, tu ne disparaîtras pas*, répondit Auguste, sa voix pleine de conviction. *Tu deviendras. Nous deviendrons.*

Ces mots frappèrent Rosalie comme une vérité qu'elle refusait encore d'accepter. Elle avait passé sa vie – et sa mort – à se battre, à prouver qu'elle existait, qu'elle méritait de survivre. Et maintenant, elle devait abandonner tout cela ? C'était terrifiant. Mais en même temps, une petite partie d'elle savait qu'Auguste avait raison.

La lumière autour d'eux devint plus intense, presque insupportable. Francine posa une main sur le sol, traçant un dernier symbole avec une précision divine.

« C'est maintenant ou jamais, » murmura-t-elle, sa voix à peine audible au milieu du tumulte.

Et alors, Rosalie fit quelque chose qu'elle n'avait jamais fait auparavant : elle lâcha prise. Elle arrêta de résister. Elle se laissa submerger par cette lumière, par cette douleur, par cette transformation. Auguste, fidèle à lui-même, la suivit. Et dans cet instant, tout changea.

Leur esprit, habituellement un champ de bataille, devint une mer calme. Les vagues de leurs pensées et émotions se rejoignirent, formant un courant unique, fluide, puissant. Ils n'étaient plus Rosalie et Auguste. Ils étaient quelque chose de nouveau, une lumière et une ombre qui coexistaient, qui ne faisaient qu'un.

La pièce retrouva lentement son calme, la lumière s'estompa, et Francine, essoufflée mais visiblement satisfaite, observa le corps de Valentine, immobile mais vibrant d'une énergie nouvelle.

« Vous y êtes presque, » murmura-t-elle. « Maintenant, tout dépend de vous. »

L'instant où tout bascula passa comme un souffle, un éclat suspendu dans l'éternité. La douleur, cette force brutale qui les avait broyés, s'évapora. En lieu et place, une sensation de plénitude s'installa, douce et vibrante, comme un murmure cosmique. Rosalie et Auguste, ces deux âmes si longtemps en guerre, ne luttaient plus. Il n'y avait plus de frontières entre eux, plus de lignes de démarcation. Ils n'étaient ni Rosalie, ni Auguste, mais un être nouveau, une symphonie harmonieuse où chaque note trouvait sa place.

Lorsque la lumière s'éteignit, le silence qui suivit fut presque palpable. Valentine – ou ce qu'ils étaient devenus – se redressa avec une lenteur mesurée, comme s'ils redécouvraient le monde à travers un prisme inédit. Leur posture était différente, à la fois ancrée et légère, comme si la gravité avait perdu son emprise sur eux. Leur regard, auparavant divisé entre l'arrogance de Rosalie et l'incertitude d'Auguste, était maintenant d'une clarté saisissante. Deux flammes fusionnées en un brasier tranquille mais puissant.

Francine, qui avait observé le rituel avec une concentration inébranlable, recula d'un pas. Elle, qui avait tout vu, tout affronté, semblait frappée par une admiration craintive.

« Vous avez réussi » dit-elle, sa voix marquée par une émotion qu'elle tenta de dissimuler. Ses doigts effleurèrent un talisman qu'elle portait autour du cou, un geste réflexe face à l'inconnu.

L'être nouvellement formé tourna lentement la tête vers elle. Leur voix, lorsqu'elle résonna, était un mélange fascinant des deux âmes. Elle portait la force tranchante de Rosalie et la douceur réfléchie d'Auguste, comme si le meilleur des deux mondes avait trouvé un équilibre parfait.

— *Nous sommes… autre chose maintenant*, déclarèrent-ils, leur ton aussi apaisant qu'inquiétant.

Francine, d'ordinaire si sûre d'elle, sembla hésiter.

« Vous êtes une anomalie qui a dépassé ses propres limites, » murmura-t-elle, ses yeux scrutant l'aura qui émanait de leur nouveau corps. « Ce que vous êtes maintenant… Ce n'est ni humain, ni divin, ni même une erreur. C'est quelque chose qui n'existait pas avant. Une promesse. Une menace, peut-être. »

L'être fusionné inclina la tête, un sourire énigmatique jouant sur leurs lèvres.

— Nous ne sommes ni promesse ni menace. Nous sommes un choix. Une nouvelle possibilité dans un monde figé par ses propres règles.

À ces mots, Francine frissonna.

« Les Gardiens… Ils ne reculeront pas, vous le savez, n'est-ce pas ? Ce que vous êtes devient une question à laquelle ils n'ont pas de réponse. Mais ils n'ont plus d'emprise sur vous. »

— Qu'ils viennent, répondit l'être, leur voix dénuée d'arrogance, mais emplie d'une assurance inédite. *Nous ne sommes plus leurs proies. Nous ne sommes plus une erreur à corriger. Nous sommes une réalité qu'ils devront accepter.*

Dans ce moment suspendu, une chose était claire : Rosalie et Auguste n'existaient plus en tant qu'entités séparées. Ils étaient devenus une force nouvelle, une entité unique, et pourtant pleine des contrastes qui les avaient définis. Ils étaient à la fois l'ombre et la lumière, le chaos et l'ordre. Une fusion parfaite née de la destruction. Francine, reprenant son sang-froid, esquissa un sourire énigmatique.

« Vous êtes prêts à affronter ce qui vient, alors. » Ce n'était pas une question, mais une affirmation. Elle se détourna, saisissant un bol empli de poudre scintillante. « Prenez cette nuit pour réfléchir. Vous avez fait le choix de rester, mais la route devant vous sera tout sauf paisible. » L'être fusionné hocha la tête.

— *Nous n'avons jamais cherché la paix, Francine. Seulement un sens. Et maintenant, nous savons qui nous sommes.*

La lumière des bougies vacillait autour d'eux, projetant des ombres qui semblaient danser sur les murs, comme si même l'univers reconnaissait ce moment de transformation. Francine, bien qu'habituée au surnaturel, ne pouvait s'empêcher de ressentir un frisson en observant ce qu'ils étaient devenus. L'histoire n'était pas terminée, loin de là. Mais à cet instant précis, une chose était certaine : quelque chose d'unique venait de naître, et le monde ne serait jamais plus le même.

Lorsque le rituel se dissipa, le calme qui s'installa fut presque aussi étrange que les énergies tourbillonnantes qui l'avaient précédé. Francine observait silencieusement, son visage empreint d'une fatigue mystique. Dans le cercle, la nouvelle Valentine s'anima lentement, ses mouvements mesurés, comme ceux d'un fauve qui prend conscience de sa puissance. Une sérénité inattendue se dégageait d'elle – ou d'eux – un équilibre parfait entre la ténacité de Rosalie et la réflexion paisible d'Auguste. Ils n'étaient plus deux. Ils étaient un.

Francine n'eut pas le temps de savourer cette réussite : une vibration sourde, une onde presque imperceptible, traversa les murs. Les flammes des bougies vacillèrent, comme si elles hésitaient entre fuir et s'éteindre. Elle se tourna instinctivement vers la fenêtre, ses traits se durcissant.

« Ils sont là. »

Dehors, les Gardiens formaient une ligne immobile à la lisière de la propriété, leurs silhouettes dissimulées sous leurs déguisements humains, mais leurs véritables présences trahies par l'aura oppressante qu'ils émettaient. Ils ne bougeaient pas, mais leur silence en disait long. Pour la première fois, ils n'avaient pas franchi la frontière. Ils n'osaient pas. La maison de Francine, sanctifiée par des forces anciennes, leur imposait une barrière presque physique. Mais ce n'était pas la seule chose qui les retenait.

Valentine croisa le regard – ou plutôt l'absence de regard – des Gardiens à travers la fenêtre. Dans ce face-à-face silencieux, une certitude s'installa.

— *Ils sentent le changement*, murmurèrent Rosalie et Auguste, leur voix profonde résonnant dans l'espace. *Ils savent que nous ne sommes plus ce qu'ils croyaient.*

Francine, les mains posées sur la table rituelle, hocha lentement la tête.

« Mais ne vous trompez pas. Ce n'est pas un abandon. C'est une retraite stratégique. Vous êtes devenus quelque chose qu'ils ne comprennent pas encore, et cela les terrifie. Mais ils reviendront, avec des réponses, des solutions. »

Valentine détourna son regard de la fenêtre et se tourna vers Francine.

— *Alors nous serons prêts.*

Au matin, elle quitta la maison, emportant avec eux le poids d'une métamorphose achevée. Francine les observa depuis le pas de sa porte, son expression mêlant fierté et appréhension. Elle savait que son rôle s'arrêtait ici.

« J'espère que vous savez ce que vous faites, » murmura-t-elle, son souffle se perdant dans l'air frais de l'aube.

Le quartier français était baigné dans une lumière dorée, douce et prometteuse, mais le calme apparent ne faisait qu'accentuer l'intensité des pensées qui habitaient Valentine. Elle marchait avec une assurance nouvelle, chaque pas chargé d'une énergie qu'ils découvraient à peine. Ils étaient encore eux-mêmes, mais aussi quelque chose de plus, une entité en quête de son propre sens, prête à se mesurer à un univers qui ne les avait jamais désirés.

Derrière eux, les Gardiens restaient figés, leurs silhouettes se fondant dans le paysage comme des statues menaçantes. Ils ne bougèrent pas, mais leur présence, lourde et implacable, disait clairement : « Ce n'est pas fini. »

Et ils avaient raison. Ce n'était pas une fin, mais un commencement. Valentine sentait, quelque part au fond d'elle, qu'ils n'avaient fait qu'effleurer leur potentiel. Le monde qui s'étendait devant eux était vaste, chaotique, imprévisible, et rempli d'opportunités qu'ils n'avaient jamais envisagées. Mais pour la première fois, ils n'avaient pas peur. Ils étaient une anomalie, oui, mais une anomalie qui avait trouvé sa force dans l'unité.

Alors qu'ils disparaissaient dans les rues baignées par la lumière naissante, une chose était certaine : leur histoire ne s'arrêtait pas là. Une nouvelle vie s'ouvrait à eux, et avec elle, des épreuves, des découvertes, et peut-être, un jour, une place dans cet univers qui les avait si longtemps rejetés. Ils étaient une promesse, une révolution silencieuse, et, surtout, une aventure en devenir.

FIN.